Qianxun-Culture

—图书·影视—

可爱不长久，爱我才长久 2

苏二月● 著

江苏凤凰文艺出版社
JIANGSU PHOENIX LITERATURE AND ART PUBLISHING, LTD

目　录 . CONTENTS

目　录 · CONTENTS

Chapter 1
陆半仙掐指一算

“这歌词我听着觉得烫嘴。”夏蓁蓁认真地说出自己的感受，险些把南乐气死。

“我说大小姐，这是婚礼上要用的歌曲，歌词当然是越甜蜜越好，你给我解释下烫嘴是什么意思！啊？你说！歌词怎么能烫嘴？！”南乐大声地质问着。

“嗯……”夏蓁蓁想了半天该如何回答也没想出个所以然，“那个，我是理科生，语言组织能力不好，不知道该怎么说，反正烫嘴。”

“你放屁……樊鸣你放开我！我今天就要好好教育教育她！这种直男审美跟谁学的？！明明是个女人，竟然对甜蜜的东西喜欢不来！你放开我！”

樊鸣架着南乐一直往后退：“人家就喜欢在婚礼上放《义勇军进行曲》又关你什么事。”

“我不管！我就是要教育她！”

面对气疯了的南乐，夏蓁蓁显得尤为镇定："我说的是实话，理科生只能直接地说出自己的想法，但形容不来。"

"夏蓁蓁！我这是帮你准备你的婚礼！又不是我的！"

夏蓁蓁双手一摊："陆唯现在连酒店都没订，什么时候举行婚礼还不知道呢，你急什么？"

一旁喝着咖啡看卷宗的陆唯突然听到躺枪的声音，立刻放下咖啡杯，加入讨伐夏蓁蓁的队伍："注意用词，不是我没订，而是我没订到。今年结婚的人太多，所有高档酒店都被订光了，我再厉害也不能逼着酒店让新人退婚呀。"

听完陆唯的话，夏蓁蓁微微思考了一下，细长的手指敲了敲桌面，开口道："虽然你说得对……但是陆唯，你跟谁是一伙儿的？"

陆唯端着咖啡杯的手刚刚举起一半又被迫放了下来，他调整了一下坐姿，看向南乐，平静地开口："烫嘴。"

南乐险些被气得背过气去，原地一跺脚就开始对樊鸣发火："樊鸣！你根本就不爱我！他们这么欺负我，你都不帮我！"

莫名被泼了一盆脏水的樊鸣赶紧解释："我爱你啊！全天下我最爱你了！但是他们两个联起手来天下无敌啊，我这是为了保存我们的战斗力，留着下次用的，总不能这一次就都用光吧！"

"你就是不爱我了！我要取消婚约！不结婚了！"

"别别别，我爱你，真的爱你。"

夏蓁蓁单手支着下巴，兴趣盎然地看着眼前的这对冤家，看着看着，突然觉得不太对——她跟陆唯认识这么久，他好像只在求婚的时候说过"我爱你"，之后她再也没从他的嘴里听到过这三个字。想到这里，夏蓁蓁的视线慢慢地挪到看卷宗的陆唯身上。

虽然陆唯并没有抬头，但是敏锐的第六感告诉他，夏蓁蓁正在用一种不清不楚的目光看着他，而每当她用这种眼神看他时，就是心里产生了什么乱七八糟的想法。

“陆唯，你是不是不爱我了？”

果然。

陆唯在心中画了一个大大的叹号——女人就是这一点最可怕，经常莫名其妙、毫无理由地联想到“你不爱我”。

一旁还在疯狂刷存在感的南乐和樊鸣都闭了嘴。要知道他们还从未从陆唯嘴里听到过情话呢，真不知道向来高贵冷艳的陆大律师表起白来是什么样子……

面对三双探究的眼睛，陆唯无声地叹了口气，放下了始终没享受完的咖啡，拿出随身携带的笔和记事本，随后对着夏蓁蓁招招手：“你来。”

夏蓁蓁脚下一滑，坐着转椅就滑了过去，南乐和樊鸣也凑了过去。

三个人都凑近之后，陆唯在记事本上写下了“我爱你”三个字。

南乐脸上的失望明显得快要溢出来了：“不是吧，陆状元，这么没新意，我还以为你能变个魔术呢！”

陆唯没理会南乐，轻声对着夏蓁蓁开口：“我爱你的逆否命题是什么？”

“你不爱我。”夏蓁蓁想都没想就说出口。

陆唯看了看她，抬起头来问南乐和樊鸣：“你们说呢？”

两个人对视了一眼，异口同声地答道：“你不爱我。”

陆唯轻笑一声：“南乐就算了，你们两个理科生竟然答不对逆否命题。”

夏蓁蓁双手环胸：“那你说，我爱你的逆否命题是什么？”

看了看不服气的夏蓁蓁，陆唯一边说一边继续在纸上飞快地写着：“原命题是若 A，则 B，那么我们可以把我爱你的原命题写成这样。”

洁白的纸上写着苍劲有力的一排字：如果有一个人是我，那么这个人爱你。

写完之后，陆唯抬起头："没错吧？"

夏蓁蓁用查数据漏洞的眼神审视着这排字，随后点头："对。"

陆唯的眼神带着点点温暖，继续说道："逆否命题是若 B，则非 A，那么，我爱你的逆否命题……"之后他没再说话，而是又写下一排字，深深地看了一眼夏蓁蓁，把本子递了过去——

如果一个人不爱你，那么这个人不是我。

看清上面的字后，南乐倒吸一口凉气，双手立刻捧住自己的脸，低低地惊叫了一声，视线飞快地在陆唯和夏蓁蓁之间穿梭着。

虽然夏蓁蓁一直是一副认真地看着记事本的模样，但是慢慢泛红的耳朵已经暴露了她的内心。

陆唯看着她的样子，弯了弯眼睛，伸出手捻起夏蓁蓁耳边垂下的发丝，轻轻地搔了搔她潮红的耳根，平和地说道："无论你怎么给出否定的命题，我爱你都是不变的答案。"

一瞬间，南乐觉得自己的少女心都要炸开了，用力推着樊鸣："看看人家！"

樊鸣连连摆着双手："学不来，学不来。"

夏蓁蓁仍旧摆出一副认真看纸的模样，只是在三秒后，突然摸出手机放在耳朵上："喂？家家？更新有问题？你等下，我找个安静的地方跟你说……"一边说一边动作自然地站起身，推开陆唯办公室的门，走了出去。

看着夏蓁蓁离开的背影，南乐有些遗憾："唉，还想看看蓁蓁的反应呢，家家这个电话来得真不巧！"

樊鸣跟着南乐一起看向夏蓁蓁的方向，不停地点头。

倒是陆唯，双腿交叠，双手交叉放在膝盖上，视线一直落在夏蓁蓁拿反的手机上。

会害羞，真可爱。

夏蓁蓁一路落荒而逃，回到夏夜还捂着剧烈跳动的胸口不停地喘气——陆唯跟谁学得那么不正经？她一时想不到回应的方法，便只能逃了！

“拿东西没给钱？”一个冷淡的声音突然响起，吓得夏蓁蓁刚刚恢复平稳的心又急速地跳了起来。

“你就不能出点声吗？突然开口，吓死人了！”夏蓁蓁忍不住大声说道，“谁拿东西没给钱！”

周信一声冷哼：“那你干吗一副被狗追了一路的样子？”

“关你屁事！”

“你被谁追都不关我的事，又关我的屁什么事？”

“周信你……”

眼看着眼前的两个人又要吵起来，路过的陈纽约赶紧打圆场：“好了好了，别吵了。每次你们两个都莫名其妙地开始吵架，幸好就咱们几个人，以后工作室要是发展起来，被外人看到你们两个这样，还不被笑掉大牙。”

两个人听后对视了一眼，随后同时“哼”了一声，扭过了头。

陈妍妍捧着下巴笑意盈盈地看着他们，小声跟身边的人开口：“可惜夏老板有陆律师了，不然跟周总当对欢喜冤家也挺好的。”

旁边的人赶紧去捏陈妍妍的嘴：“别乱说话，夏老板都要跟陆律师结婚了，要是被陆律师听到你在乱说话，他还不把你告得内裤都不剩！”

“对哦！”陈妍妍双手一拍，“蓁蓁你和陆唯的婚期定了吗？”她的问题刚刚问完，突然就感觉到一道凉飕飕的视线甩了过来，直接把她接下来的话扼杀在喉咙里。

周信看似冷淡，实则满是冰刃的视线，宛如无数把飞刀“嗖嗖嗖”地扎了过来，陈妍妍立刻摆出千手观音的架势做了一番无畏的抵抗，终于被老老实实地扎回到椅子上，有些尴尬地笑笑：“那个……工作时间好像不让说废话哈……”

“没事。”只要提到陆唯，夏蓁蓁与人针锋相对的架势立刻消失，想到刚刚陆唯的告白，笑容立刻变得羞涩甜蜜起来，“好日子的高档酒店都被订光了，陆唯在想办法……”说到这里，夏蓁蓁一顿，目光扫向了一脸兴致勃勃看着她的其他人，“你们得努力工作赚钱了，等我结婚了，你们的红包要是包得小了，我可不愿意。”

陈纽约举起双手：“如果没别的事了，我可走了，不想在这儿听你秀恩爱。”

周信直接转身。

“哎，周信！”夏蓁蓁眯着眼睛看着周信，“这里面属咱们两个认识的时间最长，大富大贵的周公子的红包是不是得比别人都厚啊？”

周信面无表情地开口：“我送你一套房子当婚房，里面挂满我的写真，这样以后你和陆唯一回家就能看到我，怎么样？”

回应他的，是一支砸向他的脸的签字笔。

周信的脸再次冷了下来。

眼看着两个人又要吵架，陈纽约还在想着如何劝架，只听夏蓁蓁的手机响了起来，立刻缓和了剑拔弩张的气氛。

是陆唯。

咬着嘴唇在原地纠结了一下，夏蓁蓁还是接起了电话：“喂？”一边开口一边走回自己的办公室。

周信冷哼了一声，也回了自己的办公室。

“不害羞了？”

一句话传过来，夏蓁蓁再次自控不能地脸红了起来：“没别的事，我先挂了。”

“谁说我没事？”陆唯轻笑一声，“我跟你有正事商量。”

两个人说了许久，基本把大事都定了。今年的酒店确实不好订，两个人也确实忙，可以把夏爸爸、夏妈妈和宋扬先请过来，两个人把结婚证领了，婚礼的事先不急。

陆唯拿着手机淡定地开口："我刚刚掐指一算，明天就是个黄道吉日，我们就去民政局把结婚证领了吧。"

夏蓁蓁"扑哧"一声笑出来："陆律师什么时候变成陆半仙的？都能掐会算了？"

"刚刚。"陆唯面不改色心不跳地回答，"所以明天怎么样？"

夏蓁蓁抿了抿嘴唇，控制了一下嘴角的笑容："我刚刚也掐指算了下，好像短期内就明天最合适了。"还没等陆唯开口，夏蓁蓁便接下了后面的话，"最近外挂猖狂，我和家家一直在研究反外挂系统，她的设计已经做完了，大概后天我们就要开始做了，所以我也就明天有时间。"

好一会儿，陆唯都没说话。

夏蓁蓁以为信号不好，"喂"了好几遍，才听到陆唯的声音："我在。"

"你一直不说话，我以为断线了呢。"夏蓁蓁并没听出陆唯语气中的不一样。

"蓁蓁，你答应明天跟我去领证只是因为你明天有时间吗？"陆唯开口问道。

"是啊，我最近真的是只有明天有时间。"夏蓁蓁不明所以。

电话那边传来长长的深呼吸的声音，好一会儿，陆唯才淡淡地回答："那明天见吧。"

虽然感觉到陆唯似乎心情不好了，但是没想到原因，夏蓁蓁只能回了句"明天见"。

对于自己要结婚了这个事，夏蓁蓁一直没什么实感，之前被求婚也是蒙的，突然就要领结婚证了，她还是有些反应不过来，对于自己要变成已婚妇女了也没什么特别的感觉。但是想着要嫁的人是陆唯，她还是忍不住笑开了花。

下班回家后，她第一时间拿起手机就拨通了南乐的电话，跟南乐分享喜悦。

南乐接电话的时候正在敷面膜，听了夏蓁蓁的话，立刻说自己一定要把她觉得烫嘴的歌放在婚礼上。夏蓁蓁不以为意，跟她说完明天晚上一起吃个饭庆祝一下，话题就情不自禁地转到了夏夜最近的经营上，不过说了几句就被她叹着气打断了。

“蓁蓁，你跟陆唯聊天也是这样吗？”

“什么样？”

“三句话不离工作？”

夏蓁蓁想了想：“我没太注意过……不过我们两个倒是经常探讨工作。”

“那是陆唯，不是周信，你有时间不跟他多打情骂俏几句，还谈工作？你可长心吧你。”南乐的白眼都翻上了天。

夏蓁蓁刚想争辩她和陆唯都不是打情骂俏的人，手机突然就振动起来。一看上面的名字，夏蓁蓁立刻开口：“我这边有个电话，一会儿再聊啊，乐乐。”

接起另外一个电话，夏蓁蓁躺在床上翻了个身，喜滋滋地开口：“贝拉！你怎么知道我一会儿就要给你打电话？你想我了吗？过得好吗？我有个大喜事要跟你说，我……”

她的话还没说完，就被贝拉打断了：“蓁，喜事一会儿再说，好吗？”语气是除了她失恋以外没出现的沉重。

夏蓁蓁立刻收了笑，从床上坐起身，正襟危坐：“怎么了，贝拉？你出什么事了吗？”

贝拉重重地叹了口气：“不是我，我没事。”

夏蓁蓁松了口气：“你没事就行……”

“有事的是罗宾逊教授，他……”

夏蓁蓁的心“咯噔”了一下。

陆唯还在试第二天领证要穿的衣服，一旁的手机突然响了起来，一看到上面的名字，他的表情就情不自禁地放柔了：“蓁蓁。”

“对不起，陆唯，我明天去不了了。”夏蓁蓁正想着要跟陆唯好好解释一下，结果刚说了一句话，就被陆唯打断了。

“你声音怎么了？哭过了吗？你现在在哪里？发生什么事了？”他根本没有在意她不能去领证的事，反而关心她的声音怎么了。

夏蓁蓁吸了吸鼻子，压下自己的泪意：“是罗宾逊教授，他突然病重，贝拉说……贝拉说他可能熬不过几天了……我在英国的时候他对我照顾很多，帮我联系全额奖学金，帮我找住的房子，有什么好的事情都第一个想到我，我过生日的时候还让师母做了好多好吃的给我……我……呜呜呜……”说到最后，她终于忍不住哭了起来。

“没事，先别哭，没事，你在哪儿？我去找你？”陆唯一边说一边去摸车钥匙。

“不用了。”夏蓁蓁抹掉眼泪，“我在去机场的路上，我买了最快去伦敦的航班，今晚就走。”

已经站在门口准备穿鞋的陆唯停下了动作，无声地叹了一口气：“你已经走了……”

“嗯，真对不起，教授待我恩重如山，他病重，我不能不去。”夏蓁蓁的声音还带着哭腔。

“没事，我没怪你。”将鞋放回鞋柜，陆唯有些脱力地躺回沙发里，“走得这么匆忙，东西都没收拾吧，卡带了吗？到那边用什么东西买新的吧……多久能回来？”

“说不好……”

“行，家里不用担心，如果钱不够就给我打电话，有什么需要我的也给我打电话。”

“好。”轻浅地呼吸了几声，夏蓁蓁突然又觉得鼻子有些酸，“陆唯，我……”

“别是又要说对不起吧？你再说下去，我都要怀疑你是不是出轨了，竟然一遍遍地跟我道歉。”陆唯淡淡地说道。

夏蓁蓁立刻破涕为笑，忍不住揶揄：“你身边可有个娇滴滴的大美女呢，你跟我谈出轨。”

陆唯平淡地学着夏蓁蓁的语气还击：“你身边还有个羞答答的大帅哥呢，你说咱俩谁的性质更严重？”

夏蓁蓁立刻笑出声：“周信只是懒得理别人，不是羞答答。”

“我可没说是周信，你自己对号入座，我觉得这里有事了，我可能头顶要带颜色了。”陆唯依然面无表情地调戏着夏蓁蓁。

“不跟你说了，吵嘴架，理科生吵不过文科生。”

“谁说的？以前一有吵架的倾向，你不是都直接放大招哭死我吗？”陆唯打趣道，“哭的尺度还掌握得刚刚好，只要一跪下，你就不哭了。”

“你乱讲！我什么时候哭用你跪来哄了！每次都是你一说你错了，我就不哭了！”

“记性这么差？当初我求婚的时候，跪得腿都麻了你才不哭。”

“那是两回事！求婚哪有不跪的！”坐在出租车上的夏蓁蓁一跺脚，知道从陆唯嘴里听不到什么靠谱的话了，留下一句“不跟你说了”，然后就挂断了电话。

看着暗下去的手机屏幕，陆唯松了一口气——转移了半天话题，她总算不哭了……真不知道他不在她身边的那五年，她是怎么度过委屈难过的日子的……

又躺了一会儿，平复下没有升级成夏蓁蓁老公的失望，陆唯再次举起手机，拨通了夏妈妈的电话："阿姨，我是陆唯，你们还没上车呢吧？没上车的话就不用来了，明天……明天我着急开庭，蓁蓁也有事去了英国，领证这个事就先放一放……不不不，不是蓁蓁的问题，是我。我这个案件临时改了开庭时间，不去不行，跟蓁蓁没关系，她只是听到我没有时间才去英国办点事……对，真对不起阿姨，下次不会这样了……嗯，阿姨早点休息，再见。"

挂了夏妈妈的电话，陆唯又打电话给宋扬："喂？我结婚被新娘放鸽子了，出来喝一顿吧。"

夏蓁蓁走得匆忙，连行李箱都没拿，穿上一套休闲服，带上一套换洗的内衣就踏上去英国的航班。上飞机的时候夜色渐浓，下飞机时天已大亮，阳光下的夏蓁蓁显得格外憔悴。

出了航站楼，夏蓁蓁就看到贝拉站在人群中。看到她之后，贝拉脸上立刻露出一抹笑容，然而，笑容只在唇边停留了片刻就渐渐隐去，转而露出一丝担心。

夏蓁蓁鼻子一酸，立刻走过去，用力地抱住了贝拉。

贝拉梳理了一下她的长发，温和地开口："你累坏了，酒店我订好了，你先去休息一下。"

夏蓁蓁摇头："我想先去看看教授……"

贝拉干脆地拒绝了她："不行，罗宾逊最疼你了，你现在的样子像个鬼一样，他看到了，肯定会又生气又心疼。乖，你先去睡一觉，睡醒了也来得及。"

夏蓁蓁想强撑着直接去看罗宾逊教授，但是看着贝拉一副毫无商量的模样，她只能妥协："好吧，我睡半个小时就够……"

"看你这样子，我就知道你在飞机上肯定一点都没睡。别管时间，你只要睡到自然醒，自然会有人接你。"贝拉按住夏蓁蓁的肩膀转过身，"先让烨送你去酒店，我去给你买点洗漱用品和衣服。"

这时，夏蓁蓁才注意到身后站了一个个子很高的亚洲男人，但是不确定国籍，她只能用英文打了个招呼。

男人笑了笑，开口道："我也是中国人，叫喻烨，曾经是罗宾逊的学生，你的学长。罗宾逊经常跟我提起你，说你是个才华横溢却不肯用在正路上的坏学生。"

夏蓁蓁礼貌地弯了弯嘴角，却实在笑不出来。

随着喻烨上了车，夏蓁蓁就觉得脑子里一片空白，也没有心情跟这位学长客套，只是抽空给陆唯发了条信息告诉他自己已经安全抵达，剩下的时间一直在放空。

喻烨似乎很理解她此时的心情，也没多说什么，绅士地将她送到酒店，告诉她睡醒了就给他打电话，他会来接她。

酒店很豪华，夏蓁蓁本是准备泡个澡洗去一身疲惫再睡一觉的，结果泡在温暖的浴缸中，睡意很快就涌了上来。不知不觉中，她泡在浴缸中就睡着了，还做了个关于陆唯的梦。

梦里的陆唯手里拿着一枚钻戒，单膝跪在不远处跟她求婚，她很开心，便向陆唯跑过去，但是不知道为什么，无论她怎么跑，她跟陆唯之间始终有那么一段距离，他永远都在她的不远处。她急得快哭出来了，就对着陆唯招手，让他过来。陆唯的神色有一丝的受伤，但还是向她走了过来，把戒指戴在她的无名指上，说道："虽然你看着不是很愿意过来，但因为我爱你，所以我愿意向你走近一次。"

然后她就醒了，在水已经凉掉的浴缸里醒了。

她醒来的第一件事就是打电话给陆唯，陆唯电话接得快，挂得也快："蓁蓁，我在开会，晚点打给你。"

躺在浴缸里清醒了一会儿，夏蓁蓁才站起身，冲了个热水澡又把自己打理了一下，才拨通了喻烨的电话。

虽然已经努力让自己热起来，但是泡了那么久的冷水澡，夏蓁蓁觉得自己还是感冒了，等喻烨来接她的时候，她已经开始流鼻涕了。

喻烨十分干脆地把身上的西装脱下来，绅士地披在夏蓁蓁的身上：“伦敦的天气变化得快，你应该多穿点。”

夏蓁蓁打了个喷嚏，将西装拿下来，谢绝了他的好意：“谢谢，贝拉说给我买了衣服。”

喻烨勾了勾嘴角，没说什么。

距离罗宾逊教授的医院大概有半小时的车程，这半小时里，夏蓁蓁基本摸清了眼前这位看着气质跟周信极像的学长的基本情况。喻烨是高中出的国，大学就读于新加坡国立大学的计算机系，后听闻罗宾逊教授的名声后考进帝国理工，拜在罗宾逊教授名下。现在他有一家上市公司在美国，主攻 IT 业，听着感觉挺厉害，但是他自己说，他似乎已经是罗宾逊教授的几个弟子里混得最差的了。夏蓁蓁心想，现在有了她，他已经不是最差的了。

罗宾逊教授确实还在授课，但是能被称为他“弟子”的人并没有几个，只有被罗宾逊教授认可并留在身边教导的才能算，连贝拉都不是。

据说他最厉害的弟子现在已经在为中情局服务了，相比之下，她还真是最不成器的那一个，天天就知道围着游戏转。

怪不得知道她要回国做游戏的时候，罗宾逊气得胡子都要翘上天了。想着当时罗宾逊的样子，夏蓁蓁抿着唇，轻轻地笑了。喻烨看着夏蓁蓁的样子也笑了下，但没有开口打断她难得的好心情。

罗宾逊住在一个私立疗养院里，没有人带着，外人根本进不去。喻烨把车开进大门后，大门立刻关闭，让夏蓁蓁见识了一个疗养院到底能有多豪气。别的不说，进院左手边的那个高尔夫球场就足以吸引她的眼球了，更别提打高尔夫的人里面有一个看着还特别特别的眼熟。

夏蓁蓁眯着眼睛看了半天，才对着喻烨略显迟疑地开口：“那位……”

喻烨点点头：“女王大人很喜欢这个高尔夫球场，经常来打球。”

夏蓁蓁立刻闭了嘴。

她本以为还能看到罗宾逊跳起来怒骂她大材小用的样子，结果刚刚走进病房，她的眼睛就红了。受肝癌晚期的折磨，罗宾逊已经看不出当年的风采，躺在病床上戴着呼吸器，哪怕看到了她也只是微微抬起一根手指打了个招呼。

垂垂老矣。

除了师母以外，房间里还有很多人，不一样的肤色，不一样的国籍，不一样的年龄段，不一样的性别，却都带着“我是精英”的气质。但是夏蓁蓁没有多余的时间观察前辈们，几步走过去，握住了罗宾逊的手：“教授，我来了。”

夏蓁蓁是罗宾逊亲自带的最后一个学生，年纪也最小。精英们之间的感情比较淡薄，所以他们对于最小的小学妹并没有格外地表示亲热，但是纷纷留下了联系方式，因为罗宾逊教授曾说过这个亚裔小学妹聪慧异常，前途不可限量，以后能留在手下出一份力也是好的。

相比之下，喻烨已经算是很热情了，可能是因为两个人是所有弟子里仅有的两个中国人吧。

罗宾逊教授已经是风烛残年，刚刚跟夏蓁蓁说了几句话就用尽了攒下来的所有力气。夏蓁蓁伤心归伤心，也知道他现在身体上遭的罪更多。师母跟她说过，每天不打吗啡的话，他根本疼得睡不着觉。如果是这样，可能离世对他来说是更好的选择，至少不用受那么多苦。

夏蓁蓁和罗宾逊教授的外孙里欧一直在疗养院陪着罗宾逊，尽量让他开心些，然而他还是在一个星期后面带微笑地与世长辞。

罗宾逊的葬礼很隆重，告别式就长达三天，第一天是高官权贵，第二天是同事学生，第三天是亲朋好友。前辈们在第一天的告别式结束后就各奔东西，贝拉也在第二天的告别式过后回到学校继续上课，只有夏蓁蓁一直陪着师母，留到最后一天。

要离开的时候，师母紧紧地握着夏蓁蓁的手，开口说道：“蓁，罗宾逊跟我说，你这次来，可能会遇到他曾经的学生们，也许你会觉得自己跟他们有差距，但是他让我转告你，为了生活而做的是工作，而为了爱好而做的才是事业。他们做的都是工作，只有你做的是事业，所以不要觉得你比别人差，恰恰相反，你比他们都要优秀。”

夏蓁蓁再次没出息地红了眼眶——弥留之际的罗宾逊还惦记着她心情的好坏……

用力地拥抱了一下师母，夏蓁蓁一句话都说不出来。

离开罗宾逊的家，夏蓁蓁赫然在大门外看到一辆极其眼熟的车，两秒钟后，像是回应她的疑问一样，车窗缓缓地落了下来，露出喻烨的脸。

夏蓁蓁满脸惊讶：“你不是前天就走了吗？”

“那天是有公事去了一趟伯明翰，忙完我就回来了。贝拉说你还没走，我就来接你了。”喻烨脸上带着笑，“定什么时候走了吗？没定的话，正好我也要买机票，咱们可以一起走。”

自从跟陆唯明确关系之后，夏蓁蓁对待男人接近自己的问题一直表现得十分直白，于是她干脆地拒绝：“我不跟你一起走。”

喻烨被噎了一下，但是仍然很有修养地笑笑：“行，那你现在要去哪儿？”

“回酒店收拾东西，明天或者后天回国。”

喻烨弯了弯眼睛：“我也订了那个酒店，我顺路送你回去吧，这里不好打车。”

审视了喻烨一番，夏蓁蓁觉得至少他说的“这里不好打车”是对的，便上了车。

一路上，夏蓁蓁都没怎么说话，喻烨挑起几个话题都没得到回应之后也放弃了，调大了车载音乐的音量，将车开回了酒店。

夏蓁蓁觉得很累，也没跟喻烨说太多话，回到房间就一下栽倒在床上，本想给陆唯打个电话，但是一看时间，国内应该是深夜，她就放弃了，转而给陆唯发了条语音消息。

“陆唯，我好想你。”

本来夏蓁蓁是想第二天起床就回国的，但是贝拉强行将夏蓁蓁留了一天，因为她们也好久没见了。把机票改签到半夜的航班，夏蓁蓁陪了贝拉一整个白天，直到喻烨来接她，她才发现时间不早了。跟贝拉约好下次一定会见面，夏蓁蓁就上了喻烨的车。

车子行驶在机场高速上，喻烨突然开口：“我听说你的系统优化做得特别好。”

夏蓁蓁想了想：“还可以吧，不过不是我做得好，是我的团队做得好。”

“我听说了，你有自己的游戏工作室，现在国内最火的游戏都是你们设计的。”

夏蓁蓁点点头。

“我最近搞了个大项目，一个很大的难题就是系统优化，无论怎么做，超过两百个小时，芯片都会烧坏，还伴随轻微的爆炸。”喻烨淡淡地说道。

夏蓁蓁脑子里立刻开始思考几种优化途径，不过大概过了五秒钟，她停下来思考，转过头看向喻烨：“如果我帮你解决了这个问题，你能别再动把我收到你公司这个念头吗？”

喻烨听后立刻笑了：“我只是随便问个问题，你就能猜到我的真实想法？这是女人的第六感吗？”

夏蓁蓁十分认真：“不是第六感，而是你很像我的一个朋友。不过，可能是经历更多的原因，你隐藏得更深，看起来更柔和。你们两个的气场太像了，他就是遇到可心的人就想收入麾下，所以我才试一下，没想到还真试对了。”

喻烨没有接她的话继续往下说，转而直接说出自己的想法：“我不会收购整个夏夜，夏夜可以继续独立存在，你可以作为夏夜的顾问继续服务夏夜，但是你为夏夜做的每一个决策我都要知道……”

看着滔滔不绝的喻烨，夏蓁蓁越发觉得他跟周信真的很像，自己认准的事情几乎是不听别人的意见，仿佛对方只需要知道就好，自己只负责通知。

任由喻烨说个痛快，夏蓁蓁转过头看向车窗外——离机场越来越近了。

喻烨本以为夏蓁蓁始终不说话是在思考，便没有打扰她。

直到踏进机场大门，夏蓁蓁才回过头来，笑着对喻烨开口：“死心吧，只有我作为夏夜老板收购别人的那一天，没有我离开夏夜的那一天。”

喻烨还想说什么，夏蓁蓁伸出手比画了个打电话的手势：“再联系啊学长，需要帮助的话，我在夏夜随时恭候。”一句话，把他的脚步关在机场大门外。

看着夏蓁蓁在玻璃门后越走越远，喻烨忽然单手捂住脸——怎么办啊？这么有才华的姑娘，好想留在身边啊。

没有托运的行李，夏蓁蓁也就没着急换登机牌，坐在长椅上看着来来往往的人，突然觉得有点孤独。陌生的国家，只有自己一个人，真不知道之前那五年她是怎么熬过来的。

一瞬间，她突然很想知道陆唯现在在干什么……

像是听到她的心声一样，手机忽然响了起来，正是陆唯。

夏蓁蓁立刻笑眯眯地接起电话：“你怎么知道我想你了，就给我打电话来了？”

“你不都说我是陆半仙吗，当然能算到你什么时候想我。”陆唯的声音听着有点疲惫。

夏蓁蓁有些担心：“最近很累吗？要注意休息。”

“放心，我能照顾好自己的，倒是你，有照顾好自己吗？”陆唯淡淡地反问。

夏蓁蓁笑笑：“除了挺想你的，其他都很好。”

“我知道你想我。”陆唯笑笑。

“那你呢？”夏蓁蓁反问，“想我吗？”

陆唯并没有立刻回复，好一会儿，电话那边都没有回应。夏蓁蓁把手机拿下来看了看，又“喂”了好几遍，但对面都没有动静。夏蓁蓁正想着手机是不是没信号了，一股奇怪的感觉突然袭了过来，让她整个后颈的汗毛都竖了起来，随后颈侧忽地被轻轻地吻了一下，那个本应该在大洋彼岸的声音蓦地贴着她的耳朵响起：“我也想你。”

夏蓁蓁一个激灵，控制了半天情绪才让自己还算沉稳地扑进陆唯的怀里：“你怎么来了？”

陆唯慢条斯理地梳理着她的长发：“三更半夜跟我说想我，我要是再不过来，显得我多不懂事。”

“扑哧”笑出声来，夏蓁蓁抬起头，歪着头看着陆唯：“幸好你是现在到的，如果再晚两个小时，我就走了。”

“那只能说你对我的吸引力太大了，听到消息后，我立刻不管不顾地就赶过来了。”再次把夏蓁蓁抱进怀里，陆唯开口，“我陆半仙掐指一算，就凭你和我的缘分，咱们两个都不会错过。”

夏蓁蓁感动得点头如捣蒜。

而陆唯，则在夏蓁蓁身后对着藏在人群中的贝拉比了个 OK 的手势——合作愉快，下次还给你带老干妈。

Chapter 2
屋漏偏逢连夜雨

原本陆唯是想跟夏蓁蓁买一趟航班的机票直接回国，但是看着他的样子，夏蓁蓁就知道他累坏了，心疼得不行，将机票改签到第二天，两个人休整了一晚后才回了国。倒了两天时差，夏蓁蓁开始上班。

《初心江湖》和《诸神之战》已经变成了夏夜的摇钱树，除了每个月定时更新以外，已经没有什么事情需要操心的了，用陈妍妍的话说就是，躺着也能赚钱了。所以夏蓁蓁上班的第一天，就发现工作室的气氛不太对，说懒散吧，有点过分了，但大家确实有些心不在焉。虽然电脑桌面上依然是游戏数据，但是每个人都是支着下巴、睁着困倦的双眼看着，没有丝毫活力，跟半年前每个人像打了鸡血一样的状态截然不同。

虽说她也不想让大家时刻保持精神高度集中的状态，但是这么懒散也不应该。于是，夏蓁蓁敲了敲周信和陈纽约办公室的门，开了第一个只有三个人的管理层会议。

她简单地说了下她目前的感受，周信和陈纽约不约而同地表示认同。但是两个人对于整顿工作室内部作风，提出两种截然不同的解决方案。

“温和派”陈纽约：“大家都是人，不是机器，不可能一直高强度运转，休息一下无可厚非，你不在的那几天，我还请了两天假呢。别大惊小怪的，不然给大家放个带薪假期吧，感觉好像自从成立工作室，都没怎么休息过，大家都累。反正《初心江湖》和《诸神之战》现在也不用操心，留一个人看家，剩下的都休假吧。”

“强硬派”周信：“休假？休什么假？我们是个工作室，是个团队，创业初期就这么懒散怎么行！我早就看他们这样不顺眼了，要我说就把上班的机制改一下，以前都是想什么时候上班就什么时候上班，现在不行，早九晚七，午休两个……不，一个小时，每天早上都开个例行晨会，每个人上报工作计划，晚上看完成情况。”

“自成一派”夏蓁蓁：“过分了吧……”

周信自带冰霜特效的眼神立刻扎了过来。

夏蓁蓁轻咳两声避开周信的视线，脑子里飞快地综合着两个人的想法，想给出一个可行性最高的方案，然而想了半天也没想出来，毕竟她自己也是技术型人才，管理她做不了。虽说周信是管理、技术都行的，但是他的管理方式太铁血了，比较适合大企业，对于这么几个人的小工作室并不适用，显得没有人情味。

看着苦恼的夏蓁蓁，陈纽约突然开口：“蓁蓁，你是不是好久没做游戏策划了？”

一语惊醒梦中人！

夏蓁蓁坐直了身子，单手支着下巴思考着——同事们之所以这么没有干劲，也是因为她没给他们安排工作。夏夜成立之初，她的定位除了老板以外就是总策划，现在策划迟迟拿不出新的方案，大家自然会觉得迷失了方向，毕竟这个十个人的团队每个人分工明确，除了她以外没人负责策划。

望着夏蓁蓁越来越亮的眼神，陈纽约后退了一步："蓁蓁你先冷静一下，上次看到你这眼神的时候，我们连续工作了半个月，又一次看到这个眼神，我有点害怕。"

"别这样。"夏蓁蓁站起身拍拍陈纽约的肩膀，"你要记得，别人为了生活做的是工作，而我们为了爱好做的是事业，千万别有压力。听你的，先给兄弟们放几天带薪假期，等我策划做好之后，又一轮的战役就开始了。"

"呜呜，妈妈，我想回家……"

虽然信誓旦旦地说要做策划，但是夏蓁蓁发现自己对待游戏的热情已经在《初心江湖》和《诸神之战》中耗尽了，突然间在没有灵感的状态下做策划，简直不要太煎熬。起初的两天，周信还很仗义地陪着她加班，陪她思考，结果他给的所有建议都被打回来了，他丢了笔也不干了，任由她自己在工作室里憋死。

每次忙到没有头绪的时候，夏蓁蓁就很想陆唯，但是陆唯最近也很忙，似乎是樊鸣的父亲那边有点事情。本来那是林小纤的案子，但是知道是樊鸣父亲的事，陆唯就主动接了下来，每天早出晚归，连每天晚上固定找她吃饭的时间都没有。所以她现在也舍不得去打扰他，只能自己继续思考。

又在办公室里浪费了大半天时间后，夏蓁蓁有气无力地趴在办公桌上拨通了电话。

"嘟……嘟……嘟……对不起，您拨的用户暂时无法接通，请您稍后再拨。"

夏蓁蓁都没看手机一眼就挂断电话，又打了一遍。机械的女声回复同样的话，夏蓁蓁也以同样的姿势继续打。直到打到第七遍，电话那边终于不再是机械的女声，而是一个气急败坏的男声："你是不是不懂我挂断你电话是什么意思？”

“周信，我要死了。”夏蓁蓁哼唧着。

“那就死远点！别给我打电话！”周信吼完再次挂断电话。

听着电话里的忙音，夏蓁蓁“呜嘤”一声哀号，埋在桌子上抬不起头来。

五秒钟后，手机响了起来。

“喂……”夏蓁蓁接了起来。

“你死在哪儿了？我去给你收尸。”周信冷冰冰地开口。

“办公室，唉……”夏蓁蓁一声叹息，“周信啊，你这刀子嘴豆腐心、傲娇的性格什么时候能改一改啊？我们认识十几年了，我了解你，所以你跟我说什么我不介意，可是你这么跟别的女孩子说话，会让你注定孤独终生的啊！”

“嘟、嘟、嘟……”

又挂了。

无奈地笑了一下，夏蓁蓁给他发了条信息：我想做个射击类的游戏，你觉得怎么样？

五秒钟后，手机再次响了起来。

“不行，现在国内射击游戏做得最好的是腾飞电子，他们设计的《先锋战队》刚刚组织了国内高校联赛，现在正火，你设计这个肯定扑街。”周信分析道。

“那我做个音乐类的？”

“你忘了你高中就能玩出最高速全连的《节奏大师》了吗？”

“那恐怖类的？”

“你自己都不玩！”说到最后，周信又有点生气了，“你究竟动脑子了吗？你说的这些我之前都提过，你还给我否决了，现在还在这儿跟我说？”

“我错了。”夏蓁蓁认错认得飞快。

叹了一口气，周信捏着自己的眉心，控制着心中的怨气："蓁蓁，我知道你对游戏的追求，但是游戏行业发展这么多年了，你想做别人没做过的游戏的确有可能，但是可能性很低。我们要做的是在各个种类的游戏中做出最好的那一款，不是非要做最新的那款，明白了吗？"

"嗯……"夏不开心。

"嗯个屁。"周更不开心。

"那我们现在再来探讨一下你注定孤独终生这个话题,周信啊，其实你……"

"嘟、嘟、嘟……"

又挂了……

夏蓁蓁感觉自己拒绝了喻烨以来，运气好像在一点点地变坏，比如今天都到工作室的门口了，才发现自己手机没带，又折回家拿手机，结果发现家里钥匙忘在工作室了，只能跑到楼下的小卖部，借老板的手机给陆唯打电话。

手机里的陆唯有点哭笑不得："大小姐，好说歹说，你也是身家不菲的夏夜工作室负责人了，能不能经常动动脑子，把你的……"

夏蓁蓁急得直跺脚："就你话多就你话多！你给我闭嘴，赶紧回来给我开门啊！"

陆唯"哦"了一声，说道："你去家门口等着，我马上回来。"

夏蓁蓁长舒了一口气，再回到家门口却愣住了，门居然开着，陆唯手里摆弄着一朵玫瑰花，正似笑非笑地看着自己。

夏蓁蓁吓了一跳："你飞回来的吗？怎么这么快啊？"

陆唯把夏蓁蓁一把拉进门，把她抵在墙上，轻轻刮了一下她的鼻子："听话不认真啊！我昨天就告诉你了，下午的飞机去 N 市，给樊鸣家打官司去。"他一边慢慢说着话，一边眼睛直直地盯着夏蓁蓁，嘴边露出了慢条斯理的笑容，同时把玫瑰轻轻地探过来，一点点地靠向她的侧脸。

夏蓁蓁闻到陆唯身上熟悉的味道，看着越来越近的花瓣，又看着他一眨不眨的双眼，一时间竟然有点紧张，不自觉地将双手环在胸前，神情警惕："你……你要干什么……"

陆唯正要搭话，夏蓁蓁突然想到了什么，一把夺过玫瑰花，伸手点向陆唯的额头："好啊你，你趁着原配不在家，弄朵玫瑰在手里做什么，是准备在机场勾搭小妹妹的吗？"

陆唯后退两步，耸了耸肩，夏蓁蓁这才注意到客厅的桌上放着一大束玫瑰，娇艳欲滴，很明显是想自己晚上回家得到一个惊喜的。那一瞬间，夏蓁蓁突然觉得无比温馨，她喜欢这种带着一点意外的小浪漫……

然后这份还没有完全酝酿起来的意外浪漫被忘在鞋柜上的手机打断了，振铃声里，周信的名字闪动着，接通之后，依然是他不怀好意的阴森森的声音："我说夏总，是不是工作室已经解散了，也没有人通知我呢？我记得前两天有人给我打电话哭着喊着要开计划会的，今天怎么就看不到人影了……"

夏蓁蓁一个激灵，挂断电话后，匆匆忙忙地亲了陆唯一口，一边走一边敷衍地开口说了句"宝贝加油啊，别累着"，之后就上了电梯。

摸了摸脸上的唇印，陆唯慢半拍地回了句："你才是。"

半个小时后，夏蓁蓁再次出现在了工作室，路过办公区的时候，她有点不太相信自己的眼睛，整个办公区只有陈妍妍和测试组的另外一个同事在讨论问题，其他工位都空空如也。

前几天她刚整顿过工作作风啊，这也太不把她当回事了吧。

还没等她的气上头，周信就从会议室走出来，脸上挂着挡不住的三分怨气和三分杀气："别看了，今天城南大堵车，大半个工作室的人都迟到了，先赶紧过来开会吧。"

陈纽约从会议室门后面探出半个头："对啊，13号加上星期五，not a good day……"

夏蓁蓁下意识地看了一眼手机，还真的是。

果然今天的不顺利还在继续，本来要讨论新游戏的策划案，结果电脑临时打不开了，连陈纽约这样的老手都一时半会儿找不出问题，只能慢慢摸索。

夏蓁蓁看了一眼冷若冰霜、独自坐定的周信，心里突然觉得奇怪，这个小霸王今天怎么突然这么安静呢？她正觉得奇怪时，陈妍妍突然从外面推门进来，脸上毫无表情，"啪"地丢了个U盘在周信面前："你要的性能对比分析都在里面了，拿去拿去。"说完转身就走。

夏蓁蓁有点愕然，再去看周信，只是死死地盯着会议室的办公桌，一点表情和要回复的意思都没有，再看向陈纽约，陈纽约一副幸灾乐祸的表情挂在脸上："他们俩今天早上干架了。"

原来夏蓁蓁最新设计的几个方案，都要采用最新的游戏引擎方案，但是新方案虽然有更好的画面，却一并对玩家的电脑有了更高的要求。周信让陈妍妍尽快做一个评估对比的方案出来，本来说周五下班前拿出来就行，今天早上突然觉得晨会时需要，就临时跑去问陈妍妍要成果。陈妍妍平时是著名的开心派，今天居然跳起来就跟周信开杠，两个人在办公室整整吵了半个小时。

"也幸亏今天堵车，大家都还没来，不然的话……"陈纽约收起脸上的幸灾乐祸，突然露出几分意犹未尽的表情来。

夏蓁蓁突然觉得有点好笑，以周信那种无理尚且不饶人的性格，他和谁有矛盾她都不觉得奇怪，但是他居然能够跟几乎一直笑意盈盈的陈妍妍闹起来，这事儿还真有点意思。突然她想到了什么，偷偷侧眼去偷瞄周信的表情。周信脸上虽然没有丝毫的表情波动，眼珠却在眼眶里飞快地转动。以夏蓁蓁对他多年的了解，这是他内心的活动强烈时，下意识用来掩饰自己的表情。

她正要开口挖苦几句，突然手机又响了，看过去却是一个来自美国的号码。夏蓁蓁急忙接起来，短短几句话下来，让她的心情一下子坏到了极点。

没出国之前，她同周信讨论了几个新的游戏方案之后，她自己还悄悄通过在美国 VHV 公司的同门师兄在联系一个秘密项目。VHV 公司做家用游戏机起家，虽然规模不是业界领先，但是他们是最早开始做 VR 游戏设备的厂商，自然也是最大的 VR 游戏厂商。他们一直想在中国找一家有实力的游戏公司作为长期合作伙伴，但是同时需要这个合作伙伴在此时此刻是有 VR 游戏的项目的。

得知这个消息的夏蓁蓁有了新的打算，她偷偷拉着陈纽约将《初心江湖》中的核心部分抽取出来，然后做了 VR 游戏体验的重构。夏蓁蓁很看好 VR 游戏未来的前景，更希望借助 VHV 公司的力量在 VR 游戏还没有普及时就占领国内的第一线市场。因此，她们抽调最好的研发同事连续没日没夜加了两个月的班，就是为了让《初心江湖》的 VR 版能够在 VHV 这周的内部测试通过，加入 VHV 的第一批全球开发者联盟。

但是刚才师兄打来电话，说这事儿黄了。

而这并不是因为游戏的问题，夏夜工作室给出的中国风武侠 VR 游戏思路，在所有送测的 VR 游戏中是独树一帜的，游戏体验也相当好。但是就在两个小时前，VHV 公司被全球最大的 IT 公司 BELTA 给全资收购了。而 BELTA 最先叫停的，就是 VR 游戏项目。原因很简单，BELTA 自己就是手机和电脑游戏的市场占有率最高的公司。他们觉得游戏市场还有很大的蛋糕没有切完，因此，要借助 VHV 公司在业内的影响力先把常规游戏的市场余量挤干净。至于 VR 项目，他们至少也要到一两年后再启动。唯一的好消息，是他们非常非常喜欢和看好《初心江湖》VR 版本的品质，想和夏夜工作室提前签订一个战略协议，预付一笔钱锁定这个游戏将来的独家授权。

夏蓁蓁只觉得头晕目眩，她麻木地解释完来龙去脉，一下子瘫坐在椅子上。

周信忽然站了起来，夏蓁蓁有点发抖，她知道周信一直对于夏夜工作室不计成本地去投入这个项目是持反对意见的，此时此刻怕是要跟她和陈纽约秋后算总账了吧。

没想到周信却轻轻拍了拍桌子："这种事情就没办法了……事到如今有两个思路，一是我们接受这个授权协议，先把现金拿回来，研发下一个项目；二是我们跳出 VHV 公司，去寻求与其他 VR 游戏公司的合作。"

夏蓁蓁摇了摇头："VHV 公司这几年到处搜罗人才，基本上最好的 VR 项目都在他们手里了，其他公司要赶上他们，起码也要花个一年半载，我们这时候把项目送过去，对别的公司几乎可以算是空中楼阁了啊。"

周信皱眉道："收授权费倒不是不能接受，可是现在我们工作室缺少的不是现金流，而是下一个项目的研发方向。"

陈纽约插嘴道："如果是这样的话，我们不如把精力投入《家庭大乱斗》吧……"

话音未落，夏蓁蓁的手机又响了起来，居然是陈妍妍，看起来，她是不愿意再走进会议室了。夏蓁蓁顿时觉得又好气又好笑，但是陈妍妍说出来的却是另一个坏消息，陈纽约刚说的《家庭大乱斗》，这个难得三个人都看好的家庭互动游戏项目也出现了问题。新游戏引擎的提供商冰山公司因为自己也在做类似的游戏，刚刚发邮件拒绝给这款游戏做底层引擎的使用授权，现在如果还想做下去，就必须把已经写好的架构全部推倒重来。

这个消息让三个人同时哀号起来。

这时，陈纽约突然一拍桌子："好了，你的电脑搞定了。"

夏蓁蓁苦笑道："VR 和'乱斗'两个项目都黄了，现在还开什么会啊。"

周信板起脸，严肃地说道："这还远没到最坏的时候，幸亏我知道你们两个是靠不住的，专门留了后手。"

陈纽约长长叹了一口气："你说的是你那个手游项目吗？别提了。这个月的测试就没有一次跑通顺的。"

周信铁青着脸："那还不是因为性能组调试进度跟不上。"

陈纽约反问："不然呢？你做的构想，游戏性确实不错，但是手机一跑起来就能飙到六七十度，你是玩游戏还是烧手机？"

夏蓁蓁连忙摆手拉停他们的争执："这个项目到底能不能有进展？如果可以的话，我们近期先主推这个也不错。"

周信自己却先有点泄气了："不理想。其实性能问题只是冰山一角，这游戏的交互方式有点超前了。现在不是我们做不做得出来的问题，而是手机硬件撑不撑得住的问题，要等下一代 CPU 芯片更新，最起码也是半年以后了。"

夏蓁蓁摇了摇头，陷入了沉思。其实夏夜工作室现在单靠《初心江湖》和《诸神之战》的收入，维系现在毫无问题。包括他们近期试水的那些项目，成本其实也完全可以接受，但是让她完全不能接受的，恰恰是这种事情进展到一定程度之后就停滞了。她感觉自己好像只是运气好，恰好做出了一个游戏，而这个游戏恰好受到市场追捧了，恰好有很多朋友在帮自己，恰好有陆唯那样的坚实后盾。其他呢？当真正看起来一切都不是问题了，需要在资金充足、平台完善的前提下，做一款自己真正想要追求的完美的游戏作品时，却发现好像自己的能力又不足以支撑当时的种种构想。

夏蓁蓁正在胡思乱想时，又有人来推会议室的门，这次却是南乐，她一推门就哇哇大叫起来："天啊天啊，我堵了半天车来到这里，结果你们怎么搞得这么丧？还能不能让我这个大股东有点信心了啊。周信？你是不是又惹我家蓁蓁生气了啊？”

周信虽然平时都没给过谁好脸色，但是看到吵吵嚷嚷的南乐一向有些头疼，忙不迭地摆手：“你的那个夏小祖宗，谁敢惹她。”

陈纽约嗤之以鼻：“还不是因为你无能，把好好的手游项目做得一塌糊涂。”

会议室凝重的气氛因此轻松了一点点。

南乐搞清楚来龙去脉之后，一把将夏蓁蓁拉了起来，顺手在她腰上掐了一下。

夏蓁蓁“啊”的一声尖叫，一边跳开一边向南乐还手。

南乐哈哈笑着后退：“你看你看，还是有活力的嘛。”然后冲着周信和陈纽约摆摆手，“我看你们今天很不顺的样子，我正好有事找蓁蓁，就带她出去了，也免得你们三个人大眼瞪小眼，越来越沮丧。”

夏蓁蓁突然也觉得这时候跟着南乐出去走走不是坏事，凡事总要想办法解决的，这个时候与其陷在情绪里面，不如好好调节调节。

跟着南乐上车之后，夏蓁蓁问道：“你这是要带我干吗去？”

南乐在手机上戳戳戳，然后答道：“别问别问，到地方你就知道了。你先看看我们准备的电子请柬，专门找我爸他们公司据说最好的设计师做的。”

夏蓁蓁一边滑动手机一边笑道：“你这也太不偶像剧了吧。按照正常的设定，你和樊鸣的婚礼，难道不应该用 24K 金做一个奢华到闪瞎双眼的大请柬，然后像发名片一样到处发吗？”

南乐一边打着方向盘一边冷笑：“你说的那是土豪行为好吗？这都什么年代了，我们要做的是低碳环保高科技。”说完她突然叹了口气，伸手指了指夏蓁蓁手边的置物盒，“打开。”

夏蓁蓁打开一看，里面是一个金光灿灿的东西，拿出来仔细一打量，居然真的是一封纯金的请柬。

南乐撇了撇嘴：“我爸怎么可能放过我们，你以为他没准备这玩意儿吗？这是第九版设计了，我就算不能反对，也要折腾他。”两个人看着这个请柬，一起哈哈大笑起来。

南乐边笑边说：“哎呀，你不知道，不到讨论结婚，不知道结婚这么麻烦。”

夏蓁蓁边笑边举着手机滑动：“你们那两大家子，想不麻烦都不行吧。不过话说回来，你们的这个电子请柬确实不赖。”

南乐歪过头来：“你和陆唯结婚的时候也按照这个款式来一个？”

夏蓁蓁心中一凛，结婚？隐隐觉得有什么好像不对，让自己觉得心里发空。

南乐敏锐地觉察到了她的异常：“怎么了？他不是已经向你求婚了吗？”

夏蓁蓁点头道：“那我问你，你和樊鸣从求婚到现在筹备结婚用了多久？你们这万事俱备的还要这么长时间，我们两个还没有开始进行正式结婚过日子的心理建设准备呢。”

南乐啧啧称奇：“我估计是你没建设好吧。陆大律师那种性格，心里还是很有数的。不过我还挺好奇，你们俩平时待在家里就聊心理建设吗？”

夏蓁蓁举手装作要打过来，南乐连声喊道：“交通安全第一，安全第一！”

夏蓁蓁放下了手：“不是啦，其实他偶尔也会说几句，可能觉得结婚就意味着身份和心理都得转变吧。”

南乐摇摇头：“今天是怎么了？所有的话题都越说越沉重了。”

夏蓁蓁苦笑：“算了算了，不提这个，他可能有自己的打算吧。”

车停在路口等红灯，南乐也在若有所思，过了一会儿才回话：“不过我倒是不担心的，在我看来，你跟他是真的天造地设，绝对……”

话音未落，突然听到“当”的一声巨响，同时车身一震，两个人同时被座位前抛又被安全带拽了回来，对视三秒，南乐率先反应过来："啊呀，被追尾了！"

后面的车上下来的也是一个年轻的女孩，一下来就忙不迭地道歉，解释说她是一个作家，今天要急着去出版社对稿子，结果刚才在车上接电话，不小心追了尾。说着说着急得哭了起来，看南乐的车虽然只掉了一小块漆，但是自己这本书怕是就白写了。不一会儿，交警和保险公司先后到达现场很快处理完毕。

南乐摇了摇头："本来说今天带你去看看婚纱的，来这么一出就完全没心情了。"

夏蓁蓁也跟着叹了口气："家家说得没错，13 号星期五，今天还真不是一个好日子，诸事不顺。"

两个人就近找了个地方吃完饭就散伙了，夏蓁蓁却没了心情去工作室，让南乐把她送回了家。

推开家门，陆唯的行李箱不见了，应该是已经去机场了。门后留了便利贴，让夏蓁蓁每天记得按时吃饭和睡觉，不要加班过度。桌上的玫瑰还在源源不断地散发着香气。

夏蓁蓁有些丧气，径直走进卧室瘫倒在床上，此时她什么都不想了，只想好好放空一下。

结果手机又响了。

叹了一口气，夏蓁蓁在心中暗暗盘算，今天手机响了几次，没有一次是好消息，希望这次总要时来运转了吧，拿起一看，是夏爸爸打来的。

夏蓁蓁有气无力地接通："喂，爸，怎么……"

电话那边是夏爸爸熟悉而焦急的声音："蓁蓁啊，我现在在市医院呢，你妈妈……"

夏蓁蓁一个激灵坐了起来："啊？妈妈怎么了？"

爸爸说道："你妈妈上午在家拖地的时候突然晕倒了，我赶紧把她送到市医院检查，从现在初步的结果看，是胃里有个东西，但是现在还没有确诊……”

夏蓁蓁只觉得眼前发黑，她伸出右手想去抓，又觉得好像什么都抓不到。卧室里还有陆唯熟悉的味道，偏偏这个时候他又不在身边，想到这一点，夏蓁蓁只觉得心里最后一道防线也在逐渐溃败。

夏爸爸的声音突然焦急起来：“医生过来了，我先过去。”说着急匆匆地挂断了电话。

夏蓁蓁却依然木然地举着手机，不知道自己此时身在何处，也不知道下一刻应该去往哪里。

手机再次响起，接通却是陆唯。听到陆唯的声音，夏蓁蓁再也忍不住了，“哇”地大哭了起来。

陆唯也有些怔住了，他本来想开玩笑问问她是不是太想他了，但是凭他对她的了解，一下就意识到肯定是出了什么大事，于是赶紧开始宽慰，她才断断续续地把事情一点点地讲了出来。

陆唯沉思了一会儿：“阿姨的症状和我去年一个委托人很像，当时是在我们市的第三医院肿瘤科做的检查，找罗教授，他是这方面的专家。这个你不用急，如果是良性的，只是做一个小手术的问题，很快就可以康复了。”

夏蓁蓁连连点头，正要说什么，陆唯那边突然响起了一连串的广播声开始催促登机，陆唯有些迟疑：“不然……我现在回去吧。”

听到这里，夏蓁蓁却突然清醒了一些，她狠狠地在自己腿上掐了一把，夏蓁蓁啊夏蓁蓁，这个时候是你凄凄惨惨的时候吗？于是她连忙对着手机说道：“不用不用，你先忙你的工作，我先等检查的结果出来。”

陆唯“嗯”了一声，微微沉吟片刻才又说道：“你放心，不会有问题的。我先登机了。”随后挂断了电话。

夏蓁蓁在刚接到陆唯电话的时候，心中默默祈祷着陆唯把时间多留一些给自己，但是此刻却慢慢地感觉到力量在一点点恢复，爱情、家庭、责任，所有的事情都不是自己逃避的理由，陆唯总能在自己最艰难的时候挺身而出，此时也应该是自己努力做点什么的时候了。于是，夏蓁蓁马上打电话给周信，简单交代了一下，并说自己要请一段时间的假。周信听说之后马上要赶过来，夏蓁蓁拒绝了，但是周信随后打电话给在老家的朋友，让他送夏蓁蓁的父母到这边来检查，夏蓁蓁这次同意了。

夏爸爸的电话也在这个时候打过来了，夏蓁蓁深呼吸几下，认真平复了一下情绪，接通了电话。夏爸爸的声音倒是显得比刚开始平静了："蓁蓁啊，现在检查结果出来了，但是我们医院没办法确诊，医生建议转院到你们 S 市，还推荐说如果有可能就到第三医院肿瘤科。但是他们也说了，这个科室的号非常非常难挂。"

夏蓁蓁连连点头："嗯嗯，陆唯也是这么建议的。妈妈现在怎么样了，精神还好吗？"

夏爸爸答道："你妈妈现在还好，刚起来自己走了一会儿，还自己喝了点水，精神好多了。"

夏蓁蓁有点眼泪涌出的感觉，她强忍住情绪，因为还有更重要的事情要说："我刚借了同事家的车，他们等下过去接你们来这边，挂号的事情我去想办法。"

夏爸爸居然没有拒绝，但是沉默了一会儿才说："蓁蓁，你长大了。等我过来，我们一起把妈妈治好，一起想办法。"

老家到 S 市不远，开车三个小时就可以到，夏蓁蓁让周信的朋友直接把爸妈送到第三医院附近自己订好的酒店，然后自己开始想办法去挂号。

她开始挂号才发现自己又进入了一个无底洞。S 市第三医院的肿瘤科可谓名声在外了，常规的网上挂号已经挂到三个月之后了，至于罗教授，那更是一号难求。她把手机里所有的电话号码打了一遍，想尽办法也没能找到第三医院的关系，连南乐和周信也都一时帮不上忙。

每打两三个电话，夏蓁蓁就会下意识地拨一下陆唯的号码，她当然知道陆唯现在还在飞机上，是不可能接到她的电话的，但是她还是习惯性地这么做了，好像这样能够让她多少获得一些心理安慰。

人在无助的时候，时间好像总是过得特别快，不一会儿，周信的朋友就打来电话，人已经送到了。夏蓁蓁立刻表示感谢，而后赶紧出门打车去酒店和父母会合。

见到夏爸爸是在酒店大堂，一夜之间，夏爸爸整个人已经憔悴了，但是脸上还是有着坚定的神情。他看到夏蓁蓁，忙快步迎了上来："蓁蓁啊，我让你妈妈先在房间休息了。她刚吃了点药，现在睡着了。"

夏蓁蓁在路上就一直暗暗地给自己打气，见到爸爸千万不能哭，不能有过激的情绪，她不想惹得爸爸跟着她一起掉眼泪。但是，万万没想到此时夏爸爸出奇地平静，也给了她一份莫名的力量，让她觉得眼前的一切要先想办法和自己最爱的人扛过去再说。

夏爸爸先把病历拿出来给夏蓁蓁看，妈妈胃里的肿瘤到底是良性还是恶性的，之前老家的医院完全没有办法确诊，建议在三天之内到国内最好的几个肿瘤科医院做复诊，否则只能回老家医院留院观察了。医生推荐的医院里面，除了S市第三医院之外，就只有远在北方的几家大医院了，过去单坐飞机就要四五个小时，而且人生地不熟的，完全没有头绪。

接下来就是继续没完没了的挂号尝试了，他们开始分工，一边想办法去挂第三医院的号，一边打听北方几家医院的情况，以防万一。夏爸爸也到处找同学和同事帮忙，但是得到的回复大多是一样的，那个科室确实很难预约，现在查到的已有预约都是至少三个月以后的。而北方的几家医院只有一家可以接收近期的专家挂号预约，但也要两个星期以后了。

中间陆唯来过两次电话，一次打给夏蓁蓁，听说爸妈都被夏蓁蓁接过来还有点意外，连忙又专门打了个电话给夏爸爸问候情况；第二次是晚上十点左右，问他们挂号的情况，得知进展不顺之后悄悄叹了口气，说他也想想办法。两个人都心情沉重，就没有多说什么。

晚上终于打通了医院的值班电话，夏蓁蓁用尽浑身解数，终于从值班医生嘴里打听到，现在每天除了网上的号之外，医院还会放很少的门诊专家号，但是就需要每天早起去排队了。

这个时间已经是夜里十二点，两个人连晚饭都还没顾上吃，在酒店旁边的小饭店里随便点了两个菜。妈妈下午醒来后，喝了点外卖送的汤就又沉沉睡去了。

父女俩相对坐着，谁都没有动筷子，也没有说话。许久，夏爸爸先开口说："蓁蓁，你先回去休息吧，明天早上我去排队好了。"

夏蓁蓁倔强地摇摇头："你今天都折腾了这么久，你等下回去好好睡觉。再说了，S 市是我的主场，我怎么能让你这么操心呢？"

夏爸爸微笑了一下，没有回答，只是点点头："快吃饭吧，菜都凉了。"

两个人各怀心事地随便吃了点东西，夏蓁蓁又提议夏爸爸去自己和陆唯的家住，自己在酒店照顾妈妈，这次被夏爸爸强烈拒绝了。

第二天早上五点，闹钟响了，夏蓁蓁"呼"地从床上坐起来，平时她多多少少会赖会儿床，今天是完全没有犹豫地起床洗漱，然后打车去第三医院。这几年来，她自认为还是比较辛苦，经常晚上加班到很晚，反而早上没有这么早起来过。看着窗外的城市在一点点苏醒，夏蓁蓁的心情却一点都轻松不起来。

赶到第三医院的时候已经五点半了，出乎夏蓁蓁的意料，挂号处已经排起了长长的队伍。现在 S 市的医院基本上都实现了预约挂号，挂号处只有极少量的现场号，现在排队的人都是冲着没有被预约的现场号来的。

突然，夏蓁蓁一愣，她发现队伍前列有一个熟悉的身影，连忙走上前去一看，居然真的是夏爸爸。夏爸爸看到夏蓁蓁也有些意外，忙解释道：“你看我，晚上睡不着，只能出来到处转转，又人生地不熟的，只能到这边来排排队。”说着轻轻踢了踢脚下的小马扎，“还有这个呢，一点都不累，倒有点当时跟你妈妈度蜜月的时候，我去熬夜排队买火车票的意思了。”

夏蓁蓁还没开口，夏爸爸就已经把她想问的话一一回答了，这反而让她更加难受。她紧紧绷着自己的情绪，别过脸去看医院落地窗外的路灯，努力不让自己直视夏爸爸的双眼。

过了一会儿，父女俩开始慢慢地聊了起来，两个人很有默契地没有直接去讨论妈妈的病情，而是像用语言散步一样，开始回忆一些过去的事情：夏蓁蓁小时候借着去幼儿园偷偷跑去看做糖人；夏蓁蓁小学的时候一个人跑到游泳馆深水区游泳，结果抽筋；夏蓁蓁初中时第一次出国参加夏令营；夏蓁蓁高中在校的时候老师来家访，告状说她自习时间偷跑出去打游戏……

夏蓁蓁突然意识到了什么，不由得问道：“爸，怎么都是关于我的？讲点你和妈妈以前的事情啊。”

于是话题开始往更早的时候延伸了，从爸爸妈妈在大学时相识，到恋爱，到冷战，到毕业之后的别离，最后还是居委会主任开介绍信让他们去领结婚证，结婚之后去了一趟海南度蜜月……

夏蓁蓁听得津津有味，又问道：“那为什么我出生之后，你们都不去旅游了呢？”

夏爸爸笑着摇摇头：“自从有了你之后，我们照顾你都顾不过来，哪还有心思去想那些事情呢。”

夏蓁蓁心中有了一些酸楚，心中打定主意，这次的事情过去了，一定要跟陆唯说，给爸妈弄一个欧洲十国豪华游，让他们好好享受享受。想到这里，夏蓁蓁忽然反应过来，不行，我们这么辛辛苦苦地排队，陆唯这会儿还在睡大觉呢，我要把他也叫醒，孩子气一上来也没多想，就拨通了他的手机，结果提示是关机，夏蓁蓁气呼呼地把手机收起来。

八点钟到了，挂号的窗口开始营业，由于夏爸爸的位置很靠前，很快就排到了，但是窗口的护士一听说是挂肿瘤科的号，马上连连摇头："肿瘤科的号挂不到，只能在网上预约。"

夏蓁蓁马上急了："可是我是打了你们的客服电话的，电话里说是每天会放一部分号出来的啊。"

护士答道："这个说法是没错，但是肿瘤科因为是医院的核心科室，从今年一月份开始已经停止窗口挂号了，只能通过预约窗口或者网上预约，现在……"说着敲击了几下键盘，"最早能预约到的是三个月之后的，您看需要帮忙安排吗？"

最后的希望就这样突然间破灭。夏蓁蓁就好像是气球被戳破了，瞬间颓了下来。夏爸爸看她的表情有些发怔，轻轻地扯了扯她的胳膊，把她从队伍里拉出来，长长叹了一口气，然后拿出手机："我现在预约北方医院的号吧，好在是两周之后的。"

夏蓁蓁的眼泪突然就像决堤一样涌了出来，开始低声抽泣："可……可是……要这么久，妈妈……妈妈怎么办啊……就干等着吗？"

夏爸爸的眼圈也有些发红，但是仍然强自镇定着："先带回M 市医院观察吧。"

夏蓁蓁此时突然感觉到了绝望，从昨天早上开始的诸多不顺，突然一瞬间向她涌了过来，工作的低谷，自我的否定，这些都没有真正伤害到她，但是此时此刻在家人面前的无助，却让她瞬间崩溃了，她无法想象等下回了酒店要怎么面对妈妈，该怎么跟妈妈解释现在没办法入住医院检查，还要等那么久。而妈妈肯定不会怪她，只会笑着看着她，只会说"我没事，别担心"，但是真的没事吗？

真的不痛苦吗？妈妈只是自己默默承受了所有的压力而已。

此时夏蓁蓁已经顾不上收敛情绪了，坐在医院大厅的长椅上捂着脸就开始肆意流泪，她不敢哭出声，只能让眼泪从指缝间涌出。排队挂号的人都远远地打量她，但是每个人都有自己的家事和心事，在这一刻都只是远远旁观着。夏爸爸的手机响起，走到一边接电话去了，只有夏蓁蓁一个人在独自哭泣。

不知道多久，突然有一只手搭在肩膀上，轻轻摇晃了几下，夏蓁蓁不想理会，那人又递过来一张纸，说了句什么。夏蓁蓁以为是纸巾，拿过来就要擤鼻子，那人猛地把她的手腕抓住，大喊一声："不要！"

听到这个声音，夏蓁蓁猛地一震，抬起头来，透过泪眼看过去，居然是本应该远在N市的陆唯。

陆唯伸出手轻轻抹了抹夏蓁蓁脸上的泪痕，脸上的疲惫一瞬间全部隐去，只剩下心疼和怜惜，低声对夏蓁蓁说："好了好了，都过去了，没事了。"

夏蓁蓁猛地抱住陆唯，再也顾不上别的什么，开始放声痛哭起来。

陆唯轻轻抱住她，拍打着她的后背，许久才轻声说道："好了好了，别哭了，你不看看我刚递给你的单子吗？"

夏蓁蓁"嗯"了一声，还是抱着陆唯不舍得放开，胡乱地擦了擦眼泪，抬手看那张已经被自己捏得有些变形的单子，仔细看去却是一张第三医院的缴费单，上面赫然写着"肿瘤科"和"专家号罗××"等字样。夏蓁蓁有点不敢相信自己的眼睛，猛地放开陆唯，想尖叫，又马上意识到这是在医院，只能狠狠地在自己手上咬了一下。

陆唯吓了一跳，赶紧把她的手拉出来："你干吗？"

夏蓁蓁激动到有些颤抖："这……这不是在做梦吧？这是真的吧？日期是今天吗？不是三个月后吧？"

"就这么不相信我？"陆唯笑了，"不然你以为我为什么要一大早赶回来？去年第三医院的几起医患纠纷都是我们所代理的，当时考虑舆论因素没有公开，所以连你都不知道。这里面就有罗教授的一起案子，昨天听说了阿姨的事情，我厚着脸皮求了罗教授，他查到今天早上有一个复查的患者其实已经基本达到康复标准了，就安排给了科室其他医生，他亲自给阿姨做检查。”

夏蓁蓁再次紧紧拥抱住陆唯，这次眼泪又开始涌出来。

陆唯捏了捏她的耳朵：“别哭了，快带阿姨去吧。”

夏蓁蓁轻声说道：“嗯嗯，再抱一分钟。”

这次检查很顺利地结束了，罗教授很快确认了病情，并给出最终结论为良性肿瘤。罗教授给了会诊建议，并且亲自给夏蓁蓁老家医院的肿瘤科主任打电话交流了情况，后面夏蓁蓁就可以把妈妈转回老家医院进行常规手术，一个月就可以康复了。

从医院出来，所有人的心情都变得一片大好，连夏蓁蓁都觉得阳光好像特别明媚。

妈妈在得知自己的结果之后，精神一下好了起来，陆唯和夏蓁蓁亲自开车送他们回老家。

回家的路上，夏蓁蓁突然想起陆唯这趟是去工作的，连忙问起那边的事情。

陆唯突然板起脸来：“你还知道问啊。你不晓得这次我临时去又临时回来，浪费了多少宝贵的时间，连樊鸣这次都生气了，说要我们工作室付出代价。”

夏蓁蓁吓得在座位上就要跳起来了：“什……什么代价？不会找你们索赔吧？需要我去找乐乐谈谈吗？”

“索赔对象里还有你呢，身为当事人，你怎么谈？”

“啊？”夏蓁蓁登时有点慌，“要我们干吗啊？”

陆唯阴着脸半天不说话，突然“扑哧”笑了出来：“让我们去给他们当伴郎和伴娘。”

Chapter 3
周信惨遭毒打

夏妈妈身体没什么大问题，对夏蓁蓁来说就是近期最好的消息了，虽然游戏创意上依旧没什么突破，然而心理压力已经减轻了很多。放松下来的夏蓁蓁先是给父母预订了两个月后的欧洲十日游，而后立刻昏睡了过去，偶尔睁开眼睛就吃饭、去厕所，解决完之后继续睡。

陆唯一度很担心她的身体，然而看着她始终泛青的眼眶，终究是舍不得叫醒她，决定让她睡个爽。

等到夏蓁蓁的脸色像苏醒的睡美人一样慢慢红润起来，把工作都搬到夏蓁蓁家来做的陆唯终于松了口气。

陆唯磨了一份夏蓁蓁最喜欢的美式咖啡后，开始了自己的叫醒服务。

最开始，夏蓁蓁觉得有点冷，迷迷糊糊地伸手在身上摸索了半天才发现被子没了，继续伸手探索床上的其他领域，指尖终于摸到了布料，表情终于放松开来，扯着那布料往身上用力一拉。

身边的位置陷了下去，一个带着温度的东西贴了上来。

温暖的感觉一出现，夏蓁蓁立刻舒服地发出一声叹息，往那个自带温度的东西那边缩了缩，她再次陷入了黑甜之中。

嗯……真舒服，能一直这么睡下去就好了……

睡梦中，夏蓁蓁暗暗地想着。

一双手温柔地贴上她的后背，有节奏地、轻轻地摩挲着，与之相配合的是一阵温热的呼吸，柔柔地吹向她的耳畔："蓁蓁。"

睡梦中的夏蓁蓁哼唧了一声，算是答复。

"该醒醒了。"那个声音继续说道。

夏蓁蓁皱着眉用力地蹭了蹭那温暖的东西，无声地反抗着。

贴近之后，她突然听见了稳健的心跳声，一下又一下，连续而又催眠。

夏蓁蓁的脸上立刻露出朦胧的笑容："陆唯……"

陆唯的眼神立刻柔软下来，无声地叹息了一下——算了，让她再睡一会儿吧。

等夏蓁蓁饿醒的时候，已经是深夜了。窗帘没有拉上，窗外的灯光照进来，却被身前的人影遮住，绝不会晃到她一丝一毫。

陆唯侧身躺在她身边，单手揽着她的腰，闭着眼睛平稳地呼吸着。

她只要微微抬起头就能看到陆唯纤长的睫毛和秀挺的鼻梁，还有单薄的嘴唇。

手指调皮地滑上他的睫毛，又擦过他的鼻尖，最后落在他的唇上。

略微犹豫了一下，夏蓁蓁蹭了蹭自己的鼻尖，小声地自言自语了一句"应该不会醒吧"之后，凑过去轻轻地啄了一下陆唯的嘴唇，而后迅速退了回去。

舔了舔嘴唇，夏蓁蓁突然觉得刚才的速度太快了，什么都没感受到，有点亏，就又凑过去亲了一下，又退了回来。

好像……还是……

再亲一下吧，反正他又没醒。

嗯……再来一下……

就这样反反复复地亲了五六次，夏蓁蓁眼中本应该睡得很香的陆唯突然哑着嗓子开了口："这样有意思吗？"

夏蓁蓁一惊，抬起头发现陆唯的眼睛还是闭着的，一瞬间她突然有些怀疑是不是自己偷亲来劲了，产生了幻听。

莫名其妙地挠了挠后脑勺，夏蓁蓁不确定地看着陆唯的嘴，看了一会儿，他都没再动一下，她再次没受得了蛊惑，又凑了过去……

始终抱在她腰间的手臂突然用力，将她安置到自己的势力范围内，那张始终任她为所欲为的唇突然用力地吻上了她，并略显粗暴地用舌头分开了她的唇……

等夏蓁蓁快因窒息而死的时候，亲到爽的陆唯终于放开了她："我等了半天，你都磨磨蹭蹭的，实在等不下去了。"

夏蓁蓁气喘吁吁地开口："你……你什么时候醒的？"

"从你开始摸我睫毛的时候。"陆唯坦然地答道。

流氓。

夏蓁蓁在心中翻了个白眼，翻了个身，背对着陆唯。

陆唯的胳膊被她枕在颈下，此时此刻正弯着手指像摸一只小猫一样有一下没一下地摸着她细长的脖颈，而她则舒服得直哼唧。就在她快忘了自己的饥饿又要睡着的时候，陆唯突然开口："蓁蓁，你休个假吧，我们去旅行。"

"旅行？"听到这个提议，夏蓁蓁目瞪口呆地转过头，"去哪儿？"

"没想好去哪儿，安排完工作之后，看看最近的航班是去哪儿的，我们就走。”陆唯淡淡地说道。

这也太草率了吧！

没想到陆唯的执行力非常强，吃了一顿夜宵后就又把她哄睡了，第二天早上按时起床后，她就被陆唯送到了工作室安排工作，按半个月时间准备，然后他就一直在打电话。直到她的工作安排得差不多了，陆唯才放下电话，对她开口：“我们去斯里兰卡，机票和酒店我都订好了，现在我们分头回家取护照，把你的护肤品和换洗衣服简单带一些，剩下的可以在当地买。”

夏蓁蓁：“啊？”

“啊什么？”陆唯神色淡定，“你就跟着我走吧。”

旁边敲电脑的陈纽约自言自语道：“幸好周信出差了，不然这段时间他的脸得拉得比马脸还长……”

按照陆唯的指示，夏蓁蓁的皮箱里除了基础护肤品和两条裙子、两件内衣以外什么都没有，带好身份证、护照之后，匆匆忙忙地跑出家门。

樊鸣的车在楼下候着，陆唯坐在里面，正飞快地敲击着笔记本电脑，看到夏蓁蓁上车后勾了勾嘴，算是打了个招呼，而后继续敲击着键盘。

夏蓁蓁凑过去看了一眼，发现全是法律条文，她看不懂，但是知道陆唯这是在工作，不免有些担心：“不然等你忙完，我们再出门吧……”

陆唯的眼睛根本没离开电脑屏幕：“就咱俩现在的工作性质，不存在工作忙完，想要出去旅行，只有说走就走。放心吧，到斯里兰卡之前，我肯定能忙完。”

夏蓁蓁不禁抬起头看向樊鸣，樊鸣透过后视镜对她做了个嘘的手势，她只得作罢，乖乖地坐在陆唯身边，安静地看着车窗外。

十分钟后，樊鸣看着陆唯只能单手打字的样子，有些不忍心地开口："不然把蓁蓁叫醒吧。"

夏蓁蓁靠在陆唯的右肩上睡着了，两只手打字怕会弄醒她，陆唯只能单手迅速地敲击着键盘，低声回复："没事。"

透过后视镜又看了陆唯两眼，樊鸣叹息："你太宠她了。"

陆唯终于抽空看了他一眼："我自己的女人，我不宠谁宠？"

话音刚落，夏蓁蓁突然哼唧了一声，在他的肩膀上蹭了蹭，而后继续睡去。陆唯一动没动，然后竖起一根手指立在唇间。

樊鸣有些受不了地开口："除了夏蓁蓁，你没其他想要的东西吗？"

"我最想要的一直都是她。"陆唯声音平和，"她就是我最初和最终的梦想。"

本着"男朋友很忙，就算我帮不上忙，我也不能拖后腿"的原则，到了机场，夏蓁蓁主动把陆唯安置到休息室里，自己办理了登机手续。

从候机到抵达斯里兰卡，陆唯只在飞机广播提醒飞机即将下落，请关闭电子设备的时候才关上电脑，其他时间一直在工作。不过看着他脸上的神情轻松，夏蓁蓁就知道，他已经做完工作了。

也就是说，双人假期开始了。

从回国工作以来，夏蓁蓁几乎没休息过，特别是自己开了工作室之后，每天都心力交瘁，几乎没有完全放松的时候，而这次，终于能够好好感受下时光了。

陆唯定的酒店很特别，在半山腰上，推开窗子是个室外的泳池，而泳池边就是悬崖，趴在泳池边能看到碧色的大海。

心旷神怡、心情舒畅、心宽体胖……心情很棒！

夏蓁蓁趴在泳池边望着大海，悠闲地晒着阳光浴，舒服得直哼唧。

耳边传来物体下水的声音，而后两条胳膊就伸了过来，将她圈在中间：“开心吗？”

“太开心了。”夏蓁蓁像只猫一样眯着眼睛，安然地看着周遭的一切，“我上次这么放松的时候好像还是上高中的时候……”

“行，那就好好放松一下。”陆唯轻轻地开口。

“嗯……”眼睛微微闭起，夏蓁蓁正想趴着睡一觉，房间里的手机突然响了起来。

陆唯立刻起身去给她拿手机，递过来的时候说了句：“是陈妍妍。”

夏蓁蓁眼睛都没睁，让陆唯接通了电话：“妍妍。”

“哎，蓁蓁！听说你出国旅游了！”陈妍妍的声音十分兴奋，“你去哪儿了？去欧洲了吗？ Shopping 了吗？爽吗？”

夏蓁蓁扑哧一声笑了：“没去欧洲 Shopping，在斯里兰卡度假。”

“斯里兰卡？那有啥啊？只有大海不是吗？大海在哪儿不能看啊！海南不也挺好的吗？非得跑那么远看个大海……”陈妍妍的嘴像机关枪一样说个不停，一直在吐槽。

夏蓁蓁听了一会儿，发现没听到什么重点便打断了她的话：“我安排给你的工作做完了吗？”

“做完了呀！还有我搞不定的事？你让我看的那个 APP 开发组我已经看过了，很适合作为我们开辟端游的开发组，我已经跟他们老板商量好了，先把我们的部分数据发给他们，然后看他们的意见，愿不愿意合作。”

“行，你们的眼光我相信，等我回去就去找他们聊聊详细的东西。”夏蓁蓁终于睁开了眼睛。

“嘿嘿！我办了这么大的事，夏老板能不能奖励一下辛勤的员工啊？”陈妍妍笑嘻嘻地说道。

“行啊，”夏蓁蓁心情好得不行，痛快地答应了，“你想要什么奖励？”

陈妍妍在电话那边开心地直搓手：“你和陆律师，介不介意多个电灯泡啊？”

看着夏蓁蓁挂断了电话，陆唯才走过来：“什么事？”

“哦，妍妍说也想出门旅旅游，放松放松，但是没选到什么好地方，所以也想来斯里兰卡。”夏蓁蓁慢慢地游了过来，“她说要准备几天，大概三天后会到，你介意吗？”

陆唯神色淡淡的，看不出喜怒：“你开心就行，需要我去订房间吗？”

“行，订一个吧，妍妍最近也很辛苦，让她好好休息。”

放下电话，她正想游回泳池边趴着，手机再次响了起来。

这次是周信。

看到手机上的名字，刚起身准备去订房间的陆唯立刻慢条斯理地坐了下来。

夏蓁蓁抿着嘴唇笑了下，接起了电话：“喂？周信，怎么了？”

“你在什么地方？”周信的声音带着明显的不悦。

“斯里兰卡。”夏蓁蓁答道。

“什么时候回国？”周信继续问。

“嗯……不清楚，十天半个月吧，我才刚到。”

“身为老板，不好好坐在工作室里，乱跑什么！”周信继续说。

“陆唯说带我放松下心情。”夏蓁蓁好脾气地答道。

周信被噎了一下。

“你在哪儿呢？在工作室吗？”夏蓁蓁问了句。

“我在澳洲，过两天回国。”周信顿了一下，“我也要休息，我也去斯里兰卡。”

“啊？”夏蓁蓁眉心一皱，“你来凑什么热闹？”

“只有你忙你累吗？我不忙我不累吗？你能休息，我就不能休息了？”周信一声冷哼，语气中带着毋庸置疑，“给我订个房间，我三天后到。”说完，直接挂断了电话。

夏蓁蓁有些无语地看着自己的手机——都是三天后到，还真是……热闹了啊。

陆唯给陈妍妍和周信订的房间是对门，在他和夏蓁蓁房间的楼下。他每个房间都拿了两张房卡，以防夏蓁蓁弄丢，有备无患。

随后，趁着两个人还没来，夏蓁蓁和陆唯赶紧过了三天二人世界，玩爽了之后才安下心来，等着那两个人。

陈妍妍是先到的，陆唯去机场接的她，把她送到酒店后就出门给夏蓁蓁买特产去了。

夏蓁蓁走以前没见到陈妍妍，两个人见面后，立刻十分热情地拥抱了一会儿，又吃了顿当地特色美食。陈妍妍拍着撑得溜圆的肚皮，满意得不行：“哎，这才是度假啊！真爽！”

夏蓁蓁一边付钱一边豪爽开口：“看在你之前那么辛苦的分上，这次我满足你，随便吃、随便玩，直接记我账上就行。”

陈妍妍的两只眼睛里立刻冒出桃花来，欢呼一声就挂在了夏蓁蓁身上，像只小狗一样疯狂地蹭着夏蓁蓁的颈窝：“老板爽快！老板大气！老板我为你粉身碎骨，死不足惜！”

夏蓁蓁拍了拍她的头：“这话我心领了，等回去后，你再逃班，看我怎么收拾你。”

陈妍妍“嘿嘿”地笑着，眼睛都看不见了。

有了财大气粗的夏老板那句话,陈妍妍觉得自己腰板儿都硬了,想吃什么就吃吃吃，想玩什么就玩玩玩，想买什么就自己掏钱买买买——毕竟做人留一线，他日好相见嘛！

就这样挥霍了一整天，陈妍妍扶着酸痛的老腰回了酒店，奢侈地点了一个上门服务的精油SPA，而后就美滋滋地泡起了澡，舒缓一下走了一天而疲惫的身体。

不得不说，这酒店还真是除了贵啥毛病都没有，硕大的双人浴缸自带按摩和加温功能，整个人往里面一躺就舒服得不想出来。

陈妍妍缩在里面，没过十分钟就沉沉睡去。

也不知道睡了多久，迷迷糊糊中隐约听见房门被开启的声音，想着可能是夏蓁蓁来找她吃晚饭了，她才从浴缸里起身，摇摇晃晃地走出浴室，揉着眼睛开口："到晚饭时间了吗？"

结果对方并没有回应。

陈妍妍顿了一下，睁开了眼睛，结果首先看到的是一双黑色的男士皮鞋。

视线向上是两条修长的腿，再往上是一件男士白衬衫、如天鹅般优雅的脖颈，以及周信那张呆若木鸡的脸。

一声穿破天际的尖叫响起。

等到夏蓁蓁闻讯赶来时，首先看到的就是伴随着飞出来的一个抱枕，惨痛地捂着下半身，扭曲着身体从房间里滚出来的周信。

而后，又一个抱枕飞了出来，精准地砸在周信的身上："流氓！变态！去死吧！"

因为痛苦，周信额头上的青筋都跳起来了，又被抱枕砸脸后才看到夏蓁蓁，声音都走调了："你怎么定的房间啊？！"

夏蓁蓁挠了挠后脑勺："你在妍妍对门啊，你到她房间干什么？"

又一只拖鞋飞了出来，随后只见陈妍妍死死地裹着一件浴袍，一只手拿着剩下的拖鞋指着周信，脸红得几乎要炸开来："你说你是什么企图！你自己的房间在对门，为什么要到我的房间来？！平时看你像个人似的，没想到居然是个垃圾！"

扶着墙勉强站稳身子的周信，抖着手从兜里摸出一张房卡摔在地上："你自己看！我的房间号也是413！如果不是有房卡，你关着门，我怎么能进去？！"

陈妍妍握着拖鞋的手依旧指着周信，将信将疑地挪步过去捡起地上的房卡，认真地看着房卡上面的数字，413，再回头看自己房门上的数字——413。

再看房卡，再看房门，来来回回看了好几遍，陈妍妍才愤怒地把那张房卡摔在夏蓁蓁的面前："夏蓁蓁，你什么意思？！为了工作，我可以为你捐躯！但是不能为你献身！"

周信总算是稳住了心神，慢腾腾地转过身看着夏蓁蓁，咬牙切齿地开了口："你最好给我解释清楚，不然这件事我肯定会算在你头上！"

原本周信是没想出来玩的，但是一听到夏蓁蓁和陆唯竟然在百忙之中还不忘抽出时间来撒狗粮，他就受不了了。谁也不是一直都有那么多工作要做，谁也不是非要死在工作岗位上，为什么就是不能让自己也放松放松？

本着这个心理，周信坚持也来了斯里兰卡。说实话，他来这儿究竟要干什么他也不知道，但是就觉得，夏蓁蓁在，他就要来。

飞机落地的时候，他突然就有些后悔，想着未来几天都要跟夏蓁蓁和陆唯在一起，他就觉得自己真是给自己找罪受，但是又想到自己当初厚着脸皮、斩钉截铁地跟夏蓁蓁说自己要来的事，他只能硬着头皮去了夏蓁蓁给他订的酒店。

陆唯应该是知道自己特别疲倦的时候很不想看见他，所以在酒店里接自己的只有夏蓁蓁一个人。夏蓁蓁看着应该是休息得很好，跟以前一直行色匆匆的样子相比，现在唇红齿白、眼睛带光，整个人都散发着小女人的香气，莫名地让人妒忌。

本来夏蓁蓁是想顺便安排他吃个饭的，但是他想到陆唯已经很大方地放夏蓁蓁出来接他，应该不会大方到放夏蓁蓁跟他单独吃饭，而他又不想跟陆唯吃饭，就十分干脆地拒绝了。

斯里兰卡很热，他拿了夏蓁蓁给他的房卡就一边脱外套一边往房间走。干脆地刷了房卡之后，他走进房间。

进去的一瞬间，他首先看到的是一个贴满了 Hello Kitty 的行李箱，紧接着就是散落了一地的衣服。在他的脚边，是一件粉色的女士内衣。

周信眉头一皱。

而后，他突然听到了身旁关着的门内的水声，还没等他做出反应，门已经被拉开了，走出一个全裸的女孩，困倦地揉着眼睛问他是不是到吃饭的时间了。

周信瞬间石化在原地。

那女孩顿了一下，终于睁开了眼睛，愣过之后就是一声震耳欲聋的尖叫。

而后，他也不知道发生了什么，只见女孩突然就捂着胸口对着自己的下体狠狠一脚……

头晕目眩中，他才认出来那女孩是陈妍妍。

这还真是飞来横祸。

周信的脸很白，但是又带着隐隐的黑气。陈妍妍已经穿戴整齐，一件衬衫扣子恨不得直接系到下巴上，表情很愤怒，但是脸上始终带着一抹潮红。

夏蓁蓁面色平静地坐在两个人的对面，安静地喝着奶茶，视线不停地在两人之间扫射着，轻咳一声开口："你们两个中间能隔个印度洋了，说话听得见吗？"

陈妍妍坐在夏蓁蓁左边的桌子旁，周信坐在她右边的桌子旁，连跟她同桌的人都没有。听到她的话，陈妍妍立刻冷哼一声，扭过头去不肯看周信，但是耳根又迅速地红了起来。周信的脸又白了一分，似乎又回忆起刚刚的痛苦。

又喝了两口奶茶，夏蓁蓁老老实实地开始认错：“给错房卡是我的错，我该怎么弥补你们，你们才能不生气？嗯……这次休假的费用我全包？”

“我差你那几个钱？”周信立刻回嘴，“你别忘了老子在腾飞电子赚钱的时候你还读书呢！”

夏蓁蓁向后退了下，把视线转向陈妍妍：“妍妍，你想我怎么办？”

“让他走。”陈妍妍头都没回，斩钉截铁地回答，“我不想看到他。”

听到这话，没等夏蓁蓁回话，周信立刻开口回怼：“麻烦你搞清楚一点，看到不该看的东西的人是我不是你，我还想洗洗眼睛呢，凭什么要我走？”

陈妍妍瞪圆了眼睛回过头，不可置信地看着周信，似乎没想到这个男人竟然真的一点绅士风度都没有：“搞清楚一点的人应该是你吧。我夏夜工作室一枝花，多少人惦记我呢，白白让你看去了，你自己不偷偷乐就不错了，竟然还说要洗眼睛？你不会是瞎了吧？那么一个美丽的身体你还嫌弃？”

周信听后无语得想笑：“我说这位陈女士，你是不是对美丽这个词有什么错误理解啊？女人的身体应该是前凸后翘才叫美丽，你那没长大的小女孩似的身体跟美丽这个词差得也太远了吧！你能醒醒吗？”

夏蓁蓁听后，忍不住在心里给周信鼓起掌来——这么多年了，吵嘴架，她就没见过周信有落下风的时候，永远都往人心窝子里戳，而且是一招毙命的那种。

陈妍妍果然被气得瞬间起了火，连眼睛都红了，腾地从位置上站起身，踩着高跟鞋嗒嗒嗒地走到周信身边：“你什么意思？你给我说清楚！”

“我觉得我的意思已经说得很……”原本想继续呛声的周信突然抬起头来，猛地对上陈妍妍血红的眼睛和在眼眶中转个不停的眼泪，后半句话直接被他咽了回去。

陈妍妍的表情十分地凶：“很什么？你说啊！”

“很……很……很……”周信难得的不知道怎么反驳别人，一时间不知道该如何开口，好一会儿才傻乎乎地接下话，“很不准确……”

旁边看戏看得来劲的夏蓁蓁“扑哧”笑了。

周信瞪了她一眼。

陈妍妍居高临下地看着周信，周信难得地知道自己是个男人，偶尔得让着点女孩子，慢慢地向后缩着。

好一会儿，陈妍妍“哼”了一声，转身就走。

周信紧张地呼出一口气，松了松衬衫上的纽扣，拿起桌子上的冷水一口灌下。

夏蓁蓁咬着吸管看着他：“你走不走啊？”

“去哪儿？”周信还没反应过来夏蓁蓁在问什么，看到夏蓁蓁抬着下巴指了指陈妍妍离开的方向，他才挺直了脖子，“大家都是来度假的，我凭什么走啊？”

夏蓁蓁立刻投降一样地举起手：“好好好，这回你们都是爷，就我是孙子，你们想怎么办就怎么办吧，我管不了了。”喝完最后一口奶茶，她也离开了。

直到夏蓁蓁要进电梯，周信才回过神来：“我的房卡呢？”

从夏蓁蓁那儿拿到正确的房卡，周信也坐电梯上了楼。

在电梯里，他突然想到自己的行李箱还在陈妍妍房间里，正在思考该怎么拿回来的时候，走到自己房间门前，只见自己的行李箱已经被丢了出来，悲惨地立在走廊中间，旁边站了个手足无措的服务生，用英文跟他交流，说是一个看着就很生气的女客人丢出来的，可以直接丢掉，但是看了一下行李箱上的托运姓名，发现是女客人对门的客人，所以正在等他。

周信觉得自己的眉心都在突突跳，礼貌地跟服务生拿回了自己的行李箱，继续沟通有没有其他的房间可以换，并泄愤一样说 413 里的客人是个疯子之类的。

就在此时，原本紧闭的 413 房间门突然被拉开，露出陈妍妍铁青的一张脸。

周信已经条件反射地把剩下的吐槽都憋回嘴里。

陈妍妍看都没看周信一眼，冷着脸直接跟服务生开口："还有多余的房间吗？我对门住了个会闯人房间的变态，我想换一个。"

一句话险些把周信气到背过气去。

之后的一段时间，夏蓁蓁无比庆幸她在周信和陈妍妍到来之前已经和陆唯安稳地享受了三天，自从这对冤家来了之后，她就没什么消停日子。

周信和陈妍妍这对冤家只要见面就怼，目光中都是刀枪棍棒、斧钺钩叉的你来我往，看得夏蓁蓁是心惊胆战。

每次只有看到周信已经到爆发的临界点时，她才会开口说一句："周信，你是男人，注意点风度啊。"

周信就只能作罢。

好好的一次旅行，就这样因为夏蓁蓁的失误而变得火药味十足，而周信和陈妍妍原本的上下级关系，生生变成水火不容的关系。

直到回国，看着一个坐在机舱左边靠窗、一个坐在右边靠窗的两个人，夏蓁蓁深深地叹了口气："还好他们现在冷静了不少。"

陆唯翻了一页手上的书，微微一笑："这才刚刚开始。"

Chapter 4 打工的头头竟然辞退了董事

虽然好不容易出门旅游几天是一件很值得开心的事情，但是一不小心看到陈妍妍裸体这件事让周信像卡了根鱼刺在喉咙里一样难受，咽又咽不下去，吐又吐不出来。

好在周信是一个以“做人就得成功”为人生信条的人，所以结束旅行回到工作室之后就恢复了正常，又开始没日没夜地工作。

某一天，实习生把《初心江湖》新设的 NPC 人设和人物模型送过来，周信只是看了那人物的衣服，眉毛立刻皱了起来，把那薄薄的纸拍到桌子上：“长脑子了吗？我说过多少次，建模的时候不能光为了好看就随便画衣服，这根本不符合当时那个朝代的实情！”

实习生吓得一个瑟缩，磕磕绊绊地答道：“是……是妍妍姐做的……我只是帮她跑个腿……”

“陈妍妍？”周信的不满立刻升了两级，“这么低级的错误也能犯，每个月那么多钱都白给她发了！去，把她给我叫过来！”

实习生一边应着一边连滚带爬地离开了周信办公室，生怕自己晚走一秒就被周信迁怒，当场就地正法。

周信的手指一直敲着桌面，脑子里想着刚刚陈妍妍犯的错误，一会儿又该怎么教育她，那个 NPC 又该怎么设计，哪几个重要的点是必须关注的。然而，他在办公室里坐了快二十分钟，也没看到陈妍妍走过来。

周信推开门就看到那个实习生端着水杯准备去接水，便直接叫住他："我让你找陈妍妍，你干什么去了？"

实习生立刻像是见到教官的小兵一样立定站稳："报告周总，我跟妍妍姐说了，而且说了两遍，可是她……"

"都是蓁蓁惯的！一点规矩都没有！"周信一声冷哼，"她不愿意过来，那我过去。"

"是，是……"

周信拿着陈妍妍做的设计图，气势汹汹地向陈妍妍办公室走去。

周信推开办公室门的时候，陈妍妍正笑眯眯地不知道跟谁打着电话，看到他进来之后，脸立刻掉了下来，凉凉地对着电话里说了句"我还有事，下次再聊"，而后直接将转椅转了个方向，背对着周信开口："什么事？"

周信将设计图丢到陈妍妍的桌子上："你自己看看，太有失水准了，完全不像你能做出来的东西。"

陈妍妍脚一蹬转了过来，眉毛倒竖："你知道我能做出什么东西？我姐都不敢说，你敢说？"

周信双手环胸："我们从腾飞电子就开始合作，我知道那时候你看不上我的工作作风，我也知道我当时做得不对，所以你做什么我都由着你去。不过虽然我不管你，但是你设计的作品我都有看。夏蓁蓁成立工作室就把你挖走也在我意料之内，她看人还是很准的。所以，尽管我不敢说完全了解你，但是从腾飞电子到夏夜，你的能力什么样，我最有发言权。”

一席话周信说得坦荡荡，倒让陈妍妍有些措手不及，原本还摆出一副要吵架的气势，结果发现周信不但没拿出自己最擅长的言语打击刺激她，还说自己很了解她，暗示她明明能做出更好的东西，为什么没做……

她偷偷地抬眼看了下周信，赫然发现周信的目光一如既往地认真，没有掺杂丝毫别的东西。

后知后觉的陈妍妍才意识到这位周总似乎已经忘了之前跟她产生奇妙的化学反应的事了。这个认知让她觉得很轻松，但是轻松过后，一种令人难以理解的不爽渐渐涌了上来。

于是，在周信眼中，已经恢复正常的陈妍妍突然就以肉眼可见的速度变得不开心了。

随后，只见陈妍妍再次脚一点地，整个人又转了回去，声音也变得阴阳怪气起来：“那还真是不好意思了，周总，我这水平就到这儿了，您要是不满意，就找别人吧。”

“你这女人！”周信突然就觉得一股火冒了上来，“工作室里不留闲人，你要是连这点事都做不好，就请另谋高就吧！”

陈妍妍一愣——这是让她走？离开夏夜？

不可置信地转过头，陈妍妍指了指自己：“你是在跟我说话？”

“这房间除了你还有别人吗？”周信冷着脸指了指房门，“你和我也别浪费对方的时间了，直接走吧，夏蓁蓁那边我会替你说一声。”

陈妍妍整个人立刻像被点着了一般从椅子上蹿了起来：“我是蓁蓁拉回来的！你算老几，竟然想辞退我？”

周信一步都没退：“我分管行政，有权辞退员工。”

陈妍妍一口气哽在喉咙里，憋得她眼冒金星，盛怒之下竟然笑了：“好，行，周总还是厉害，是我的才华配不上你的梦想，让我走是吧，行，我走。”说完，直接拎起自己的手提包，越过周信身边就向门口走去。

“等一下。”周信开口。

陈妍妍转过头，冷漠地开口：“想挽回已经来不及了。”

“我没想挽回你，”周信对着陈妍妍伸出手，“把你存数据的U 盘留下来。”

一个U 盘立刻摔在他的脚下，而后，陈妍妍头也不回地离开了。

看着空空的掌心，周信虚虚地握了握，弯下身捡起U 盘，出了门很冷静地给夏蓁蓁打了个电话：“蓁蓁，你招人的告示贴出去了吗？”

“还没，怎么了？”

“再添一个美工吧，或者艺术总监也行。”

夏蓁蓁有些摸不着头脑：“有妍妍在啊。”

周信十分淡定：“哦，我把她辞退了。”

夏蓁蓁险些呕出一口血：“你连妍妍都辞退了！下一步你是不是就要辞退我，然后夺权啊？！”

“陈妍妍能力不足以胜任艺术总监这一职位，同样的薪水我们能找到更好的。”周信冷静得不能再冷静了。

夏蓁蓁只觉得自己的头顶轰的一声炸开来：“我说周总，恕我直言，人家妍妍算是我们工作室的董事，你充其量就是个打工的，你凭什么辞退人家？况且人家身体都给你看了，你还这样，是不是太薄情了？！”

这一句话跟过来，周信登时就蒙了，脑子慢了三秒才回想起在斯里兰卡的遭遇，然后才渐渐记起那个从一脸困倦到惊讶到惊慌到羞愤到火山爆发的少女。

在钢铁直男的周信眼中，私事是私事，公事是公事，二者不能混为一谈：“这跟看她身体有什么关系？况且当时只是个突发状况，跟我的主观意识没有任何关系。再说看了又能怎么样？大家都是成年人了，还能就因为我看了她一眼就要对她负责不成？嗬，太荒谬了。”

“我的重点不是那个，我是想说人家才是董事，你把董事辞了，是不是太放肆了？”说完夏蓁蓁还觉得好像没说到重点上，捏着眉心思考了一下才继续说道，“你们两个之间是不是有什么问题？我怎么感觉怪怪的呢？”

“没什么问题，我就是跟你说一下情况，没事我挂电话了。”周信依然淡定。

夏蓁蓁愁得直叹气：“行吧行吧，妍妍那边我来搞定，你就别给我添乱了。”

周信挂断电话，继续做自己的工作。

陈妍妍离开工作室大门的时候连操刀砍死周信的心都有了，于是她上了车就直奔五金市场，誓死准备买把五米长的砍刀回来把周信剁成肉泥！

他算什么男人！

只不过走了没多久，她心里的天平就开始向周信倾了过去——其实她知道她不应该也没什么资格跟周信生气，毕竟周信也没做错什么，在工作室里就应该讲究一个公事公办，况且那个建模确实是她做得有问题，他来质问她是正常的，如果不来找她也就说明他没多重视这个工作室。

不过天平倾了一会儿又向自己倾了回去，委屈也渐渐涌了上来——她和他从腾飞电子的时候就一起共事，这么多年的感情他竟然还能不管不顾地就要辞退她，更何况他们两个之前还……

一想到这里，陈妍妍的脸腾地就红了起来，眼睛情不自禁地瞟向车外，仿佛担心有人会发现她的大脑里有什么乱七八糟的片段一样紧张。

就在这时，手机突然响了起来。

陈妍妍第一个反应就是周信后悔了来跟她道歉，心下顿时一喜，然而把手机拿出来之后表情失望了一些——是夏蓁蓁。

轻咳一声，调整下情绪，陈妍妍接起了电话："蓁蓁。"

"妍妍，你已经走了吗？"

陈妍妍"嗯"了一声，夏蓁蓁立刻低声骂起了周信："那王八蛋……"

陈妍妍没吭声。

又低声嘟囔了好几句，夏蓁蓁呼出一口气："我知道你肯定生周信的气了，所以我先给你放两天假，你休息休息，休息够了再回来上班。"

陈妍妍语气中还带着老大的不乐意："周总都把我辞退了，我还回去干什么？"

"我刚才还跟周信说呢，他充其量就是个打工的头头，而你是董事，他没资格辞退你的。这些事你不用想，这两天就放松放松，放松够了再回来啊！千万别使小性子，咱们工作室正是缺人用人的时候，你走了，我就相当于断了个胳膊。"说到后来，夏蓁蓁的语气都变得可怜巴巴的，"咱们的感情可不是区区一个周信能破坏得了的，你可千万别让我伤心啊妍妍，我真的会哭的。"

虽然心下对周信还有不满，但是她跟蓁蓁的感情是真的好，更何况在夏夜最艰难的时期她们都一起熬过来了，现在夏夜终于走上正轨了，她再离开也实在是不应该。

幸好，陈妍妍也不是别扭的人，生周信气和回去工作在她心里是两回事，于是就干脆地答应了夏蓁蓁，决定明天就回去上班。

毕竟她还算夏夜的股东呢！她得亲自见证夏夜的成长发展！

当天陈妍妍就血洗了一遍商场，给自己置办了一身极其昂贵的行头，第二天趾高气扬地回了工作室。

刚推开工作室的大门，她就看到周信靠在办公桌上跟员工们说着话。

冤家路窄！

陈妍妍憋着一口气，狠狠地剜了他一眼，直接进了夏蓁蓁的办公室。

她这一个表情被一旁磨咖啡的陈纽约收进眼底，探寻的视线立刻落在周信的身上。

而周信恍若未闻。

看到陈妍妍回来了，夏蓁蓁高兴得不行，嘘寒问暖，问她为什么不多休几天，现在工作室里能忙得过来，她再休养生息一下还是可以的。

陈妍妍报到结束后，出了夏蓁蓁的办公室，跟办公区的每个人都友好礼貌地打了招呼，唯独对周信视而不见，转身进了自己的办公室。

周信本就挺冷淡的，所以员工们看不出来个所以然，倒是陈纽约，视线在两个人之间来回穿梭：这两个人，有事。

夏蓁蓁知道陈妍妍对周信心有芥蒂，也知道周信那个钢铁直男肯定看不懂两个人的问题究竟出在哪儿，就尽量不让两个人的工作出现交集，想着都冷静冷静，应该就好了。

陆唯翻阅着卷宗："你的想法太简单了。你对周信了解得很透，但是对陈妍妍的了解还不够透。"

"我挺了解妍妍的啊！她讨厌周信，我就不让她接触他嘛！"夏蓁蓁托着下巴思考着，"反正这两个人都是我工作室的栋梁之材，一个都不能放走，我全都要。"

陆唯看了她一眼："你有没有发现，其实你在某些事情上跟周信挺像的？"

夏蓁蓁立刻拉下脸："我觉得你在侮辱我。"

陆唯一脸好笑地放下卷宗，走过去捏了一下她的脸："刚刚是谁说周信是栋梁之材的？现在我说你们两个像，你就说我在侮辱你？"

任由自己的脸被捏得变了形，夏蓁蓁不吭声，也不肯承认自己在某些方面跟周信很像。陆唯放柔了表情，像捏小宠物一样捏着夏蓁蓁的脸，心情莫名其妙地好。

等了半天都没听到陆唯继续说，夏蓁蓁憋不住了："我和他到底哪儿像？"

"对待感情，"陆唯淡淡地开口，"如出一辙。"

之后不管夏蓁蓁怎么追问具体细节，陆唯都以工作繁忙为借口闭口不谈。

夏蓁蓁是相信自己的想法的，虽然听到陆唯说她对陈妍妍的了解还不够透彻让她有些怀疑，但是这个念头很快就被她抛到脑后，她还是尽量安排一些没有交集的工作给两个人。

然而，周信身为仅次于夏蓁蓁的管理者，有些工作是必须要跟陈妍妍敲定的。

于是，夏夜工作室的成员们就经常看到周信被陈妍妍花式拒绝的画面，虽然他们一直不知道这是因为什么，但是，有八卦，谁不想看呢？

这一天，这一幕再次发生了……

周信拿着文件一边一目十行地阅读着，一边迈开长腿飞快地向陈妍妍的办公室走着，而后手指触到门就直接推开："陈妍妍你这个方案……"

"你老师没教过你进别人家要敲门吗？"伴随着一声冷冰冰的呵斥，办公室门毫不留情地就被摔在周信的鼻尖前。

周信的烦躁立刻以肉眼可见的速度爬上了他的脸，但是为数不多的绅士风度让他控制住自己的情绪，弯起修长的手指，有节奏地敲了两下门。

他还没敲到第三下，只见陈纽约也拿着个方案拧着眉走了过来，因为脑子里一直在思考着问题，似乎没注意到陈妍妍办公室门前立着一尊大神，直接伸手推开了办公室的门："妍妍，刚刚蓁蓁有没有跟你说……"还没等周信开口阻拦她让她敲门，她就已经走进了办公室的门，而周信非但没听到斥责的声音，反而在门的缝隙中看到了陈妍妍迎过来的笑脸。

一瞬间，周信就把那见鬼的绅士风度忘到了脑后，二话不说就推开办公室的门："陈妍妍你什么意思？"

正在跟陈妍妍沟通工作的陈纽约吓了一跳，目瞪口呆地看着突然出现的周信。

听到声音后的陈妍妍眉头一皱，毫不客气地下了逐客令："出去！"

"谁出去？要出去也是她出去！"他的手指十分精准地指向陈纽约，"先来后到，不懂吗？"

"只要这个门你没进来，你就不算先来！"陈妍妍十分果断。

"那她凭什么不敲门就可以进？我为什么必须要敲门，而且就算敲门了也不一定可以进？你给我说清楚！"周信步步紧逼，咄咄逼人。

虽然陈纽约知道自己在房间里并没有什么存在感，但是周信每句话都带上她，让她忍不住瑟瑟发抖："那我先出去？你们先忙？"

"就凭她是陈纽约，她就可以！"完全无视掉陈纽约的话，陈妍妍挺起胸膛，丝毫不畏惧地面对着周信说着任性的话，"而你！周信！任何时候都不可以！"

陈纽约立刻瞪圆了眼睛，撇着嘴后退了两步，生怕剑拔弩张的两个人真动起手来，殃及无辜。

周信险些被陈妍妍气得直接晕厥过去，手指终于从陈纽约身上移到陈妍妍的身上，咬牙切齿地一下又一下地点着她，好一会儿都说不出话来。

陈妍妍直着脖子看着他，一步都不退让。

大概过了半分钟，周信闭上眼睛抬起头，做了好几个深呼吸才重新睁开眼睛，留下一句“随便你”之后，便气冲冲地离开了陈妍妍的办公室。

看着周信离开的背影，陈妍妍并没有觉得好过多少，咬了咬牙就追了出去，对着周信的背影开口：“以后麻烦周总好好提高一下自己的业务水平，别大事小情都来找我解决！”

本来就在努力平复自己情绪的周信被这一句话彻底掐断了理智，转过身就大声说道：“我再跟你说一遍！上次看到你全裸，我并不是故意的。需要我道歉的话，我可以向你道歉。但是我想说的是，我们两个都是受害者，我并没有做错什么，你犯不着这么针对我！如果你实在觉得不平衡，那么我现在就把衣服脱光让你也看一次！”

周信实在是太生气了，一瞬间也没在乎自己在什么地方，直接说出了自己内心最真实的想法。结果几秒钟后，他才意识到什么不对劲的地方，侧过头就看到了一群目瞪口呆的员工、不远处捂着额头没眼看的夏蓁蓁，以及不知道到底要用什么形容词来形容的陈妍妍。

陈妍妍的脸色十分精彩地演示了彩虹的赤橙黄绿青蓝紫，最后终于恼羞成怒，把手边能摸到的东西全都向周信砸去，毫无理智可言。

“滚！你给我滚！”

周信躲闪了几次，又想说什么，最后被夏蓁蓁拦了下来：“你还是先走吧。”

把周信推出工作室后，夏蓁蓁回头看了一眼工作室，只见陈妍妍已经趴在陈纽约的肩膀上哭了起来，其他人虽然已经收了表情，但是眼睛中的精光怎么掩都掩盖不住。

深深地叹了口气，夏蓁蓁憋着气狠狠地捶了周信一下：“王八蛋。”

周信“嗞”了一声，捂着肩膀回过头，剜了夏蓁蓁一眼没说话。

做了好几个深呼吸，夏蓁蓁下着指令：“这几天你也不要上班了，确定自己能够完全冷静地对待这件事的时候再回来。”顿了一下，她又补了一句，“再正式地跟妍妍道个歉。”

周信眉头一皱：“我刚才都说了，我又不是故意看到她的裸体的，我为什么要道歉？”

“不是因为那件事！”夏蓁蓁又捶了他一拳，“是因为刚才！你不知道一个女孩的名誉有多重要吗？本来这事就你、我、她还有陆唯四个人知道，就因为你刚刚没脑子，现在全工作室上下都知道了。陈妍妍算友好的了，当时只是让你滚，换成我，我都不会让你活着走出工作室的大门。”

把周信赶走之后，夏蓁蓁头痛得一直抓着自己的头发，拿出手机准备给陆唯打个电话缓解下心情时，一个电话先打了进来。

是南乐。

捏了捏鼻梁，夏蓁蓁笑着开口：“这么闲呢，大小姐？”

南乐的声音明显带着怨气：“你知道今天是什么日子吗？”

一句话甩过来，夏蓁蓁立刻收了笑容，脑子飞速旋转着，思考着今天到底是什么纪念日，五秒后没有任何结论，她才老老实实地问：“什么日子？”

“下个月的今天！我就结婚了！”南乐大声说道。

这算什么鬼日子？

夏蓁蓁脑子里冒出一堆问号，却没把疑问说出口：“准备得怎么样了啊，新娘子？”

听到“新娘子”这三个字，南乐的声音才明快起来：“该准备的都准备得差不多了，就是婚礼现场还没定是什么主题的，一直在规划，酒店说只要提前一星期告诉他们要什么样的就行，他们来布置。哎，蓁蓁你说我做什么主题的呢？”

就这样，站在工作室的门口，夏蓁蓁跟南乐商量了好多婚礼的细节，南乐也要走了夏蓁蓁的三围，说要给她定制一套特别特别漂亮的伴娘服，闪瞎别人的狗眼云云。

虽然周信和陈妍妍的事很让她烦心，但是这事只能让他们两个解决，她一个外人也帮不上什么忙。南乐是她的闺密，结婚这么大的事，她是应该好好帮忙的。

思及此，夏蓁蓁就觉得向后放放周信和陈妍妍的事，专心把南乐的婚礼搞好。

最后南乐决定要灰姑娘的主题婚礼，夏蓁蓁亲自操刀做的婚礼现场的视频，还有一些零碎的其他事项，只要她看到是南乐需要的，都会默默做好，就这样，迎来了南乐的婚礼。

Chapter 5 夏蓁蓁被陆唯拉黑了!

为了南乐的婚礼，夏蓁蓁也算是鞠躬尽瘁，死而后已了。

前一天为了南乐口中的什么“最后的单身之夜”疯到凌晨，连觉都没来得及睡就被带走去化伴娘妆了。南乐的黑眼圈大到要从脸上掉下来了，赶紧把私人美容医生挖出来，从凌晨两点开始做全身SPA，直到把自己弄得容光焕发，丝毫看不出来熬了一整夜才放下心来。

夏蓁蓁困得坐在化妆椅上不停地点头，化妆师没办法，专门找了个人托着她的脸才勉强化完妆。在椅子上睡也睡得不舒服，化完妆后，夏蓁蓁浅浅地眯了一会儿就醒了过来，明确自己伴娘的职责，赶紧去找南乐看看有什么是她能帮忙的。

新娘妆跟伴娘妆完全是两个级别，夏蓁蓁全妆都化完了，南乐还在打底的阶段。看到夏蓁蓁过来了，南乐立刻笑开了花，只是还没开口，立刻被化妆师按住了：“别动，会卡粉。”吓得南乐立刻闭了嘴，而后用手势让夏蓁蓁走过来，让她看看伴娘裙子。

夏蓁蓁一边略显尴尬地向下扯着裙子一边走过去：“你这裙子买得也太短了。”

南乐闭着嘴，对着夏蓁蓁的腿一通比画——就是为了给你秀腿的！

夏蓁蓁还在扯裙子：“太短了……”

南乐又是一通比画——不短，好看的。

两个人就这样一个比画一个说话交谈了好一会儿，化妆师才放过南乐：“可以说话了，就是动作幅度别太大。”

南乐松了一口气，又去拉夏蓁蓁的手，眼睛亮晶晶的：“怎么办啊，蓁蓁？我好紧张。”

“有什么可紧张的！你们两个竟然拖到现在才结婚，我也挺好奇的。我以为我回国的时候，你们的孩子都会跑了呢。”夏蓁蓁安抚地拍了拍南乐的肩膀，“你要想着，这一天终于来了，这样就不紧张了。”

看着夏蓁蓁只是担心裙子的长短，对于结婚的事没有过多的想法，南乐忍不住开口：“你就假设是你跟陆唯要结婚了，你看你紧不紧张。”

这个话题倒是让夏蓁蓁思考了一下：“紧张倒也不至于……”

南乐朝天翻了个白眼：“那什么事能让你紧张？”

夏蓁蓁笑笑：“工作室要倒闭吧……能让我紧张一些。”

“快滚，快滚！看到你就烦！”

夏蓁蓁嘻嘻哈哈地跟南乐闹了一会儿，摄影师就走进来摄像了。配合着摄影师的要求拍了几张照片和视频，夏蓁蓁就忙着去帮南乐装典礼穿的各种礼服，其间还看到不少来参加婚礼的同学。本着自己也算是南乐的娘家人的身份，夏蓁蓁收拾好礼服又替南乐去找同学们。

夏蓁蓁回国之后，接触比较多的都是大学同学，高中同学接触得并不多，一时间好多同学都想不起来名字。但是在社会上混了一段时间，夏蓁蓁已经能够神情镇定地同各位想不起名字的同学们寒暄，并在谈话中找到一些他们名字的蛛丝马迹，再假装熟稔地继续客套。

一声轻咳从背后传来。

夏蓁蓁一顿，继续面不改色地客套。

同学们却渐渐越过她向她身后看去："哎，那不是陆唯吗？"说着，径自向陆唯打着招呼，"陆唯！你也来了！"

两条长腿走到夏蓁蓁身边，陆唯神色淡然："是啊。"

夏蓁蓁一声不吭。

看着眼前的俊男美女，那个同学隐约间想到了高中时期似乎听过这两位状元的传言，好像是陆唯跟夏蓁蓁告白，结果被教导主任发现，然后叫了家长。后来两个人都以状元的身份考进Q大，据说还在一起了，也算是一段佳话。

不过这么多年过去了……而且看两个人现在目不斜视的样子……

同学们犹豫了一下，还是没敢把心中的八卦问出口，继而说道："我记得南乐跟蓁蓁你关系很好的，没想到你跟陆状元关系也不错，都被邀请来参加婚礼。"

这次还没等夏蓁蓁说话，陆唯先开了口："南乐跟我老婆是好朋友，所以我才来的。"

一句话甩出来，别说那位同学，连夏蓁蓁都被噎个半死，视线立刻转向陆唯——谁是你老婆？

陆唯仿佛没感觉到夏蓁蓁的眼神，目光平静地看向那个惊得下巴都要掉了的同学。

那位同学缓了一会儿才结结巴巴地说道："你……你结婚了？"

“难道我看着像会孤老终身的样子吗？”陆唯反问。

“嗯……不是……不是……”那位同学还有点发蒙，“只是想不到除了……除了……嗯，没想到谁配得上你。”虽然他很想说除了夏蓁蓁，不知道谁还配得上陆唯，但是此情此景，好像不适合这么说。

像是故意的一样，陆唯侧过头看向夏蓁蓁：“蓁蓁跟南乐的关系还真是好，这么多年还在一起……不过她都结婚了，你打算什么时候结婚？”

看着陆唯似笑非笑、似真似假的表情，夏蓁蓁眯了眯眼睛，突然笑了：“哦，你不知道啊，樊鸣跟我老公是好朋友，所以我才来的。”

陆唯的眉毛微微一跳，不等那个受了惊吓的同学开口就先开口了：“原来你结婚了啊！我都不知道。”

夏蓁蓁皮笑肉不笑地答道：“嗯，我也是刚知道。”

那位同学已经完全蒙了，看不明白眼前这两个人到底是个什么套路，又突然觉得周围弥漫着一股奇怪的气息，让他不能自已地从这两个人身边退了出来。

直到确定那个同学已经离开了自己的视线，陆唯的视线才向夏蓁蓁的下半身飘去：“这裙子……”

夏蓁蓁立刻站直了身子：“好看吧？”

“好看是好看，但是……”陆唯歪了一下头，琢磨着用词，“好像太精致了点。”

“当然精致，伴娘裙都是南乐找人定制的。”夏蓁蓁作势要转一圈给他看看。

结果陆唯一把就将她按了下来，随后脱下身上樊鸣给定制的伴郎西装，盖在她裸露在外的肩膀上，轻描淡写地开口：“距离婚礼还有段时间，酒店里空调凉，你先找条裤子穿上，等典礼快开始再换也不迟。”说完，正好看到宋扬和舒斯相携而来，陆唯立刻准备过去。

夏蓁蓁眼珠子一转，刻意提高声音对陆唯的背影开口：“陆律师，看到我穿别的男人的衣服，我老公会吃醋的。”

陆唯听后，侧过身对着她勾唇一笑：“我觉得，如果你不穿上点什么，你老公就不仅是吃醋这么简单了。”说完，视线再次扫向夏蓁蓁的裙子，眼神带着丝丝凉意，压低了声音，“去找条裤子穿上。”

看着陆唯头也不回的样子，夏蓁蓁略带得意地扬了扬眉毛，转过身去了换衣间——让老公吃吃醋就得了，女人还是不能得寸进尺的。

之后夏蓁蓁一直在忙，忙着堵门，忙着帮南乐要红包，忙着藏鞋。她当时想着一定要把鞋藏到樊鸣死都找不到的位置，就直接把南乐的高跟鞋塞进自己的包里。樊鸣为了那双鞋给了她一沓的红包她都没开口，最后还是最了解她的陆唯给樊鸣指了条明路，让樊鸣终于拿回南乐的高跟鞋。

婚礼的流程夏蓁蓁是记得滚瓜烂熟，但是人一多，她就乱了阵脚，好在同学们比较多，互相帮帮忙也算顺利。

等把南乐送到典礼现场，夏蓁蓁才算功成身退，扶着墙准备听话地去换衣服，结果正好看到陆唯站在台下，不知什么时候换了一件长风衣穿在身上，手里拎着她的一双运动鞋。

看到她之后，他的第一个动作就是脱下风衣披在她的肩膀上，看到风衣盖到她的小腿才不动声色地松了口气，随后单膝跪地，把鞋放在她的面前。

夏蓁蓁心底一突，赶紧回头看身边有没有人注意到，随后伸手去推陆唯的肩膀：“这是干什么？别让别人看到。”

陆唯被推得退后半步，抬起头有些好笑地看着她：“别人都在看婚礼，谁有闲心看在后台的咱们两个？快穿上吧，刚才你上台的时候，我就注意你脚后跟都磨红了……而且这裙子这么短，你自己弯腰换鞋子，肯定走光。”

夏蓁蓁想着陆唯说的也有点道理，但是向来在别人面前高高在上的陆唯就这样半跪在自己面前，她还是觉得有些难为情，稍显扭捏地把脚从高跟鞋里拿了出来，踩在运动鞋里。

为夏蓁蓁穿上鞋，陆唯才站起身，对她弯了下胳膊：“走吧。”

夏蓁蓁轻轻地挽了上去。

两个人相携从幕后走了出来，惊了一众同学，特别是一开始跟他们两个聊天的那个，反应了好一会儿才明白自己被耍了：“我就说，活了这么久就没想到过有谁能比你们两个更适合对方，果然还是强强联合了。”

陆唯没说话，夏蓁蓁笑了笑：“我就当这是夸奖了。”

两个人坐下来后，自然接到了同学们的轮番轰炸，大家一直问两个人什么时候在一起的，到底怎么回事。陆唯是不会参加这种谈话的，夏蓁蓁就担起了与不怎么熟悉的同学沟通的重任。

一桌同学男女都有，男生都对着夏蓁蓁，女生都看着陆唯。然而，陆唯一直垂着眼睛看着自己眼前的一亩三分地，偶尔抬头也是提醒夏蓁蓁对面的同学叫什么名字，不会多看别的女同学一眼。

高中时的陆唯虽然话少，性格看着很随意，然而，熟悉他的人都知道他有自己的脾气。而现在，聒噪的人群中，一个安静的男人看似沉默寡言，想把自己隐藏在灯光里，但是搭在夏蓁蓁背后的胳膊正坚定地宣示着所有权，散发着让人无法忽视的一个成熟男人的气场。

再看看夏蓁蓁，高中的时候很高冷，总给人难以接近的感觉，而经过时间的历练，看起来已经柔和了很多，虽然眉眼间依然有着隐藏不了的骄傲和矜贵，但是唇边始终带着的三分笑意让同学们如沐春风。

他恰好成熟，她恰好温柔。

始终看着两个人的徐薇突然想到高中时，她知道那幅夏蓁蓁的肖像画是陆唯画的之后，心中是掩盖不住的羡慕。

就陆唯那个低调还偏向隐忍的性格，估计就算为了夏蓁蓁掏心挖肺，他都不会让她知道。而夏蓁蓁，一直只相信自己什么都能做到的夏蓁蓁，骄傲得一直向前看的夏蓁蓁，可能根本看不到这些，更看不到她现在能以最自然的状态跟同学们聊天，是因为陆唯会在她偶尔接不上话，忘记人名的时候提醒她一句。

徐薇突然就有点操心。

聊了一会儿，一个同学突然问道："对了，你们两个什么时候结的婚啊？我们怎么都不知道？"

还没等夏蓁蓁回答，另外一个在跟夏蓁蓁探讨事业的同学也开了口："现在电竞产业那么火，你游戏都做了，怎么不顺便投资个电竞团队啊？"

一个关于工作的话题跟了过来，夏蓁蓁立刻忘了去回复另外一个情感问题："什么投资团队？"

"哎，你不知道吗？我们有一个叫苏远的学长就投资了个电竞团队，据说很赚钱的，他今天也来了，在……在那桌，你看到了吗？"同学伸手一指，夏蓁蓁就看到隔壁桌一个背对着她跟别人说话的男人。

夏蓁蓁眯着眼睛看了下，立刻站起身。

结果，陆唯的手以更快的速度把她按了下去。

夏蓁蓁有些摸不着头脑："怎么了？"

陆唯将她黏在唇边的发丝拿了下来，淡淡地开口："这个名字你不耳熟吗？"

夏蓁蓁皱着眉努力想着："既然投资了电竞，那是我的客户吗？

IT 的？还是风投的？不是竞争对手吧？”

陆唯眉眼略微舒展了，并没有回答她：“你先吃点东西，一会儿我陪你去。”

夏蓁蓁想了想，觉得可行：“好。”

苏远正在跟身边的女同学要着电话，突然就感觉一道视线从背后射了过来。他一顿，回过头来。

一个留着波浪长发、眉眼清淡、唇边含笑的女孩正看着他，发现他回头后，笑容立刻更灿烂了一点。这个笑容立刻激发了他久远的记忆，高中时期也有这么个女孩，神情骄傲，但是看到某个男孩之后就会露出这样灿烂的笑容。就因为她这种笑容，马上毕业的他立刻筹备了一次告白，结果被教导主任发现，他撒腿就跑。

苏远慢慢眯起了眼睛——他对那个女孩的印象很深，毕竟他从追女孩开始就没失败过，她是唯一的滑铁卢。她叫什么来着？叠音字，很可爱的，夏什么……夏蓁蓁，对，是夏蓁蓁。

看着夏蓁蓁看自己的表情，苏远情不自禁地摸向自己的脸。

他知道自己长得不差，这么多年也刻意地健身和保养，相对于其他男同学，他真是比他们强了不止一星半点。这次来参加婚礼只是因为这是两大富豪孩子的婚礼，他总觉得来参加一次总不会亏待自己，况且又遇到了夏蓁蓁……

她是想再续前缘？

想到这里，苏远立刻对着她露出一个略带调戏的笑容，眼睛还眨了一下。

不过夏蓁蓁却没什么反应，虽然还在看着他微笑，但是仔细看去，她又好像在透过他看什么东西。

苏远这人很懂得见好就收，就这么短短的几秒对视，他已经拿捏好了分寸，转过头来，把身体坐得笔直，尽量让身后的人看到他后背的线条。

南乐的婚礼很隆重也很催泪，女同学们都被司仪煽情煽得痛哭不已，夏蓁蓁也不例外。

陆唯只是单手握着她的手，给她递着纸巾，然后暗暗发誓，等他们结婚，绝对不会让司仪这么煽情。

哭了一场之后，夏蓁蓁才吃了点东西补充了下体力，准备之后跟苏远聊聊投资电竞队伍的事。

一直找机会偷偷观察夏蓁蓁的苏远，用余光发现她已经向他走来，立刻故作姿态地拿起桌上的红酒杯品起酒来。

“你好，请问是苏远学长吗？”清雅好听的声音在他身后响起。

苏远故作惊讶地回过头：“我是，请问你是……”

夏蓁蓁坦然地自我介绍：“我叫夏蓁蓁，是你高中时期的学妹，现在开了一家游戏工作室。”而后对着苏远伸出手，“方便认识一下吗？”

如青葱般的手指伸到自己面前，苏远首先认出来的是那纤细的手腕上价值二十几万元的手表。

有才又有财的女孩子最好了。

苏远立刻伸出手握了上去：“你好。”好字的话音还没落，掌心里柔软的触感还没彻底感受到，她已经飞快地抽回手，转而拉开他身边的椅子坐了下来。

“你好，学长，是这样的，我们工作室现在想涉猎一下电竞，听说学长你在这方面很擅长，不知道能不能指点我们一下。”夏蓁蓁把话说得很客气。

苏远假装一副有点为难的样子，但很快就调整好了表情：“这里有点吵，不然我们换个清静的地方好好聊一聊？”

夏蓁蓁点头如捣蒜：“好啊，你想去哪里？咖啡厅？”

苏远略显无意地向夏蓁蓁凑近了些：“你喜欢吃日料吗？”

“她对日料过敏。”

不等夏蓁蓁回答，一个男声突然从他身侧响起。

夏蓁蓁满脸问号地回过头——她可是出了名的甜虾杀手，怎么会对日料过敏……

陆唯走到她的身边，单手按在她的肩膀上，小拇指有意无意地蹭着她的脖子：“不然去我办公室吧，离得近，也安静。”

苏远打量着眼前的两个人，看向陆唯的时候不禁再次陷入深深的思索——这个男人……好像……

“你喜欢夏蓁蓁？”一个男孩站在二楼阳台上，居高临下地望着他。

二楼是高二的教学楼，所以苏远并没把他当回事：“是啊，怎么了，学弟？”

那个男孩微微勾起嘴角：“你没戏的。”

苏远审视了他一番：“万一夏蓁蓁喜欢我，我怎么会没戏？”

“她不会喜欢上你的。”男孩淡然的表情带着莫名的笃定，“有我在一天，她就不会喜欢上别人。”

苏远眉头一皱，眯着眼睛看着他，好一会儿才开口：“你叫什么名字？”

“陆唯。”男孩答道。

苏远等了一会儿，发现陆唯并没有问他叫什么，便顺口问道：“你不问我的名字吗？”

男孩神情淡淡的：“你的名字对我来说不重要。”

不知道为什么，他差点连夏蓁蓁的名字都忘了，却十分清晰地记得陆唯的名字。

听了陆唯的建议，夏蓁蓁觉得十分可行，就忘了刚刚他说自己吃日料过敏的事了："对啊！陆唯那儿可以，学长，我们去他那儿吧。"

还真是他。

苏远看着陆唯，故意开口："这位是？"

"哦对，"夏蓁蓁站起身，十分正式地介绍道，"这是陆唯，我男朋友。陆唯，这是我们同一个高中的学长，叫……嗯——叫……"本就没把注意力放在苏远身上的夏蓁蓁瞬间忘了苏远的名字，一下子噎住了。

苏远直接对陆唯伸出手："我叫苏远，幸会。"

陆唯礼貌地握了一下："嗯。"

走到陆唯车边时，夏蓁蓁很自然地去拉副驾驶座的门，结果被苏远叫住了："蓁蓁，我还有很多细节想跟你说一说。"随后示意了一下，让她跟他坐后面。

夏蓁蓁笑笑："去陆唯办公室说也来得及，陆唯喜欢我坐在他身边。"

陆唯看都没看她一眼，直接拉开车门，仿佛对她的决定感到理所应当一般。

苏远微微沉了脸，独自一人坐在后面。

一路上，夏蓁蓁和陆唯并没有怎么沟通，但是奇异地有种两个人一直看着对方的感觉。陆唯车速稍微快一点，夏蓁蓁就会换一首舒缓的音乐；夏蓁蓁放下副驾驶的后视镜，陆唯就会从手边的储物盒里拿出一支口红递过去，和谐得令人感到厌烦。

苏远情焦躁得情不自禁地抖起腿来。

幸好，陆唯的事务所离得并不远。

苏远本来想着夏蓁蓁口中的陆唯的办公室也许是写字楼里的某一间，万万没想到竟然是一栋单独的两层洋楼，环境还特别好。

眉心忍不住一皱，苏远忍不住问出了口：“这里租金多少钱？”

陆唯想了想：“一年一百多万元吧……买的时候卖家说过，但是我不记得了。”

这楼竟然是他自己的……

看着前台和偶尔路过的人对陆唯的尊重模样，苏远轻而易举地猜到了陆唯在这里的地位。

这让他更加烦躁。

本来他觉得自己已经算是人上人，没想到这个小子……

陆唯将两个人带到自己的办公室之后，就坐回办公桌后，看着自己的卷宗。夏蓁蓁自来熟地从他的柜子里拿出两只咖啡杯，泡好咖啡端了过来：“抱歉，煮咖啡陆唯比较厉害，我只会简单的，不知道好不好喝。”

那个陆唯冷冰冰的，看着就不像特别好相处的人。

看来他只能靠个人魅力了……

思及此，苏远调整了一下坐姿，笑意盈盈地开了口：“学妹亲自煮的咖啡必然是好喝的，这么辛苦。”

夏蓁蓁笑笑，直奔主题：“我想咨询一下电竞行业……”

苏远点头，打断了她的话：“我记得高中的时候你游戏就玩得很厉害，但是你现在的年龄已经过了，操作得再好也不如年轻人反应快。”

夏蓁蓁捂着嘴唇哧哧地笑：“我当然知道，所以我只是想投资个团队而已。现在我的热情在做游戏上，不在玩游戏上，我只是想让工作室发展得更好一些。”

看着夏蓁蓁认真的样子，又联想了下她认真的性格，苏远觉得她应该是认真的：“投资团队需要一大笔钱的，你考虑好了吗？”

“总应该试一试。工作室是需要发展的，那么多人还需要我。”夏蓁蓁答道，“不想让看好我的人失望。”

好像一般人都不会拒绝这么努力的人……

苏远看着夏蓁蓁，又看了一眼不远处一声不吭的陆唯，觉得自己总应该拿出点什么跟陆唯不一样的东西，便认真起来。

两个人谈了一下午，夏蓁蓁光是笔记就记了十几页。

把重点和难点单独标记出来，夏蓁蓁一合笔记本，呼出一口气，由衷地发出感叹：“果然干什么都不容易呢，学长真的很辛苦。”

夏蓁蓁的眼睛里似装着星星，看得苏远的心怦怦直跳，让他情不自禁地伸出手，想去摸摸她的头。

一双手突然出现，隔在他的手和夏蓁蓁的头顶之间，而后越过落在夏蓁蓁的肩膀上。

本来一直没出声的陆唯不知何时出现，看都没看苏远一眼，对着夏蓁蓁开口：“无论做什么都不容易，他帮了你这么大的忙，要不要请他吃个饭？”

“那是一定的啊！”夏蓁蓁点头如捣蒜，而后看向苏远，“学长想吃什么？”

看着两个人的样子，苏远的内心像吞了苍蝇一样难受，但表面仍强作镇定：“不了，我还有其他的事，我们以后有机会再聚。”

夏蓁蓁倒也不强求：“好的，这方面我是个新手，以后可能会经常麻烦到学长。”

苏远勾唇一笑：“我的荣幸。”

随后他们起身将苏远送出了事务所，只是苏远刚上车，还没离开，就听到陆唯轻声地对夏蓁蓁开口：“聊了一下午，累了吧，想吃什么？你最喜欢的日料？”

苏远立刻摇起车窗。

有了目标之后，夏蓁蓁立刻搜索起现今的电竞团队——知名团队的赞助商都很稳定，她只能选一些新的团队，但是团队要实力和名气兼具，这就有点难选了。

琢磨了半个多月，夏蓁蓁终于看好一个团队，跟陈纽约和周信商议后她便出发了。

然而，事情并没有那么顺利。

原本那个团队已经表明没有赞助商，听说夏蓁蓁想要投资都很开心，电话里聊得很好，结果夏蓁蓁到了之后，只看到团队经理抱歉的脸："对不起，已经有家公司把钱打到我们账户上了，因为你们两家几乎是在同一时间联系的我们……"

虽然内心有点不爽，但是听闻那家公司财大气粗，投资的金额比她的心理价格要高出很多，她只能认输，但是礼貌地问了一句那个公司的名字。

一家已经在美国上市的电子公司，叫 YE。

思考了一下自己跟这家公司并没有业务往来，夏蓁蓁便回了工作室，发出工作室想投资电竞团队的消息，一边继续寻找，一边看各个团队的自荐。

综合看了三个团队，电话沟通好之后，夏蓁蓁再次按顺序和路线飞了过去。

然而，走了三家，她都得到一个答案——团队已经被一家叫 YE 的公司粗暴地先付款预定了。

这次夏蓁蓁总算是回过神了，冷着脸回到工作室："家家，帮我查一下 YE 这个公司什么来头。"

陈纽约应了一声，对着电脑噼里啪啦一通敲键盘，然后一字一句地念道："YE 是七年前成立的，前年在美国上市，老板是一名华裔……哟，跟你还师出同门的，帝国理工计算机系的高才生，叫……"

"喻烨。"

"喻烨。"

夏蓁蓁和陈家家异口同声地说出同一个名字。

陈纽约一推眼镜："哎？你怎么知道？"

夏蓁蓁捏了捏眉心："那是罗宾逊教授的学生，我们在教授的葬礼上见过……我需要想点事情，告诉大家，没什么事，不要打扰我。"说完，夏蓁蓁就回了自己的办公室并关上门。

"哦……"应了一声，陈纽约的视线立刻扫向出门接热水的周信。

感受到视线的周信抬起头，眉头一皱："干什么？她的事，我不是都知道的。"

"妍妍呢？"陈纽约突然问了句风马牛不相及的话。

周信被问了个措手不及，声调都高了起来："我怎么知道！"

陈纽约双手一摊："不知道就不知道呗，喊什么喊。"说完，直接戴上了耳机。

"我是正常回答你，哪喊了。"周信底气不足地解释。

陈纽约看了他一眼，指了指自己戴着耳机的耳朵，而后摆了摆手，示意他自己听不见，把他噎个半死。

夏蓁蓁在办公室待到深夜，陈纽约担心她又不敢打扰她，就给陆唯打了个电话。陆唯推门走进去后不到五分钟的时间，夏蓁蓁就脸色难看地走了出来："我没事。"

"你这脸色不像是没事的样子。"陈纽约开口说道，"有什么事说出来，我们一起商量。"

"没事，事情基本都解决了，但是我有话要跟陆唯说。"夏蓁蓁突然把视线转到陆唯身上。

只是将不吃饭的人拉出来吃饭的陆唯有点莫名其妙："怎么了？"

"我要去一趟美国，可能三五天回来，也可能要一两个月。"

陆唯的眉头微微一跳。

原来下午，夏蓁蓁左想右想都气不过，便给喻烨打了个电话。相比喻烨接起电话的好心情，夏蓁蓁则是一直压着火："你到底想干什么？自己想做投资，不能自己去考量吗？为什么一定要抢我看好的团队？"

"你知道的，蓁蓁，我对你的能力充满信心，你挑好的肯定不会差的。而且对于商人来说，时间就是金钱，我完全可以省下时间做些其他的。"对于自己的无耻行径，喻烨供认不讳。

"那你也不能一直窃取我的成果！"夏蓁蓁终于生气了。

"别，先别发火。我这不是一直都没办法联系上你才出此下策逼着你来找我嘛，要是你肯接我的电话，我也不会这么做。"

"你每次给我打电话都是劝说我离开夏夜，我还怎么接你电话？"

喻烨笑笑："那是以前，现在我不会让你离开夏夜了。"

"那你要干什么？"夏蓁蓁语气中带着一丝警惕。

"唉，我也不好过啊……"

最近某S品牌的手机频繁出现爆炸现象，已经出现了伤人的情况，现已被禁止带上飞机。然而S公司对于手机进行彻底测试之后发现，爆炸是某部分芯片持续发热造成的，而那芯片的厂商，很不幸的就是喻烨的YE。

喻烨因为这事非常头疼："现在我公司的股价已经跌到最低值……我有求助过罗宾逊教授的其他学生，想让他们帮帮我，然而一听影响已经波及全球的S品牌手机用户，他们就纷纷找借口拒绝了我……"

那是当然的了，那些学长学姐已经闻名全球，不可能为了学弟的事让自己的名声受到影响。

"所以……我只能来求你帮忙了。听说你的团队的优化做得非常好，你能不能帮我把这道难关过了？”说到这里，喻烨的情绪已经很低落了，“蓁蓁……除了你，我已经不知道谁能来帮我了。我真的很需要你，算我求你了，帮帮我吧。”

夏夜工作室出名之处除了两个成名作以外，圈子里比较知名的就是优化系统和反外挂系统，毕竟拥有那么大基数的玩家，如果没有这两个系统，是没办法留住玩家的。

以前她是想把这两项作为工作室的专利留在手中绝不外放的，然而，信息时代的发展越来越快，她开始思考要不要把这两个王牌系统作为一个噱头，让自己的工作室更知名一些。

于是，夏蓁蓁做了个决定："我可以帮你，但是只有我一个人，我不可能带整个团队去帮你。如果没成功，那只能说是我夏蓁蓁没本事，但是如果成功了，那你要对外宣称是夏夜工作室的功劳，并且说明夏夜工作室不仅仅是优化做得好，反外挂系统也很好。我听说暴雨团队现在开发了个新的百人竞技的游戏，正在测试，而暴雨团队的 CEO 是你的高中同学……我希望你能帮我做一个引荐，暴雨团队的反外挂系统，我们夏夜要了。”

喻烨呼吸一顿："蓁蓁，你要知道，暴雨团队是全球最大的游戏开发团队，在全球的玩家受众有三十个亿，这不是小数。如果你没那个本事，可不是简简单单地失去暴雨团队这个合作商。”

“我明白，可能我在游戏行业的名声也完了。”夏蓁蓁十分镇定，“但是如果我们的反外挂系统连暴雨的游戏都能扛住，那全球的游戏市场就都是我的了。”

喻烨安静了好一会儿，突然笑了："我就知道，你的野心肯定不仅仅是做个好游戏……行，我帮你引荐一下。”

“合作愉快。”夏蓁蓁淡定地开口。

陆唯听完之后，审视的视线一直投向夏蓁蓁，好一会儿才开了口："你跟我说的这些，是想跟我商量一下行不行，还是只是通知我一下你要走了？”

一个问题把夏蓁蓁问蒙了。

说真的，她只是觉得有事就应该跟陆唯说一声，但是没想到她跟他说那句话的目的是什么。

商量？通知？

虽然理智告诉她应该回答陆唯“商量”这两个字，但是回想到自己跟他说话的语气，“商量”两个字她是怎么都说不出口。

所以她张了好几次嘴，都说不出话来。

沉默地看了她许久，陆唯无声地叹了口气，轻声开口：“你去吧，注意安全。”顿了一下，又补了一句，“什么时候出发？定了吗？”

“还没定，估计快了。”夏蓁蓁立刻忘了刚才的纠结，迅速计算着她走后工作室还需要做些什么，“现在游戏更新可以稍微放一放。周信，你和家家好好研究一下我们的反外挂系统，看看还有什么漏洞，该补充的补充，别怕花钱，可能用不了几天，我就会要一个完整的系统。妍妍，你继续帮我看电竞团队，最好做个数据对比图，然后……嗯？妍妍呢？”

话音一落，众多八卦的视线全部落在周信身上。

周信的白眼都快翻上天了：“你们看我干什么？我真的什么都不知道！”

八卦的视线遗憾地收了回去。

“你们的事我不管，但是妍妍的工作要帮我传达到。”夏蓁蓁平淡地发号施令。

只有涉及工作，夏蓁蓁看起来才像一个老板。

陆唯看着夏蓁蓁的侧脸，突然开口：“你这次走，我有个条件。”

听到陆唯的话，夏蓁蓁再次回忆起刚刚她对陆唯的态度，立刻收起老板的架势：“你说，什么条件我都答应。”

"也不是什么大事，之前我就跟你说过。"陆唯轻描淡写地开口，"走之前，把结婚证领了吧。"

求婚？现场？

夏夜的工作人员立刻兴奋地捂住脸庞，天啦！陆律师怎么总是让他们措手不及？！

随后，大家都看向夏蓁蓁，期待着能看到夏老板害羞、惊喜、哭泣等一条龙表演。

然而……

夏蓁蓁眨眨眼睛："哦对，你不说，我都忘了。上次就说要领证，结果忘了。那行，现在去……哎哟，这个时间，民政局都下班了，那明天去吧。"

"好。"

没了。

看着眼前的两个人，陈纽约撇了撇嘴："散了散了，都老夫老妻了，没什么看头。"一点激情都没有，没意思。

周信抿着唇不吭声。

看着夏蓁蓁还没缓过来的脸色，陆唯拉起了她的手："既然都要走了，就回去好好休息休息吧。"

夏蓁蓁听话地挽起陆唯的胳膊，一边跟着他走一边捏着眉心开口："结婚证上的照片会 P 的对吧，我估计明天我的黑眼圈会特别重。"

"没事，黑眼圈重也比别人美。"陆唯一边说，一边侧过头轻轻地吻了一下她的发顶，而后用余光看了一眼周信。

平淡的目光背后是隐隐的……来自胜利者的挑衅。

被陆唯送回家之后，夏蓁蓁立刻开始贴面膜、敷眼贴，努力让自己第二天能变得光彩照人一些，也给民政局的 P 图工作人员省点心。

整理好一切，她躺在床上准备睡觉的时候，手机突然响了起来……

陆唯的生活很规律，早上七点起床，出去跑步半个小时，然后买早餐回家，吃完早餐打理好自己之后，八点半准时出门。

而今天，莫名其妙，他凌晨四点多就醒了，而且在床上翻来覆去好一会儿都没有睡意。

可能是知道今天就要结婚了，有点兴奋吧。陆唯暗暗地想。

在床上转了几个来回，他终于意识到自己是不可能睡着了，便坐起身，顺手拿起床头柜上的手机按了一下。

一条微信消息，来自夏蓁蓁。

一股熟悉的烦躁涌上心头。

他耐着性子点开了这条微信——

我的学长帮我联系好暴雨团队了，暴雨着急想看我们的反外挂系统，我就先走了。对不起啊陆唯，我先走了，你不用担心，我会照顾好自己的，也会早点回来的，爱你，么么哒。

陆唯瞬间关掉手机。

他强迫自己躺回床上，闭着眼睛调整着呼吸，努力地平复着自己的心情。

不生气、不生气、不生气、不生气……

……

陆唯瞬间就从床上坐了起来，烦躁得用力抓了一下自己的头发——本以为过了这么多年，自己早就锻炼出一副波澜不惊的心态，结果夏蓁蓁还是会轻而易举地让他瞬间崩掉。

虽然他知道夏蓁蓁本来就是这么个性格，但是连着两次在领证前夕都因为工作而被放鸽子还是让他觉得十分不爽。平时夏蓁蓁有什么事情，无论他有多忙，都会抽出时间先帮她解决。她在他心中永远是第一顺位，毕竟工作没有做完的时候，爱人只有一个。

然而现在看来，在夏蓁蓁心里，他陆唯永远在工作之后……

这么多年过去了，她对待爱情始终没有真正地开窍，根本不懂得如何经营一份感情，也不懂得如何去依赖他，她和他能走到现在，除了确实有一颗爱他的心之外，剩下的都是他的坚持。

漆黑的夜，陆唯坐在床上望着窗外，眼神渐渐从暴躁变得冷静下来——既然决定要相守一生，有些道理还是应该让她懂一懂比较好。

于是，他拿起手机，给夏蓁蓁回了条消息——

我很生气，我决定在你没意识到你错在哪里之前都不会再联系你了。注意安全，我也爱你。

然后，他拉黑了夏蓁蓁所有的联系方式。

Chapter 6 追夫路漫漫

夏蓁蓁与暴雨公司的洽谈很愉快，同样属于游戏公司，他们对全世界各个国家风靡的游戏都了如指掌，包括夏夜出品、风靡全国的《初心江湖》和《诸神之战》。夏蓁蓁拿出十二分的诚意介绍着自己的反外挂系统，并提出可以将这个系统提供给暴雨试用一个星期，而后再谈是否合作。

陈纽约很鸡贼地把外挂系统的核心数据全部模糊处理，没有专业的手法根本解不开，而后才交给暴雨。暴雨试用之后效果十分不错，论坛上接连几天都在说游戏环境很棒，已经遇不到外挂了，希望能继续保持云云。看到实际玩家给的评价之后，暴雨不再犹豫，跟夏蓁蓁提出外挂使用权暴雨要买断，结果却换回夏蓁蓁笑意盈盈的拒绝——不是买断，是合作。以后暴雨的反外挂系统全部由夏夜工作室提供，合同先签订五年，以后考虑情况是否续约。

暴雨只思考了一天便应允，痛快地签了合同。

自己的事忙完了，夏蓁蓁才全身心地投入喻烨的手机芯片研究中。夏蓁蓁了解情况之后，同喻烨的研发组开了好几天的会，连喻烨都亲自参与到其中来。经过半个月昼夜颠倒的研究，夏蓁蓁终于给出一个最适合的优化方案，送去测试组测试后效果也很好，研发组那些原本看不起夏蓁蓁的人目光中的羡慕和赞叹已经盖都盖不住了。

确定自己的工作做完之后，夏蓁蓁马不停蹄地就开始订回家的机票，无论喻烨怎么挽留她再休息几天，她都拒绝了，表明如果再出现问题，她还会来帮忙，现在就让她先回家吧。

毕竟家里还有人在等着她。

看着喻烨投向夏蓁蓁的恋恋不舍的眼神，研发组的组长忍不住开口："老板，怎么不把她留下来啊？高薪！或者直接献身，哪样都可以啊！这样的人才不留在身边太可惜了，更何况老板您还……"

喻烨伸手打断了研发组组长的话："如果留得下来，你以为我不留吗？没听到她说家里还有人在等着她吗？"

听到这里，组长不禁眯起眼睛："真想知道是什么样的男人让她归心似箭。"

这边，坐了十几个小时飞机的夏蓁蓁终于双脚踏在了祖国的土地上。下了飞机之后，她就开始不断地拨打陆唯的手机号码，但那边始终提示电话暂时无法接通。想到刚到美国，手机开机时收到的陆唯那条消息后，自己就再也联系不上陆唯，夏蓁蓁担心得不行。陆唯该不会出什么事了吧？结果问了樊鸣和南乐，知道陆唯仍然好好地每天在上班之后，她才放下心来，知道陆唯只是生她气了，便把在美国的所有休息时间都压缩到极致，只想着赶紧忙完，赶紧回国。

只是现在回国了，她还是联系不上陆唯。

突然她意识到了什么，拉黑？不会真的……她马上打通了周信的电话："快把我的号码拉黑。"

周信一怔，随即反应过来，冷冷地说："闲疯了吧你！"随即挂断了电话。

但是立刻有短信发了过来：十秒后拉黑。

夏蓁蓁再拨过去，果然从正常的拨号音变成无法接通。

过了一会儿，周信的电话打了过来："好受了？"

夏蓁蓁长叹一口气，心里不知道是什么滋味："陆唯真把我拉黑了。"

周信一声冷哼："自己好自为之吧，我可没时间当你们的心灵导师。"说完再次毫不留情地挂断了电话。

回到家里，陆唯的行李已经都搬走了，夏蓁蓁这时候只觉得又好气又好笑，好像以前在和陆唯的交锋中，更小孩子气的一直是自己，现在可算是一报还一报，让自己也体验到这种幼稚鬼行径的威力了。看来这次领证放鸽子的事情，陆唯是真的生气了。

于是夏蓁蓁开始努力回忆以前两个人闹别扭的时候，陆唯是怎么挽回关系的，有时候是送花，有时候是搞烛光晚餐，有时候……想着想着，不禁开始微笑，随即又开始认识到眼前问题的严重性：道歉归道歉，可是去哪里找陆唯呢？

以陆唯做事情滴水不漏的风格，他不可能让自己知道他的行踪和去处的，那只能去事务所找他了？夏蓁蓁想到这里，也不管现在是夜里十二点了，马上打车去了陆唯的事务所。这个时候当然已经下班了，事务所的大门紧锁，夏蓁蓁拿出事先准备好的便利贴，在事务所大门上留起言来——

To 陆唯：很抱歉我不该在那么重要的时刻爽约，如果你原谅我，就请回来。

夏蓁蓁犹豫再三，还是没有加上这句略显矫情的"我很想你"，只是把便利贴紧紧地贴在事务所门上，然后打道回府睡觉去了。

折腾一夜的夏蓁蓁一直睡到了第二天中午，跳起来看手机，有五个未接来电，有周信的和陈纽约的，还有一个未知号码，结果打回去才知道是小广告。他是没有看见便利贴，还是不愿意理我？夏蓁蓁不禁有些生气，又有些担心，也不管现在肚子饿得咕咕叫，径直开门想再去一趟事务所。

打开家门，她却发现门缝里夹着一张字条，上面是陆唯的字迹——

我不是为这件事情生气，这件事和你我之间的障碍相比微不足道。在障碍消解之前，我们还是不要见面了，给彼此一些空间的好。

夏蓁蓁气得跳了起来，什么意思？！什么叫“你我之间的障碍”？！还微不足道！她马上掏出手机要给陆唯打电话，但是电话依然无法接通，所有的聊天软件都是非好友状态，连尝试发邮件都是被退回。

夏蓁蓁气呼呼地杀到陆唯的事务所，本想一进门就高喊“负心汉陆唯你给我滚出来”，又觉得不妥，好像这在偶像剧里是小三儿的台词，自己这么悲情的正主还是要有一些起码的礼仪，先礼后兵嘛。

于是她走到前台，彬彬有礼地说：“我找陆唯。”

前台微笑着露出职业的八颗牙齿，礼貌地回应：“陆律师交代过了，他这次出差有很重要而且很机密的案子要处理，不能随意透露他的行踪。”

夏蓁蓁正要说什么，前台又补充了一句：“尤其是对夏小姐您。”

夏蓁蓁一愣：“你……你说什么？”

前台依然是职业微笑：“尤其是对夏小姐您。”

夏蓁蓁气鼓鼓地转身出门，前台在背后补充道：“您也不用尝试联系业务部门，我们有最先进的语音识别技术……”

“你说那个人是不是自己找死！”夏蓁蓁气鼓鼓地质问，然后一把叉起面前的烤羊腿，开始找调料碟。

南乐歪着头看着夏蓁蓁，一副“忍不住想笑，但是给你面子，我忍住不笑”的表情。

夏蓁蓁瞪了她一眼，一边嚼着羊肉一边说：“你这是什么表情？从我回国到现在，他已经消失整整十天了！再有意见，气也该消得差不多了吧？”

南乐笑了：“我的大小姐哎，说你笨呢，你这个小傻瓜从无到有，把一个游戏工作室做得风生水起；说你聪明呢，你怎么比直男还直？陆唯到底在想什么，你真的想不通吗？”

夏蓁蓁“哼”了一声：“想什么想，他就是小心眼！领证是很重要，但是人生中有很多事情是随时会出现变化的，不可能一成不变地去生活啊！”

南乐摇了摇头，也低头专心地吃起东西来。

夏蓁蓁忽然意识到什么，伸手去晃南乐，神情严肃：“你说，你是不是看到什么了？快告诉我，是不是陆唯在外面有野女人了？他变心了。”

南乐在被摇得前仰后合的状态下，依然精准地把一块羊肉送进嘴里，根本不理夏蓁蓁。

夏蓁蓁突然安静了下来，一边专心地切肉，一边说道：“南乐，我发现你特可怜。”

南乐吓了一跳，但是随即意识到这是夏蓁蓁的激将法，便不加理会，继续吃肉。

夏蓁蓁继续说道：“你这个人啊，命不好，克朋友，白莲花一个。”

听到这里，南乐有点忍不住了：“我怎么就是白莲花了？”

夏蓁蓁托着下巴：“你想想，你和樊鸣大婚，这么喜庆的事情，结果呢，你们俩的伴郎伴娘，青梅竹马、天造地设，连婚都订了，现在闹得要死要活快分手了，不怪你怪谁？”

南乐哈哈大笑起来：“这套激将法对我可没用，你想点新鲜词儿。”

夏蓁蓁急得都要拍桌子了：“不行！你必须告诉我。”

南乐摇摇头，将刀叉放下，拉起夏蓁蓁的手：“来，夏状元，我问你，你们认识多少年了？”

夏蓁蓁歪着头想了想，还没搭话，南乐一拍她的手：“你看看，这就是第一个问题。上次我和陆唯吃饭的时候，人家连你们相识多少年多少个月多少天都是一口说出来的，你看看你。”

夏蓁蓁摇摇头：“这能说明什么吗？只是关注点不一样而已。你也知道我从来不看重什么纪念日，所以这种东西我根本不会记的。”

南乐继续问道：“那我继续问你，你们俩平时在家聊工作吗？”

夏蓁蓁点头：“当然聊啊，陆唯说我们要对彼此在做什么有个大概的了解。”

南乐冷笑：“那我问你，你们家陆律师平均一年要接多少个案子，一个案子要做多久，一年有多少天是需要在外出差的，你知道吗？”

夏蓁蓁皱眉盘算起来，可南乐不等她开口，继续说道：“可是你夏夜工作室有多少人、多少钱、多少台电脑、多少张桌子、多少把椅子，你家陆律师是不是张口就能说出来？”

夏蓁蓁有点不服气：“那他是法律顾问啊，这是他应该知道的！”

这人还真是不到黄河心不死，南乐继续冷笑：“陆唯放过你鸽子吗？”

夏蓁蓁一握拳：“那当然了！”

南乐反问："有几次是临时放鸽子？"

夏蓁蓁有点愣了，陆唯好像确实没有临时放过她鸽子。有时候事先安排好的事情有了调整，陆唯都至少提前一天告诉她，而且事后都会有补偿。况且那都是两个人约会什么的，也不算什么重要的事。

南乐继续问："你们的日常生活一点都不单调吧，是谁在操持计划？出去旅游是谁做准备？"

夏蓁蓁不说话了，她有点明白南乐的意思。确实，在他们两个人的相处过程中，她几乎从来不用操心任何事情，都是陆唯一手搞定。这时候看来，他需要去关心和处理的事情远比自己意识到的要多得多。

南乐叹了口气："我知道你现在在想什么，你一定认为陆唯很辛苦，是吗？但是陆唯自己真的觉得辛苦吗？我看未必。感情中没有所谓的单方面付出，只要有真情实感作为支撑，感情中的付出就有它的合理性，更何况你家陆律师天生精力充沛，又是操心的命，你又是个大大咧咧的人，你来当家，估计你们的日常生活会惨不忍睹。"

夏蓁蓁又瞪了南乐一眼,但是心中觉得南乐说的其实有些道理。

南乐继续说道："就像这次领证，其实这次到美国的机会对你来说到底多重要，陆唯能不知道吗？如果你一开始就好言好语地跟他商量，别说领证了，就算是婚礼，他都能给你推迟。"

夏蓁蓁又皱起了眉头："那他到底在纠结什么？"

南乐摇摇头："他在纠结你。"

夏蓁蓁睁大双眼："我？我有什么可纠结的？"

南乐瞪了回去："我就说你们的相处模式有问题吧。在陆唯心目中，这个世界上就你是最重要的，他要处理工作，要管理事务所，要应付客户，要交际朋友，但是所有的这一切都没有你重要。只要你有需要，你有问题，他可以随时随地放下一切去找你。而在你心目中，能和他并列的东西也太多了点吧？工作室、游戏项目、新的创业机会……他好像只是你生命中的重要组成部分，重要是重要了，但是……”

南乐干咳两声，夏蓁蓁连忙拿起水杯递了过去。南乐浅浅地抿了几口，摇摇头，才继续说道：“两个人相处，最重要的是相互依存和相互信任，这是一切的基础。毕竟你们两个的关系是一切的大前提，包括财富、事业、朋友。如果你们俩不在一起了，生活会从头开始重置，这些还和现在一样有意义吗？”

夏蓁蓁低头开始沉思起来，这些天开始找不到陆唯之后，她才真正发现陆唯对自己的意义远比自己想象的更重要。这都不是生活伴侣或者感情支柱这种词可以简单描述的依存关系了，他和她早就互相融入、互相影响、化为一体了。但是她的生活方式呢？却是在肆意地透支和浪费这种宝贵的关系。每次有一些过意不去的时候，她总是下意识地说“哎呀，陆唯能理解的”，“哎呀，陆唯能想到的”，“哎呀，陆唯能原谅的”，却从来没想到过会有今天这样的情况。陆唯真的不理她了，就好像把她的灵魂抽取了一部分一样，真空与焦虑相互激荡，让她无比煎熬。假如她能够更负责任一些，更让陆唯有安全感一些，他们也不至于闹到现在这个样子。

想到这一层，夏蓁蓁猛地抓住南乐的胳膊：“我知道了！那你帮我约他出来！我要和他谈一谈！”

南乐苦笑着把手机递给夏蓁蓁，上面是陆唯前几天发给她的消息：我和蓁蓁的问题我们自己会解决。

夏蓁蓁本来有些生气，这时候想到陆唯在编辑这条短信时的决绝和纠结，又有些想笑。你不就是不想见我吗？这么小孩子气的把戏，你以为我夏蓁蓁就没办法吗？

第二天一早，夏蓁蓁在晨会上宣布恢复《家庭大乱斗》的项目研发，而且不更换游戏引擎，就在冰山引擎上开发。

陈纽约第一个跳了起来：“冰山公司已经发过律师函给我们了！他们自己在研发同类游戏，所以才没有给我们游戏引擎授权的！”

夏蓁蓁答道：“去买，不就是钱的问题吗？”

周信冷冷地抱着双臂坐在角落：“你当然知道这不是钱的问题，我知道你想做什么。”

夏蓁蓁敲了敲桌子：“我希望某些同事不要阴阳怪气，有话就好好说。”

陈纽约还有点摸不着头脑，周信继续冷笑：“你不就是希望事情闹大吗，然后我们被冰山公司起诉，然后破产，然后你的 superhero 从天而降，帮你解决一切。”

陈纽约“啊”了一声，突然反应过来：“你和陆唯还在闹别扭啊？这都多长时间了？还没好啊？”

夏蓁蓁点头，表情有点尴尬：“我实在找不到他了，他消失得无影无踪了。”

陈纽约有点踌躇：“我理解你的想法，但你刚才的提议毕竟涉及工作室这么多人，拖家带口的……”

夏蓁蓁脸上有点发烧，正准备说点什么，周信却突然举手：“我同意。”

夏蓁蓁看向陈纽约，陈纽约耸了耸肩，表示无奈。

夏蓁蓁连忙说道：“所以我还是考虑了一下，去年陆唯就帮我们注册了好几个下属工作室，其实现在所有的游戏项目都是在下属工作室研发的。夏夜的法人是南乐，‘大乱斗’的研发工作室是夜魂，夜魂的法人是我。所以冰山即使起诉也不可能直接起诉夏夜的，会起诉夜魂，到时候即使败诉，我也会想办法把所有损失都引到夜魂那边的。”

陈纽约连连摇头："那不行的，这样不就是所有风险都你一个人承担了吗？你会倾家荡产的啊！"

周信摆摆手："这是我同意的大前提。她自己冲动做出的决定，为什么不是她自己承担？至于倾家荡产，你说她现在的状态，和倾家荡产有实际区别吗？"

听到这里，陈纽约有点生气了："你们以为这个事情是儿戏吗？把夜魂工作室和冰山公司这样的行业巨头摆在对立面，然后冰山状告我们，指望这样能让陆唯出面。可是陆唯如果不出面呢？他出面了，如果这个官司打不赢呢？你们到底有没有想过后果？"

周信哈哈笑了一声，说道："以我对陆唯的了解，这次他一定会出面的。而以我对冰山公司的了解，这次官司多半打不赢。"

陈纽约看向夏蓁蓁："上次类似的案子，冰山公司索赔了一百万美元啊！那还是三年前，这次只会高，不会低。你用一百多万美元买陆唯出面一次，这个代价也太高了吧？而且我也觉得我们这次肯定败诉，你到时候用什么来填这个窟窿？"

夏蓁蓁站起来，却没有看向他们俩，而是面向墙壁，许久许久才轻声回应道："这本来就是我和陆唯两个人的事情，那就让我们用自己的方式和自己的代价来偿还。暴雨合作款已经打过来了，我就拿走我自己的份额……我现在手里还有《初心江湖》和《诸神之战》的原始著作授权……"

陈纽约和周信同时腾地站了起来，周信表情狰狞地往前走了一步，但是看着夏蓁蓁的脸又闭上眼睛深吸一口气，回头坐下。陈纽约倒是直接冲过来，把夏蓁蓁扳过来："你开什么玩笑？你如果出让原始著作授权，就相当于一无所有了啊，你真的要从头开始，白手起家吗？"

夏蓁蓁坚定地点点头："是的。反正游戏正常的运营还是你们接手，所以对你们应该没什么太大的影响。"

于是三人小组就算就此达成了一致，但是陈纽约坚持不能让夏夜蒙受损失。于是为了确保万无一失，南乐专门找了集团的法务来帮助他们做了专门的产权分离，夜魂工作室从理论上完全和夏夜保持了独立。接下来就是选人员了，这个明摆着要掉脑袋的工作室却意外地受到了众多员工的追捧，最后不得不靠抓阄的方式才决定了谁进来。夏蓁蓁一时有点手足无措："这个项目至少还有两个月的研发周期啊，到时候工资、奖金可能都会……"

陈纽约挥手打断她："看热闹不嫌事大。"

于是夏蓁蓁就暂时放弃寻找陆唯，一门心思扎入《家庭大乱斗》的游戏研发中来。冰山公司的游戏引擎是需要商业授权的，而所有根据引擎开发的游戏代码都会有一个校验，所以夏蓁蓁很清楚冰山公司已经掌握了他们还在开发《家庭大乱斗》游戏的事实。

一晃一个多月的时间过去，陆唯还是没有出现，但是《家庭大乱斗》已经进入了首次公测期，也就在这个时候，夏蓁蓁等来了冰山公司的正式律师函。

"求仁得仁。"周信冷笑着把律师函丢在会议室的办公桌上。

这次是核心股东会议，因此除了三人组，还有陈妍妍等五名核心股东参加。

陈纽约叹了口气，把电脑里的邮件投影出来："这个月月初，夏夜工作室和夜魂工作室的分离工作已经完成了，冰山公司这次起诉的是夜魂工作室，夜魂工作室是夏蓁蓁 100% 所有，所以不会对夏夜工作室持股的各位有什么影响。"

陈妍妍插嘴问道："那对蓁蓁呢？"

周信一摊手，勾唇冷笑了下："她不 care。"

夏蓁蓁坚定地说："这次是我的个人行为，我还是不希望拖累到大家。"

陈纽约问道："那这次接了律师函，马上对方就要派律师代表过来进行第一次谈判了，你确定不做委托？”

夏蓁蓁点头：“我自己来。”

陈纽约还是有些担心：“这样就没有退路了啊！”

周信似笑非笑地打断陈纽约：“她要的就是没有退路。而且嘛……不进入绝境，那个男人又怎么会出手呢？”

陈妍妍却先急了，伸手打了周信一下：“都这个时候了，你怎么这么没正经？”

夏蓁蓁和陈纽约偷偷交换了一下眼神，然后才说道：“不委托，做了委托就有据可查，陆唯就不会出面了，这次我要靠自己把他拖出来。”

会议室里的其他几个人，很多都是第一次听到夏蓁蓁亲口承认这次的事件只是为了引陆唯出面，不禁有些面面相觑。

这叫什么来着？烽火戏诸侯？一骑红尘妃子笑，无人知是荔枝来？

陈妍妍率先打破了沉默，但还是问周信：“那这次会败诉吗？如果败诉了，蓁蓁怎么办啊？”

周信难得地收起了冷嘲热讽的表情，很认真地分析道：“这背后涉及两个问题：一个问题是夜魂这次会不会败诉，另一个是夏夜工作室会不会一并被起诉。夜魂的问题我找很多律师咨询过，我们在本身已经申请被拒的基础上还要开发游戏，而且已经到了公测发布的阶段，虽然还没开始正式赢利，但是也构成了侵权，唯一的好消息就是可能没有预想那么高的索赔费用。而夏夜这边，南乐帮我们找的都是老手了，股权分离和所有权分离做得非常干净，应该不会有什么问题。至于败诉之后蓁蓁怎么办，那就看她自己的打算了。她这次已经破釜沉舟了，咱们还能说什么。”

陈妍妍突然问道：“那我有点不懂。公测之后就进入正式运营了，为什么冰山工作室不等我们进入正式运营之后再起诉啊？”

周信摇摇头："那就不清楚了，但是我咨询过律师，目前我们所做的事情的程度，已经足够他们打赢官司了。"

陈妍妍还想说什么，突然意识到自己和周信一来一回对话好几次了，于是转过头去，不再开口了。

夏蓁蓁站起来，郑重地说："所以这次事情的前因后果，大家应该都比较清楚了。"

冰山公司委托的是天林律师事务所，是业界处理知识产权纠纷比较有名的事务所之一，接这个案子的律师也是大名鼎鼎的行业大鳄张君，此时他正坐在夏夜工作室的接待室，和夏蓁蓁四目相对。

张君忍不住先开口了："没想到业界鼎鼎大名的……"

夏蓁蓁马上抬手打断他："停，不要再说什么美女总裁、少女创业之类的，我听腻了，说正事。"

张君微笑着摇摇头："你以为我要说游戏界对你的评价？我要说的是我们这边流传的一个说法，说我们业界新一代律师里面最有前途的陆大律师的未婚妻真的是名不虚传……"

夏蓁蓁的脸彻底垮下来了："你还谈不谈工作的？你再说下去就涉嫌性骚扰了。"

张君立刻收了话题，挥了挥手，助手就把几份打印好的材料一一摆在了桌上。

"贵工作室涉嫌未经授权使用我的委托人公司开发的商用游戏引擎进行游戏开发，并且，"张君顿了一下，"我们了解到，贵工作室在过去的一段时间内有大量的违规操作，涉嫌撇清你们和上属的夏夜工作室之间的从属关系和股权关系。"

夏蓁蓁面无表情："我已经和夏夜没什么关系了。"

张君并没有理会她，继续指点着桌上的商务文件："所以你们既涉嫌侵权，又涉嫌商务欺诈……"

"太专业的我都听不懂，"夏蓁蓁单刀直入，"你们的诉求呢？"

张君答道：“我们要求贵工作室立即停止《家庭大乱斗》游戏项目的全部开发，回退所有代码，并赔偿侵权费用一百五十万美元。同时，我们正在评估，以决定是否将夏夜工作室一并作为被告对象。”

夏夜是夏蓁蓁的底线，听到这两个字的时候，她立刻站了起来，而就在此时，会客室的门被打开了。

在渐渐变大的门缝中，夏蓁蓁首先看到的就是陆唯的脸。

夏蓁蓁整个人都僵住了，完全没看到陆唯身后还有周信和陆唯的两个助理，蹿过去就要握陆唯的手。

结果陆唯丝毫不留情面地推开了夏蓁蓁的手，然后看向周信：“周先生，作为夜魂工作室的委托律师，我请求将所有与我们律师组无关的人员全部清理出去。”

五分钟后，夏夜工作室的所有人都停下了手上的工作，坐在会客厅外面的大堂沙发上，三三两两地扎堆讨论。

夏蓁蓁还沉浸在时隔几个月第一次见到陆唯的情绪里，她本来以为自己这段时间努力投入工作，已经让自己对陆唯的情感变淡了一些，却忽略了自己所做的一切本质上是为了再次见到陆唯，现在所有的情绪堆积，反而有些无法自持。

其他人也都很自觉地绕开她，让她一个人慢慢消化。

会客室里面的会谈持续了一个多小时才结束。这时，周信的手机响了，拿起一看是陆唯。夏蓁蓁伸手要抢，被周信制止，然后他打开了免提。

陆唯的声音平稳到不带一丝情感：“周先生，您可以进来了。同时为我们事务所的工作环境着想，请你先将无关人员全部带走。”

所有人都知道，无关人员就是夏蓁蓁。

周信摆了摆手，走进了会客室。夏蓁蓁冲过去想砸门，看到周信认真的眼神，又退了回来。毕竟张君他们也在，她不能让外人看笑话。但是今天毕竟陆唯已经出面了，那最基本的目的已经达到了，况且这个案子那么复杂，他会来第一次就一定会来第二次、第三次，她一定有机会找他把问题说清楚……

夏蓁蓁还在发怔的时候，会客室门突然被打开了，陆唯和张君居然很亲热地握着手一起下楼去了。夏蓁蓁想冲过去追陆唯，却被周信一把抓住了；她想开口喊，结果周信使了一个眼色，陈妍妍和陈纽约一起冲过来把她的嘴堵住。

过了几分钟，律师们都走远了，周信才放开夏蓁蓁，然后就在放手的一瞬间突然开始哈哈大笑，笑到眼角见泪，甚至要蹲到地上。

陈妍妍喊道："你神经病啊，笑什么？"

周信慢慢站起来，还是笑着打量夏蓁蓁："我笑有些人啊，机关算尽，最后搬起石头砸自己的脚了。"

陈纽约眼前一亮："怎么了？你是说官司有戏？"

周信点点头："还是……还是有人说得对，为什么冰山公司这么急着起诉我们，而没有等到我们正式运营呢？这里面是有原因的。"

陈纽约看了一眼陈妍妍，问道："为什么？哎，你别卖关子了，快说快说，大家都等着呢。"

周信正色道："那是因为冰山公司现在自身难保啊。"

原来虽然冰山公司这次新发布的游戏引擎功能很强大，商业授权赚得盆满钵满。但树大招风，一些业内人士对它做了针对性解构，发现它的一些底层架构采用了开源架构。按照当地法律规定，开源架构超过一定比例是不能用作商业授权的。于是，冰山的老对头 BELTA 公司切脉下药，直接联合了一众购买过冰山公司商业授权的游戏商，起诉冰山公司的商业欺诈和垄断行为。

这个官司多亏了冰山公司多年的经营和人脉，他们硬生生地把这个可能在欧美游戏圈引起轩然大波的炸雷给摁了下去，一方面通过多方面运作将案件转为非公开审理，所以国内基本上没有听到过这方面的消息；另一方面花了很大的代价去斡旋和打点，很快就达成庭下和解。冰山公司在以后几年将逐步降低这个游戏引擎的授权费用，直至五年后彻底免费。在这个时候，夜魂公司作为亚太区域唯一一个“顶风作案”的公司，则让冰山公司很头疼。亚太区域的其他开发公司基本都是花钱购买授权的,就偏偏夜魂来了这么一出，放任不管？那是绝对不甘心的。主动出手？整个亚太区域如果掺和进来，那局面会乱成一锅粥。所以整个冰山公司的法务部门也一直在观望，内部甚至比较倾向于睁只眼闭只眼，以整个欧美的官司大局为重。

“于是这个时候，陆唯主动联系了冰山公司，声称自己有绝对的把握,既可以让这场官司化为无形,又能让冰山公司不遭受损失。”

周信打开手里的文件扬了扬：“鉴于夜魂工作室与冰山公司的历史合作关系，以及基于未来双方良好的合作前景展望，双方决定就这次合作进行合作授权协议的补签，夜魂工作室以十万元人民币的价格获得本次《家庭大乱斗》项目的整体授权。”

然后他戳了戳夏蓁蓁：“但是陆唯说了，这钱你自己掏，休想从夏夜拔走一根汗毛。”

周围所有的人都开始欢呼雀跃起来，夏蓁蓁自己却呆住了。她本来算定冰山公司那么强势，一定会揪住这次机会不放的，结果自己却歪打正着，根本就没有被起诉的风险。反过来，陆唯哪会那么傻。他明明知道上次《家庭大乱斗》项目拿不到授权，是因为冰山公司自己想开发类似的游戏，这是反垄断案最最重要的铁证啊，陆唯如果拿这条证据反诉冰山公司，绝对可以在圈内一举成名，顺利将这个行业巨头绊倒。她担惊受怕两个多月，甚至连破产之后去哪里租廉价房都想好了，结果却还是给陆唯做了嫁衣裳，卖了一个天大的人情给冰山公司，难怪他走的时候跟张君那么亲热，明明就是串通好的啊……

不过这件事情还带来了另外一个哭笑不得的后果，夏夜和夜魂在这段时间频繁而不正常地交割，虽然在冰山公司的官司里没有成为把柄，却引起了工商部门的注意。工商部门要求夏夜和夜魂按照规定提交审计报告，于是陆唯频繁地到夜魂来处理审计的事情。可他每次过来都只待在会客室，只见周信。夏蓁蓁好几次都扑到他怀里了，但换来的只是他淡淡的表情和礼貌推开的肢体语言回复。

“哈哈哈哈，笑死我了！”南乐一脸幸灾乐祸地倒在沙发上，樊鸣也笑着摇头，一边给夏蓁蓁放下茶杯一边把南乐拉了起来，“注意点影响。”

夏蓁蓁苦着脸：“我来你们家不是让你们取笑我的，倒是给我出出主意啊！”

樊鸣一本正经地说：“蓁蓁，你可真是个天才！你知道吗？你用夜魂引冰山公司上钩，几乎成为我们商学院经典的法务案例了。陆状元经过这一折腾，在 IT 圈再次名声大振啊。冰山公司感激他手下留情，直接聘请他做法务顾问，我们可都说你是绝对的贤内助啊。这么高明的局，你不如多想几招，陆状元又不是万能的，总有马失前蹄的时候啊！”

夏蓁蓁倒不是真的没想过这一点，她在夜魂事件失败之后，马上联想到了利用夏夜触犯法律激陆唯出招的手段，但是一方面上次已经引起工商部门的注意，另一方面，此举遭到了陈纽约、周信、陈妍妍的强烈反对，毕竟不是每次都能有上次那么好的运气的。上次她和冰山公司过招是无意中撞了大运，否则真的按照正规程序被起诉，夏蓁蓁何止破产，简直会走投无路。

“能不反对吗？傻瓜！你干吗的，他干吗的？你在法律专业里和他斗，能不被他玩得团团转吗？”南乐又一次笑得直不起腰来。

夏蓁蓁看了一眼手表，叹了口气：“我妈今天过来复查，我先走了。你就幸灾乐祸吧你。”

看着夏蓁蓁出门，樊鸣突然问道：“乐乐，他们俩就这么耗着吗？”

南乐摇摇头：“那你就太小看我们家夏蓁蓁，也太小看陆唯了。”

樊鸣乐了：“这俩糊涂高手要是真的打个十年二十年不见分晓，难道真的十年二十年之后再看结果吗？”

南乐伸了个懒腰：“怎么可能嘛。我前面已经说了，夏蓁蓁之前是没想开，老想着在陆唯的专业领域里搅浑水，怎么可能不被陆唯吃死。现在我看她死了这条心，反而更好了。她只要老老实实过日子，陆唯迟早会回来的，毕竟斗气是虚妄的，感情才是真实的。”说完瞪了樊鸣一眼，“站着干吗？过来给樊太太捏腿。”

Chapter 7
一个叫 Lucky 的情敌

经过冰山公司这件事，夏蓁蓁学乖了，不再弄什么幺蛾子，打算以真心求真心。而没过几天，重新追陆唯的夏蓁蓁突然觉得自己跟陆唯目前的情况似乎跟当年完全反过来了。

高中刚开学的时候，她很讨厌陆唯，处处躲着他，恨不得离他远远的，反而是他总是假装不经意地追在她的屁股后面跑。再看现在，陆唯完全拉黑她之后，她想联系上他都费劲，更别提到他工作室门前的时候连续吃的那几次闭门羹。

简直扎心。

尽管心都快被扎烂了，但是对比一下被陆唯扎心和失去陆唯的痛心，夏蓁蓁毅然决然地选择了继续被扎心。

于是，在陆唯律师事务所门外蹲了一上午的夏蓁蓁重新提起精神，走进了大门。

门口的两个前台依旧笑脸相迎。

曾经的夏蓁蓁觉得这两个小女孩就像招财猫一样可爱，但是经过了这段时间的折磨，她才发现她们根本就不是招财猫！而是两尊门神，如果不经主人同意就入室的话，那么人挡杀人，佛挡杀佛。

所以，看到笑脸后的夏蓁蓁情不自禁地打了一个冷战。

前台 A："夏小姐，有什么事吗？"

夏蓁蓁赶紧回以笑脸："昨天听你们说陆唯出门了，今天回来，我想问问他回来了吗？"

前台 A："回来了，老板就在楼上办公室里。"

夏蓁蓁的眼睛里立刻冒出光来，走近了一步："那我可以……上楼吗？"

前台 B 微笑的表情都没变过："请问您有预约吗？"

"我昨天不是来过了嘛。"夏蓁蓁小心翼翼地撒娇以博同情。

前台 A："是来过了，可是您并没有说过要预约。而按照规定，没有预约的客人要在预约客人都拜访完之后才能来的。"

夏蓁蓁的笑脸都僵了："那我能问问预约的客人什么时候能全部拜访完毕吗？"

前台 A 笑眯眯地回答："差不多四个月后呢！"

夏蓁蓁转身就走。

前台 A、B 二人的笑脸维持到大门关上，再也看不到夏蓁蓁的背影，之后半秒内就收了回去，对视一眼之后，都苦哈哈地笑着抬起头，看向二楼那个趴在栏杆上淡淡地看着她们的男人。

陆唯不知道在那儿站了多久，看了多久，从他的表情看不出喜怒，她们也不知道自己做得对不对。

曾几何时，陆唯一直是不会多看她们一眼的那种男人，然而此时此刻，他的眼睛连眨都不眨一下地看着她们，似思索，似审视，还有一丝她们说不清道不明的复杂情绪。

终于，前台 A 憋不住了："老板，这样一直拒绝见夏小姐好吗？

她刚刚真的生气了。”

陆唯没吭声。

前台 B 也开了口：“老板，傲娇也要有个尺度吧，真把夏小姐气走了，怎么办啊？！”

“是啊！夏小姐天天来，我们天天换着花样拒绝她，老板舍得，我们都不舍得了啊！”

“以后是要结婚的，老板就不怕夏小姐记仇，婚后被罚跪吗？”

A 和 B 你一言我一语地说得好不热闹，连路过的两个法务助理都停下脚步，加入讨伐陆唯的队伍里。没过多久，队伍里又多了三个新晋的律师……于是，林小纤刚刚回到律师事务所就看到一场声势浩大的、单方面针对陆唯的嘴上战争。

陆唯保持着一开始的姿势趴在栏杆上，表情也是一如既往的平淡，眼神都没怎么变过。

“这是怎么了？”混乱中，林小纤挤了进来，“不知道的以为我们事务所拖欠工资呢。”

讨伐队队长前台 A 开口：“老板对夏小姐太狠心了啊！我们都看不下去了。”

“狠心？”突然，二楼传下来一个声音，哪怕事务所里已经乱成一团，那个声音仍然十分有震慑力地钻进每个人的耳朵里。

陆唯看着楼下的一群人：“这就叫狠心？那你们怕是不知道‘夏小姐’是如何更狠心地对待你们的老板的吧。”

人群安静了一下，随后窃窃私语起来——陆老板和夏小姐的情史他们虽然不是全部清楚，但也早有耳闻，加上有南乐和樊鸣那对聒噪夫妇在，好多事情都知道个八九不离十。

仔细想想，好像当初两个人唯一的一次长达五年的分离还是因为他们的陆老板狠心抛弃了夏小姐，害得夏小姐泪洒伦敦，好久不回这个伤心之地。而这次陆老板如此欺负夏小姐，只是因为夏小姐为了工作出国了而已。

思考了半天，众人脑中想到的只有“陆老板真是个狠心又小气的男人”这一件事。

大家眼神中的不满已经快溢出眼眶了，陆唯要是再没看懂就不是他了。但是夏蓁蓁毕竟是他的人，就算他心里对她有一堆怨言，也不希望她因为两个人之间感情的事而遭到别人诟病。

所以，在栏杆外又站了一会儿，陆唯留下一句“记得我才是你们老板”之后，回了办公室。

林小纤赶紧上了楼。

她听说陆唯和夏蓁蓁之间出了点问题，而且问题出在夏蓁蓁身上，陆唯现在已经拒绝跟夏蓁蓁见面了。以她对陆唯的了解，除了夏蓁蓁给他戴了绿帽子，他会受不了以外，好像无论夏蓁蓁做了什么，他都能原谅她，所以……

夏蓁蓁真的给陆唯戴了绿帽子？

不能吧！陆唯那种站在街上就是所有女人艳遇的男人，夏蓁蓁怎么会抛弃他看上别人？

林小纤一边胡思乱想，一边敲开陆唯办公室的门。

陆唯一如既往地淡定，丝毫看不出来跟夏蓁蓁有了什么矛盾。

“什么事？”

林小纤赶紧把手中的文件递过去，嘴里却说着跟案件无关的话：“你最近看着有点憔悴，是发生什么不开心的事情了吗？”

“我最近的档期已经满了，这个案件我就不接了，如果你有时间，你接吧，没有时间则可以问问老赵。”陆唯翻阅着文件，仿佛根本没听见林小纤的话。

“好。”应了一声，林小纤不死心地又问了一句，“我听大家说，你是跟蓁蓁闹矛盾了？”

翻阅文件的手一顿，陆唯抬起头，看着林小纤笑了笑：“没听说过小作怡情吗？难得我们两个干点有情调的事，怎么大家都这么操心？”

林小纤立刻垂下眼睛：“不是操心，我……我和大家都很关心你。”

陆唯不置可否，手指转着手中的笔，稍微思考了下，开口道：“小纤，我记得你跟我同龄是吧？”

林小纤点点头。

“不小了……”陆唯道，“你一直没找男朋友是因为工作太忙吗？”

林小纤的脸登时就一红，他一定是故意的，他明知道……

细白的牙齿咬得嘴唇发白，林小纤的手紧了又松，松了又紧，终于鼓起勇气：“陆唯，其实我……”

陆唯带着洞悉一切的眼神，径自打断了她的话：“如果是因为工作忙，我可以给你放个假，但是如果是因为我，那我可以接受你的辞职信。”

林小纤一愣，立刻闭了嘴，眼眶里迅速涌起一层水雾。

可陆唯熟视无睹，十分残忍地继续追问：“所以，到底是因为什么呢？”

林小纤咬紧牙关，硬生生地憋回眼泪，在原地调整了半天呼吸，才让自己的声音保持平稳：“最近确实忙，我也确实想跟你请个假休息休息。既然你提出来了，我就顺水推舟，休半个月的带薪假期，不过分吧？”

“这怎么能过分呢？我又不是不通情达理的老板。”陆唯身子向后靠在椅子上，“找个能让自己静下心的地方，好好思考一下未来，包括工作和自己。”

“好。”点了点头，林小纤立刻转过身，头也不回地离开了陆唯的办公室。

直到看到办公室的门被关上，陆唯才轻轻地呼出一口气，转过身来。他是真希望她能好好想一想，不要一直把关注点放在他身上。

当然，他也希望夏蓁蓁能好好静下心来，想想自己到底是哪儿错了。

夏蓁蓁对前台 A、B 两个姑娘的愤怒并没有持续很久，从陆唯的事务所离开，还没等她回到夏夜，她就消气了。

前台 A、B 是为陆唯工作的，如果随便什么人她们都放进去，那陆唯的钱就白付了。

只是不知道她们两个有没有武艺傍身，一直那么拒绝别人，万一人家生气了，在外面给她们套个麻袋揍一顿，怎么办？毕竟地狱空荡荡，魔鬼在人间啊……

进工作室大门的时候，夏蓁蓁的脑子还在胡思乱想，随后陈妍妍的一个报告就贴在她脸上。

"什么东西？"超近距离地看着眼前的报告，夏蓁蓁的眼睛都快成斗鸡眼了，也没看清上面的字。

"数据分析。"一字一句地说完封面上的字，陈妍妍立刻兴致勃勃地打开了内页，"我把国内现在没有赞助商的电竞团队都分析了一遍，综合实力、人气以及续航能力，我看这个队挺好。队伍名称叫 TTG，现在的队长叫何佳，是个职业玩家，参加过前《守望英雄》的世界杯，当初代表中国队参赛，打进了世界八强，长得还挺帅！你看这是照片……现在转型自己组了战队。队员虽然都是新人，但是实力不错，之前打过一个不算很出名的线上比赛，拿了第一名，里面有个狙击手特别准！ TTG 还有个我挺看好的地方，就是他们有女队员，是个挺火的女主播。现阶段有不少队伍为了提高人气都会招女队员，然而 TTG 的女队员 Lucky 是最漂亮的！这是 Lucky 的照片，虽然 P 得有点厉害，但是好多看过 Lucky 直播的人都说 Lucky 本人跟照片差得不多。”

陈妍妍说得很快，翻报告的手速也很快，夏蓁蓁上一秒还在想前台 A、B 的脑子下一秒就被迫进入工作状态，不然可能陈妍妍说完了，她还不知道陈妍妍在说什么。

陈妍妍闭嘴之后,夏蓁蓁又用十秒时间把报告整个阅读了一遍，重点看每个人的成绩和能力维度图，而后又看了一下那个 Lucky 的直播数据。

哎哟！日常直播热度能达到一百二三十万，上个月十八岁生日的时候热度飙到七千多万，光收礼物就收了近一百万元人民币。

啧啧，年代不同了，有钱人多了。

夏蓁蓁对这个数据十分满意。

陈妍妍看夏蓁蓁的表情就知道自己差不多可以交代工作了，不过，她还是小心翼翼地凑近夏蓁蓁，又补了一句：“这回咱们用不用悄悄地出发？别又让其他人抢了先机。”上次喻烨的事让她心有余悸，费了这么大的劲找的队伍，可别又让人捷足先登啊！

虽然知道喻烨已经不可能再干这种事了，但是被他连着抢了几个战队，夏蓁蓁也有点“一朝被蛇咬，十年怕井绳”的感觉，没做过多思考就做了决定:“你按三天的时间准备一下,我们下午就出发。”

陈妍妍点点头，立刻回办公室取东西——自从跟夏蓁蓁一起工作，随时随地出门已经成了常态，她的办公室里常备洗漱用品和化妆品，以备不时之需。

等她收拾完了走出办公室，夏蓁蓁已经订好了机票：“今晚七点四十的，我们还能吃个晚饭再出发。”

“好！”

陈纽约坐在茶水间喝着酸奶，看着风风火火的两个人，突然开了口：“蓁蓁，这次出门你跟陆唯说了吗？”

脑子里满满的都是合约的夏蓁蓁被问得一愣。

一看她的表情，陈纽约就知道她又犯病了："之前为什么被陆唯拉黑，心里没数吗？"

夏蓁蓁有些尴尬地挠了挠后脑勺："反正他现在也不理我，我忙完这件事回来再找他也来得及。"

"真的吗？"陈纽约的眼神带着满满的怀疑。

虽然夏蓁蓁也挺心虚的，但是想着自己现在还处在被拉黑的阶段，就算想告诉陆唯一声也没什么合适的方式，于是底气也足了起来："真的！况且这件事两三天就能结束，陆唯现在既忙又不想见我，没什么大不了的！"

陈纽约听后顿了一下，"扑哧"一声笑了起来："我第一次见到说起男朋友不理自己还这么理直气壮的。"

夏蓁蓁皱了皱鼻子："就你话多！"

按照夏蓁蓁的计划，她和陈妍妍两个人去谈投资，今晚出发，顺利的话明天签约，明天晚上就能回来了，不会对陆唯和她的关系有任何影响的。

再说他们两个的关系也不能更差了，不是吗？

以防被陆唯发现自己又偷跑，夏蓁蓁联系了个其他熟悉的律师用一下午的时间帮她拟了合同，随后带好印章和相关物品，跟陈妍妍出发去了机场。

去机场的路上，夏蓁蓁还在认真地看着手中的合同，想看看有什么缺的，只是看了没几行，突然就觉得右眼皮疯狂地跳了起来。

想着这可能是最近工作多，陆唯还一直不理她，压力太大才导致的，夏蓁蓁也没太当回事，揉了几下后，继续看起合同来。

然而又看了两行，她的右眼皮再次跳了起来，而且越跳越厉害。

这时，夏蓁蓁放下了合同，大脑开始思索有关眼皮跳的封建迷信思想。

正在打瞌睡的陈妍妍被夏蓁蓁叫醒："啊？到了吗？"

夏蓁蓁摇摇头，正襟危坐，问道："妍妍，是不是左眼跳灾，右眼跳财？"充满希冀的目光紧紧地盯着陈妍妍。

然而陈妍妍还没彻底清醒，不停地打着哈欠，没有接收到自家老板的暗号："说反了，是左眼跳财，右眼跳灾。"

"你确定？"夏蓁蓁不死心地追问了一句。

陈妍妍继续打哈欠："我确定。上次我右眼皮跳的时候，当天做完的图还没保存就停电了。"

像是应和陈妍妍的话一样，夏蓁蓁的右眼皮又开始跳了起来。伸手摸着不停抽搐的眼皮，夏蓁蓁心如擂鼓，不停地催眠自己——封建迷信不可信，封建迷信不可信……

很快，出租车就到了机场。

两个人换了登机牌就去了候机厅。

夏蓁蓁的眼皮已经没有刚刚那么闹人了，现在是时不时地蹦两下找一找存在感，没什么大影响。夏蓁蓁刚到候机室的时候，偶尔还会心有余悸地突然转过头看看周围，随着眼皮逐渐安稳，她也安稳了下来。

陈妍妍翻着手中的机票："蓁蓁你也太土豪了吧，咱们两个只是出门谈个合同，买经济舱就行了，干吗买商务舱？"

夏蓁蓁继续看着合同："临时买的机票，经济舱已经满了，只剩头等舱和商务舱了，我这已经是挑便宜的买了。"

陈妍妍听后撇了撇嘴："我还寻思你心疼员工呢。"

正在此时，候机室里传来通知登机的广播，夏蓁蓁笑笑，拍了拍陈妍妍的手："你再这么说，下次我就给你买火车硬座，让你看看我到底心不心疼员工。"

夏蓁蓁坐的位置就在登机口旁边，想着自己是商务舱的，应该能先登机，就带着陈妍妍先走了过去。

只是还没等她把机票递过去，只见空姐一脸歉意地对她笑了笑：“不好意思，小姐，得先让头等舱的登机，麻烦您稍等片刻。”

夏蓁蓁听后立刻往一旁站了一步，随后，从头等舱休息室走出来一个人。

当时夏蓁蓁正侧身跟陈妍妍聊着天，并没有看那个走出来的人，然而就像遇到猎人的动物一样，夏蓁蓁突然就觉得后颈处的汗毛全都竖了起来，随后右边的眼皮也疯狂地跳了起来。一瞬间，她就闭了嘴，转过头看向那个从头等舱休息室走出来的人。

陆唯淡然地将手中的机票递给空姐：“你好。”

空姐笑容甜蜜：“先生，您好。”

夏蓁蓁如遭雷击。

上次她见到陆唯还是冰山公司那件事的时候，之后再也没见过，呜呜呜，好想他……虽然她一直告诉自己，再次见到陆唯的时候，一定要不顾他的意愿，先好好地抱抱他，爽一爽，然而此情此景……

天时，地利，人不和啊……

顺着夏蓁蓁的视线看过去，陈妍妍也看到了陆唯，兴奋的表情溢于言表，扯着夏蓁蓁的胳膊疯狂地摇了起来：“蓁蓁！是陆律师啊！陆律师！”

夏蓁蓁吞了口口水，思考着如果陆唯来质问她，她该如何回答。然而陆唯像是没看见她一样，从空姐手中接过自己的票后径自走进通道。

陆唯刚刚转身离开，空姐就回过头对着夏蓁蓁笑了笑：“小姐，该您了。”

夏蓁蓁心如死灰地把机票递了过去——完了完了完了，古人诚不欺我！陆唯一定又生气了。

陈妍妍并不理解夏蓁蓁此时此刻纠结的心情，快速地刷完票后就推着夏蓁蓁走进通道：“快走啊！陆律师一定等你呢！”

在原地踱步了几圈，终于，夏蓁蓁抱着上断头台的决心走了过去。

头等舱只有陆唯一个人，商务舱跟他只有一门之隔。

陈妍妍走过去，乐呵呵地跟陆唯打了个招呼，陆唯回以微笑，夏蓁蓁赶紧趁着陆唯的微笑还没消失之前也打了个招呼。

结果陆唯保持着同样礼貌而疏离的微笑对她点点头。

一瞬间，夏蓁蓁十分不爽——还不如不搭理她呢，至少对待她的态度是不一样的。

但她很快就调整好自己的心情，对陆唯开了口："去哪儿啊这是？"

陆唯翻了一页手中的航空日报："坐了同一趟航班，你问我去哪儿？"

夏蓁蓁有一丝的尴尬："那个……我是想问你去 A 市是有什么事吗？"

这回陆唯放下了报纸，看着夏蓁蓁，露出一个似笑非笑的表情："我的一个好友下午给了我一个投资合同，他说虽然合同写完了，但是好多细节需要到现场去敲定，然而他没有时间，就拜托我替他去一趟。"

投资合同？

夏蓁蓁心里一惊，顿时觉得嘴唇都干了："什么项目的投资合同啊？"

陆唯的眼神中带着一种让她后脊梁骨都冒冷汗的情绪："什么项目？夏老板要不要自己猜一猜？"

人精似的陈妍妍这时候看出来两个人之间的气氛有些不同寻常，赶紧找个借口回了自己的商务舱——高手过招，招招致命，她一个普通人还是离远点比较好。

没了陈妍妍在，夏蓁蓁也不用维持自己的老板形象，立刻露出讨好的笑容："我不是寻思你忙嘛！这点小事还是别麻烦你了。"

陆唯收了笑，面无表情地看着似乎是在撒娇的夏蓁蓁，摸出一旁的合同抖开，放在夏蓁蓁的眼前："我，身为夏夜工作室最大的股东和法律顾问，却在别人手里拿到了夏夜的投资合同，夏老板现在厉害了，看来是想换法律顾问了。"

"没没没，怎么可能！我都说了，就是寻思你太忙了才找的别人……"夏蓁蓁笑得可爱，"就算换夏夜的老板也不能换法律顾问啊！"

陆唯的嘴角不自觉地抽动了一下——他也好久没这么近距离地看她了，此时此刻，她就离他咫尺远，还笑得这么甜……

喉结上下滚动了一下。

这个动作，夏蓁蓁很眼熟，下一秒应该就是一个吻。

然而她保持这个姿势好几秒，陆唯都没有下一个动作，让她都情不自禁地疑惑起来——难道这么久不见，他连习惯都改了？

很快，陆唯垂下目光，不再看夏蓁蓁，重新翻阅起航空日报，淡淡地开口："我是夏夜的股东和律师顾问，大额金钱往来我都有义务了解情况，所以你不用多想。我这次肯出来，纯粹是为了工作，不是为了你。"说完，他顿了一下，抬起眼睛，"哦对，夏老板也是为了工作，不是为了我。"

一句话险些把夏蓁蓁噎死。

下了飞机后，不等夏蓁蓁叫车，已经出现一辆黑色的轿车来接陆唯，陈妍妍用力地拉着夏蓁蓁的手，厚脸皮地也上了车。

反正大家的目的地是一个不是吗？

原本夏蓁蓁已经订好了她和陈妍妍休息的酒店，但是坐在陆唯身边让她没有勇气提出她和陈妍妍单独离开的要求，只能偷偷地用手机退了房间，然后跟着陆唯到了他订的酒店。

到了前台，夏蓁蓁正准备订房间，只见陆唯先拿出身份证递给前台："你好，我今天下午订的房间。"

前台查阅了一下便笑容满面地开口："是的，陆先生订了两间商务房对吧？"

陆唯点头："是。"

陈妍妍一直压着自己不停上扬的嘴角，用胳膊肘戳了夏蓁蓁一下："夏老板，今晚小女就自己休息了，您自便哈！"

没等夏蓁蓁回话，陆唯拿着两张房卡回过头递给两个人："明早七点半二楼餐厅有早饭，你们别忘了，我先上楼休息了。"说完，拎着自己的包直接向电梯走去。

陈妍妍的视线在两个人之间扫了一圈，挑了一下眉毛，蓦地伸手揽住夏蓁蓁的肩膀，笑眯眯地开口："那夏老板就纡尊降贵陪小女一晚咯！"

夏蓁蓁抿着嘴唇，无力地笑了一下。

第二天夏蓁蓁醒得格外早，洗了个澡又磨蹭了半天才到早饭时间，下楼跟陆唯吃个饭，三人一同出发去了 TTG 的俱乐部。

TTG 的队长叫何佳，一个二十岁的男孩子，夏蓁蓁等人抵达的时候，正看到他很有礼貌地在俱乐部门外等着，后面跟着几个年纪更小一些的男孩子，看到夏蓁蓁后异口同声地喊道："夏总好。"

夏蓁蓁赶紧伸手制止孩子们："别，叫我蓁蓁姐就行，夏总就生分了。"

孩子们立刻改口："蓁蓁姐。"

夏蓁蓁笑得满意："乖。"

合同的细节几乎没怎么谈，因为聊了不过二十几分钟，夏蓁蓁对这几个孩子的印象就好得不行，不用他们自己提，夏蓁蓁就主动给他们提高待遇。何佳虽然不懂那些合同条款到底是什么意思，但是依旧看得认真，用他的话说，那些孩子都是为了他才来的，他得对他们负责。这一席话让夏蓁蓁对他的好感瞬间爆棚，二话不说，投资金额每个月又加了一万元。

原本夏蓁蓁是想现场直接签约的，但是何佳拒绝了："这个合同不是给我的，是给整个 TTG 的，我想在大家的见证下签。现在有一个人不在，等人齐了我们再签，可以吗？"

听了他的话，夏蓁蓁环视了一圈，才发现自己没看到资料中的 Lucky。

何佳解释道："这两天是她所在的直播平台的嘉年华现场会，她去参加活动了，我早上给她打了电话，她说她今天半夜到。"

夏蓁蓁倒也不差这一天，便应允了。

她本想着借此机会跟陆唯修补下关系，结果陆唯离开 TTG 的俱乐部就说自己有其他公事，先离开了，直到晚上都不见踪影，第三天早上吃早饭才出现。

夏蓁蓁赶到 TTG 的时候，何佳像前一天那样领着孩子们等在门口，只是夏蓁蓁看了一圈，还是没看到女孩子。

"是今天还签不了吗？"夏蓁蓁疑惑地问道。

何佳的脸上满是歉意："不是……Lucky 回来了，只是昨天她玩得太晚了，现在不肯起床。真不好意思，我们先签合同吧，又耽误您一天时间。"

夏蓁蓁一脸无所谓，拿出了合同和公章，签字盖章的时候拍了几张照片，就算是大功告成了。

相较于随意地把合同塞进文件包里的夏蓁蓁，何佳则郑重其事地双手捧着合同，让一个小男孩拿了一个透明的档案袋和档案盒，双层包好合同之后又放进保险柜，随后才兴奋地跟孩子们击掌，信誓旦旦地告诉夏蓁蓁绝对不会让她失望的。

看着何佳，夏蓁蓁突然想到高中时沉迷游戏的自己，如果不是陆唯为她指了一条做游戏的路，她会不会像何佳一样选择走电竞选手这条路？不过当时电竞行业好像还不流行，估计她也打不出什么名堂。

就在她胡思乱想的期间，二楼突然传来细碎的脚步声，一个娇滴滴的少女声响了起来：“一大早就这么吵，让不让人家睡觉了？”随后只见一双十分可爱的熊猫拖鞋出现在台阶上，而后，一个女孩穿着熊猫睡衣，披头散发地走了出来。

“Lucky，这是蓁蓁姐，我们 TTG 的赞助商。”何佳介绍道。

Lucky 嘟囔了一句“原来是女的”，随后心不甘情不愿地走了下来，对着夏蓁蓁敷衍地开口：“谢谢蓁蓁……”姐字还没说出口，她的视线突然落在距离夏蓁蓁两步远的陆唯身上，顿了两秒，突然打了个激灵，一声尖叫后立刻捧着脸向楼上跑去，一边跑一边喊道，“麻烦蓁蓁姐等我二十分钟！就二十分钟！”

夏蓁蓁一脸莫名其妙，但是想着二十分钟时间又不长，跟何佳多聊几句也挺好的。

这时，始终没说话的陆唯突然开了口：“走吧。”

“等一下吧，Lucky 不是说让我等她一下吗？”

“别等了，合同也签完了，跟她又没什么关系，我们现在就走。”陆唯很坚持。

本来就在他那儿受了两天气，听到他这带着命令的口气，夏蓁蓁也不舒服了，皱着眉回过头：“我说了我要等，如果你想走，你就先走好了。”

陆唯抿了抿嘴唇，语气稍微和缓了一些：“我们还是一起走吧，毕竟一起来的。”

“都是成年人了，不用非要一起。”说到这里，夏蓁蓁的语气带着怨气，“再说这段时间，陆律师不都是自己一个人独来独往吗？”

看着夏蓁蓁这个样子，陆唯沉默了一下，最终无声地叹了口气：“那就随你吧。”

大概用了半小时，Lucky 才从二楼走下来。夏蓁蓁一直用一种看摇钱树的目光和蔼地看着她，然而陈妍妍却皱了皱眉。

Lucky 刚出现的时候明显是个可爱的少女，睡眼惺忪还穿着睡衣，随意又俏皮，然而现在……

弧度恰到好处的鬈发，精致的妆容，超级迷你的裙子，露出两条细白的腿，还有脚上那双恨天高……现在的她看起来跟刚才完全不一样，已经是走在街上可以收到无数个微信加好友要求的那种女孩了。

到底是谁让她闪电般把自己变成这样？

陈妍妍的视线投向现场的男生。

TTG 的男孩和她是一起生活的，她绝对不会为了他们把自己折腾成这样。而除了 TTG 的孩子们，现场只有陆唯了。

像是回应她的猜测一样，Lucky 向陆唯扫了一眼，随后羞涩地将垂在耳边的头发别到耳后："对不起，让你们久等了。"

得，连声音的含糖量都多了两个加号。

陈妍妍心中的警钟立刻响了起来，而后她看向夏蓁蓁。

不得不说，此时此刻的夏蓁蓁钢铁直女的特质体现得淋漓尽致，不但丝毫没有看出来 Lucky 内心的变化，反而面露看到美女的赞叹："没事，挺值的。"

"谢谢。"听到夏蓁蓁的赞美，Lucky 一脸的理所当然，感谢的话也说得十分不走心，径直向陆唯走了过去。

陆唯坐在沙发上，一直垂着眼眸，没有看她。

Lucky 象征性地跟夏蓁蓁说了几句一定会好好练习，不会给夏蓁蓁丢脸之类的云云，随后就把视线转向了陆唯："你好啊，我叫 Lucky，你叫什么呀？"

陆唯依然没有抬头："你不用知道我叫什么，你们俱乐部不是我投资的。"

“就算没投资也不耽误我们交个朋友啊！”Lucky 歪着头，甜甜地说道。

听了她的话，陆唯这才抬起头看了她一眼。

Lucky 早就摆好了姿势，她知道自己的脸哪个角度最好看，就等着陆唯对她的惊鸿一瞥。

结果陆唯瞥是瞥了，只是视线仿佛只是路过她的脸，随后就落在夏蓁蓁身上：“蓁蓁，我们是不是该走了？”

见过 Lucky 的长相，夏蓁蓁更相信她的圈钱能力了，心满意足得不行：“行，都解决了，可以打道回府了。”

看着 Lucky 明显失望的表情，陈妍妍适时地站在她和陆唯之间，笑眯眯地分散她的注意力：“我们投资 TTG，一部分是因为看中了何佳的实力，另一部分就是因为你了。长得好看，情商还高，直播这么久了，一点绯闻都没有，我们老板就喜欢干干净净、清清白白的女孩，所以才在众多俱乐部中选中了 TTG，你可千万不要让我们失望哦！”说完，掌心微微施力按了按 Lucky 的肩膀，寓意颇深。

Lucky 自然听懂了陈妍妍的暗示，但是没想明白她为什么会这么说：“难道这个合约还包括不让我谈恋爱吗？”

“哦，那倒不是。谈恋爱是你的自由，只是我们有两个条件。”

“什么条件？”

“一，如果真谈恋爱了，请稳定一点，别一两个月换一个男朋友，这样对俱乐部的名声不好。二……”说到二的时候，陈妍妍拉长了声音，随后伸手指了指已经随着夏蓁蓁离开的陆唯的背影，“他，不行。”

“为什么不行？”Lucky 的声音瞬间提高了三分贝。

陈妍妍微微一笑：“因为他，是你现在的老板的人，过去是，现在是，未来依然是。”

Chapter 8
一场突如其来的酒会

虽然夏蓁蓁已经是 TTG 的投资商了，但是她知道现在的电竞环境跟她当初打游戏不是一回事，好多东西她都不懂，所以她不会做过多的干涉，一切事务都由何佳负责。

但是此行让她开启了新世界的大门，曾经她梦想着打游戏就能赚钱的时代真的来了。回到夏夜，她还忍不住跟陈纽约巴拉巴拉地说着自己的感慨，说团队里最小的孩子才十五岁，她总觉得自己十五岁还在玩泥巴呢。

陈纽约比她要冷静得多："之前你说要投资电竞团队的时候，我研究了很多。电竞这个行业也是吃青春饭的，而且周期更短，十五岁到二十二岁之间是他们的黄金年龄，之后他们的操作和反应的灵敏程度就会开始走下坡路。虽然他们可以用这段时间打比赛赚钱、赚人气，然而在国内，这个年龄的孩子是在学校里吸收知识的，这样的话，一旦脱离了这个行业，他们如果不从事相关的工作，那么很快就会被这个社会淘汰。”

说完，陈纽约向后靠在椅子上，有些唏嘘：“虽然他们当时赚的钱可能要比普通人半辈子赚的钱还多，但是那是用青春换来的……电竞是把‘双刃剑’，不知道是好是坏啊……不过说起来，人这一辈子都在选择，一个小小的决定可能就会改变未来的轨迹。就说你夏蓁蓁，如果你高中的时候没有选择这么一条路，就不会有现在的夏夜，也不会有《初心江湖》和《诸神之战》，社会上可能会多一个工程师，多个金融新贵，多个政客，但是就少了个众多玩家心中神秘又伟大的夏老板。”

夏蓁蓁听后想了想：“可能没遇见陆唯，我现在就是个天天沉迷游戏、无所事事的宅女。”

说到陆唯，陈纽约突然觉得自己好像有什么话想跟夏蓁蓁说，然而想了半天都没想起来，就算了。

说来也是巧，TTG 参加的第一个比赛，就在夏蓁蓁所在的城市。何佳提前给夏蓁蓁打电话问她有没有时间到现场看比赛，她则表示自己去了只会给队伍增加压力，第一次比赛，大家还是都轻松点的好。于是，她在办公室看了一天的比赛直播，直到看到 TTG 拿了冠军后才心满意足地关了直播。

高度赞扬了一下陈妍妍的眼光，夏蓁蓁不禁对 TTG 未来能给她赚多少钱充满了期待。

就在此时，出外勤的陈纽约回来了，看到美滋滋的夏蓁蓁后轻咳了一声：“夏老板心情很好？”

夏蓁蓁点点头。

“心里没有什么奇怪的第六感吗？”陈纽约继续问道。

“什么奇怪的第六感？”

“关于捉奸的。”陈纽约慢条斯理地开口，“一点都没有吗？”

只要是跟陆唯有关的，夏蓁蓁现在都敏感得不行："陆唯怎么了？"

"哦，陆唯倒没怎么样……"陈纽约放下手中的档案袋，"只是我刚刚去他事务所的时候，看到一个小女孩正贴着他撒娇呢。"

夏蓁蓁腾地从椅子上站了起来，二话不说就向门外走——哪来的小妖精？！

看着夏蓁蓁的背影，陈纽约幽幽地开口："那个女孩好像叫 Happy 还是 Lucky 之类的。"

夏蓁蓁摔上大门。

陆唯都不知道 Lucky 是怎么找上门的，明明他一点信息都没暴露给她过，没想到她不但知道他的名字找到了事务所，还能说服连夏蓁蓁都挡在门外的前台 A、B 两大门神让她在接待室休息。

听说女孩能成为大主播，除了技术和长相要过关以外，双商都要过硬才可以。这个 Lucky 年纪轻轻，还真不简单。

陆唯本是不想理她就直接上楼，结果被前台 A 叫住了："老板，刚刚夏小姐来电话问是不是有个小姑娘在事务所里，我说了'是'，她就气冲冲地挂了电话。老板您要不要给夏小姐打个电话解释一下？"

陆唯脚下一顿——气冲冲？

没有犹豫，陆唯直接调转了方向，向接待室走去——跟小姑娘聊聊天也挺好的，不是吗？

Lucky 原本在打手游，听到开门声立刻放下手机，确定来的人就是她等的人后，立刻露出一脸灿烂的笑容："我怕打扰你就一直在这儿等着，你忙完了吗？"

陆唯点点头，拉开跟她隔着一个桌子的椅子坐了下来，没再说话。

Lucky 也不觉得尴尬，径自说明来意："今天是 TTG 比赛，原本是应该我上场的，但是何佳说不希望第一次比赛就拿我做噱头，就让我出来玩玩，然后我就来了。”

“你怎么找到这里的？”陆唯头都没抬。

“哦，我看了合同，公证书上的盖章上有事务所的名字，我上网查了下才知道你是事务所的老板，也就知道了事务所的地址，我就来了。”Lucky很可爱地双手托腮，笑意盈盈地看着陆唯，“我是不是很聪明？”

陆唯没什么感情地笑了下：“聪不聪明跟我有什么关系？”

“是没关系啊！但是我想跟你聊聊天嘛！”

“你不知道我和夏蓁蓁是一对吗？”陆唯开门见山，直奔主题。

“知道啊！可是那又怎么样呢？谁也不能保证会跟谁一辈子，我总得为自己的感情负责啊！”Lucky毫不在意地开口，“再说你都说了，我做什么都跟你没关系，那就随我做呗！万一哪天我成功了呢？那我不就赚了？”

“你就不怕夏蓁蓁知道你的想法后撤资？”陆唯反问。

“怕啊！可是我又不是非要靠电竞俱乐部才能活，我自己做直播也很赚钱。只是这个行业只能吃青春饭，我最多还能做十年。但是我又不想一直做主播、一直打游戏，赚几年钱，我就准备回学校好好读书，然后找个好人把自己嫁掉。”Lucky掰着手指说着，“正好我现在看到了你，我觉得你就是我的良人，我得先在你面前刷刷存在感，这样等以后我们在一起了，你也不会觉得突然。”

看着眼前这个一直规划自己未来还十分自信的女孩，陆唯突然就想到了曾经的夏蓁蓁，做了要学计算机专业的决定后，开始明确地规划自己的未来，而且对自己极度自信，哪个学校的计算机专业最好，那么她就去哪个……不过更让他窝心的是，当时她做的所有决定里都有他，哪像现在，工作第一，他第二。

就这样，虽然眼前看的是Lucky，但是陆唯的思绪已经飞到夏蓁蓁身上，连看着 Lucky 的眼神都慢慢变得温柔了许多。

而夏蓁蓁抵达事务所之后，看到的就是陆唯用温柔的目光看着 Lucky 这一幕。

一瞬间，夏蓁蓁就觉得一股邪火从内心深处冒了出来——都敢偷吃了？！是我夏蓁蓁拿不动刀了还是你陆唯飘了？！

陷入回忆的陆唯突然就觉得一道熟悉的、宛如针扎般的目光落在他身上，而上次感受到这种目光时，还是他带着林小纤买钻戒，结果被夏蓁蓁抓包的时候。

顺着那道视线回过头，陆唯内心一声叹息——虽然他是故意来找 Lucky 聊天以刺激一下夏蓁蓁，但是夏蓁蓁那个眼神……如果目光能杀人，他大概已经被片成肥牛卷下锅了。

夏蓁蓁推门走了进来，但是没坐在陆唯身边，而是双手环胸靠在墙壁上："我是应该眼见为实还是听听解释再考虑该用什么解决方案？"

陆唯没说话，倒是 Lucky 大大方方地打了个招呼："你好啊，蓁蓁姐。"

"我不好。"夏蓁蓁干脆地回答，"你能告诉我，你为什么会出现在这里并跟陆唯相谈甚欢吗？"

相谈甚欢？明明他连话都没说。

Lucky 笑笑："哦，我很喜欢陆唯，所以就来找他套套近乎。"一个直球直接打了过来。

听到她这么说，夏蓁蓁反而没刚刚那么生气了，毕竟她本来也不喜欢拐弯抹角，拉开两个人中间的椅子坐了下来："哦？那他让你套了吗？"

Lucky 耸了耸肩，一脸无奈："他一共也没跟我说几句话，完全不给机会，看来蓁蓁姐的家教挺严的。"顿了一下，还有些不甘心地追问了一句，"你们感情这么好吗？"

“倒不是感情有多好……”

听到这里，陆唯斜着眼睛看了她一眼。

可夏蓁蓁没看见陆唯的眼神，兀自说道：“只是我比较自信……”

自信还能用带刀的目光看着他？

“我一直都觉得两个人的感情不是靠互相拴着对方，而是用才华和实力征服对方。比如当初，陆唯玩游戏始终打不过我，可能我就是靠游戏天赋赢的他吧。”夏蓁蓁胡扯着。

“游戏天赋？”Lucky 的眼睛立刻亮了起来，“我游戏天赋也很高啊！我能用游戏天赋征服他吗？”

夏蓁蓁打量了一下 Lucky，摇了摇手指：“你不行，我当初所有的重心都在游戏上，就连努力学习都是为了能有更多的时间去打游戏，这种钻研程度一般人比不了。但你不是，你还要做直播，做粉丝福利，还想着追男生，一心三用肯定是不行的。”

听到这里，Lucky 的脸上明显带着不服气：“不服那就试试？我们挑种游戏打，如果我赢了，你就给我个机会让我追求陆律师！”

夏蓁蓁笑了下：“比赛我同意，但是陆唯不行。赌博的人最忌讳的就是押上全部身家，你这一开口就要动我的命根子，这我肯定不能让。”

Lucky 挑起眉：“怕输？”

“输是不可能输的。”夏蓁蓁的脸上带着让人无法忽视的自信，“还是那句话，比赛可以，陆唯不行。如果你侥幸真的赢了，我可以每个月带陆唯跟 TTG 的所有人吃个饭，这是我最大的让步。”

Lucky 眼珠子转了下，坚定地开口：“一言为定！”

“一言为定。”夏蓁蓁应允。

倒是陆唯在一旁像看戏一样看着一大一小的两个女孩——当事人一句话没说呢，这已经把他押在台面上了。

这个夏蓁蓁，胆子倒是越来越大了。

最后夏蓁蓁选了TTG俱乐部打比赛的那款游戏来跟Lucky对战。

陈妍妍觉得她疯了："人家是职业选手，你只是看到新出的游戏好奇玩了一段时间而已，怎么跟人家比？"

夏蓁蓁啼笑皆非地看着陈妍妍："你知道我在我们服务器的排名是多少吗？"

"我知道啊！第二嘛！"陈妍妍叉着腰，"你玩游戏就喜欢用Z当ID，我早就看到了。但是你怎么不想想你上面还有个第一呢？"

"那你记得第一的ID是什么吗？"夏蓁蓁继续问。

陈妍妍想了一下却没想起来："好像也是个字母，但我忘了叫什么了。"

"叫W。"夏蓁蓁答道。

"对对对，W。"陈妍妍一拍手。

夏蓁蓁微微一笑："当初我和陆唯一起玩过这个游戏，结果那个菜鸟玩了一阵，心态崩了就不玩了，于是我一个人玩两个号。Z代表了蓁，那么W，你说是谁呢？"

陈妍妍顿了一下，一声冷哼。

夏蓁蓁抿了抿嘴唇："不用她最擅长的东西打败她，她是看不出差距的。"

跟夏蓁蓁的比赛，Lucky本来是不屑一顾的，所以在比赛的时候她还顺手开了直播，准备当一场娱乐赛给观众们看看。

然而观众朋友们则在此次直播中看到Lucky分别采取"一局定胜负""三局两胜""五局三胜"等一系列的耍赖手段，只想赢上对手一局，结果却被对手干干脆脆、毫不留情面地打了个十连输，身为主播更是职业选手的Lucky颜面尽失，在镜头下直接哭了起来。

夏蓁蓁冷静且残忍地等着 Lucky 哭够了，自己冷静地跟观众道歉，关了直播后才走到她身边：“可以了吗？”

Lucky 擦了擦鼻涕：“你技术这么好，怎么不去打比赛？”

“我长得这么漂亮也没去当明星啊。”夏蓁蓁立刻厚脸皮地调侃道。

Lucky “扑哧”一声就笑了出来。

看到 Lucky 笑了，夏蓁蓁又递过去一张纸巾：“原本看你在直播是想给你点面子的，但是怕你赢了一局就对陆唯有了妄念，所以才这么没给面子。”

Lucky 红着眼睛看着夏蓁蓁：“这么喜欢他？”

“是啊！”夏蓁蓁回答得坦荡荡，而后和善地摸了摸 Lucky 的长发，“所以小姑娘，有想要的东西，自己努力是没错的，但是想要别人的东西，那就得看自己有没有那个本事了，知道吗？”

送走了始终赖着不走的 Lucky，夏蓁蓁松了口气——自己为了陆唯接了个职业选手的战书，此等勇气，陆唯还不得感动得痛哭流涕，继续对她宠爱有加？那她的第一个条件是不是把自己的手机号从陆唯手机的黑名单里拉出来？

一边美滋滋地想着，夏蓁蓁一边赶到陆唯的事务所，结果再次面对了前台 A、B 两尊门神。

“对不起啊，夏小姐，陆老板说你私自把他当赌注也没跟他商量，他又生气了……”

陆唯这一招把夏蓁蓁打了个措手不及，灰溜溜地回到夏夜跟陈纽约和陈妍妍商量到底该怎么办。

“真诚！真诚啊！”陈妍妍恨铁不成钢，“本来陆大律师就是觉得你对他根本就不在意，结果你在人家面前就接了别的女人的战书，人家能乐意吗？他肯定觉得你口口声声地说要挽回他的心根本就没什么诚意啊！”

“我挺有诚意了啊！涉及他的事，我可是寸土必争啊！”夏蓁蓁挺直了腰，“那个 Lucky 说给她一个追求陆唯的机会，我根本就没同意！”

“我说的诚意不是对你自己，而是对人家陆唯！当时陆唯在场不？”

某人点头。

“那你问人家的意见了没？”

某人摇头。

“这还叫有诚意？”陈妍妍直接从椅子上跳起来，“换成我，我也生气啊！莫名其妙地被别人当成赌注，谁能愿意！况且这应该也是你的一项工作吧，稳定军心，另外刺激一下 Lucky 的好胜心。啧啧，蓁蓁你这也太阴了……”

“喀喀……我是个商人，一箭双雕很正常……喀喀……”夏蓁蓁突然觉得有些尴尬。

“就你这态度，我要是陆唯，早把你甩了！”陈妍妍大声替陆唯鸣不平，“你什么时候才能心里只有陆唯？！”

一旁的陈纽约掏了掏耳朵：“不知道的以为你是陆唯他妈呢。”

陈妍妍悻悻地坐回椅子上。

夏蓁蓁想了想，突然觉得自己对陆唯是有点过分了。

细长的手指敲了敲桌面，夏蓁蓁思考了一下后开口：“最近的几项工作怎么样了？”

“最近我们一直在测试反外挂系统，已经差不多了，周信一直在跟暴雨团队保持联系，好像今天就可以把系统给他们了。你给 YE 那边做的优化也有两家公司看上了，一直想见你，跟你谈一下价格，周信没同意，说要晾他们一段时间再提提价格，所以我一直没跟你说。《家庭大乱斗》也上线了，目前受众还行，我在想请谁做个代言能火得快一点……至于那两个游戏维护方面的问题，你应该也不担心吧。”

听完陈纽约的汇报，夏蓁蓁点了点头，看向陈妍妍。陈妍妍立刻恢复到员工对待老板的态度：“我最近又设计了两个 NPC 形象，测试通过后就可以投入使用了。”

长长地“嗯”了一声，夏蓁蓁的脸上露出满意的微笑：“看来夏夜没有我也能运行得挺好。”

“那不行啊！你是我们的精神领袖，大家都是为你工作才会这么有干劲的，如果换了别人，可能就没这么大的动力了。”陈妍妍说着还撇了撇嘴，“要是老板换成周信，我可能早就辞职了。”

搓着手，夏蓁蓁思考了一下，而后做了个决定：“妍妍你叫周信来一下。”

陈妍妍的嘴角立刻耷拉下来：“我不去。”

陈纽约赶紧站起身：“我去。”

很快，周信就一边打电话一边走了过来，在夏蓁蓁面前结束了电话后才开口：“什么事？”

“从现在起呢，我要休个长假，夏夜我就交给你和家家了。”夏蓁蓁站起身，“在完全追回陆唯之前，我不参加夏夜的工作了，所以，辛苦各位了！”说完，夏蓁蓁拎起自己的包包，没有丝毫犹豫就离开了夏夜。

周信的脸瞬间黑成锅底：“有她这么不负责任的老板吗？”

陈纽约摸着肚子开口：“蓁蓁已经很负责了，两次为了工作连跟陆唯领证都没去。平时工作室里除了工作里出现的问题需要她解决，连员工内部吵架都需要她来调解……”视线轻飘飘地飞向周信和陈妍妍，“于公于私，蓁蓁要追回陆唯这个事，我们都需要支持。”

陈妍妍别开视线，周信默不作声。

陈纽约喝着热水，耐心地等着。

终于，周信先开了口：“那就还像以前一样，技术的你负责，事务的我来做。”

陈纽约点点头，而后又摸了摸自己的肚子：“虽然我很想跟你说放心吧，没问题，但是现在我真没那么多精力投入工作中了。”

周信眉头一皱：“你又怎么了？”

陈纽约立刻露出一抹幸福的微笑：“我怀孕了，所以很多工作就需要妍妍来替我分担了，你们两个要好好相处，不要打架哟！”

结果之后一段时间内，工作室里都是周信和陈妍妍吵架的声音。

每次陈妍妍吵不过周信都会来找陈纽约评理，然而每次陈纽约都会轻抚自己没什么迹象的肚子表示自己现在的精力只够做自己分内的事情，其他事情她解决不了。

陈妍妍险些被气疯。

某日，陈妍妍正在做图，突然看到一张卡片从门缝下面丢了进来，疑惑地走过去拿起卡片，才看到是个 IT 界精英酒会的邀请函，被邀请人是夏蓁蓁和周信。

夏蓁蓁自打说自己要休假之后，真的一点都不关注工作室的工作，平时给她打电话，聊什么都行，但是只要涉及工作，她就会直接挂断电话。

用她自己的话说，她是怕自己听到工作有什么问题就会控制不住自己，再把精力投入工作中。

而陈纽约又怀孕了，酒会肯定是不会去的……

思及此，陈妍妍直接把邀请函从门缝里丢了出去——反正她不去。

然而，门外的人以更快的速度又把邀请函塞了进来。

陈妍妍眉头一皱，又塞了回去，结果邀请函又被塞了进来……

就这么你来我往几个来回，门外的人先失去了耐心，直接推开陈妍妍办公室的门。要不是早就对那人有点了解，陈妍妍早早地就避开来，她险些被门撞到额头。

周信直接把邀请函丢到陈妍妍身上："今晚七点半，时代金城顶楼，记得穿好看点的裙子，别丢夏夜的脸。"说完，头也不回地离开了。

陈妍妍被气得在周信背后指着他的背影大叫："你死心吧，我是不会跟你去的！"

话是这么说，陈妍妍下午还是带着自己的银行卡上了街，准备买一条适合在酒会上穿的裙子。对于自己口嫌体正直这个性格，陈妍妍表示极为不齿。

花了高价买了件晚礼服，陈妍妍还配了高跟鞋和首饰，路过穿衣镜看了看自己的造型后，还去做了个 SPA，顺便弄了个发型。生怕肚子鼓出来，影响穿裙子的形象，她连晚饭都没敢吃。担心晚上堵车会迟到，她特意挑了时代金城一楼的咖啡厅作为休息地。

就这样如坐针毡地在咖啡厅待了两个多小时，她终于看到周信的车缓缓驶入时代金城的地下停车场。陈妍妍赶紧深吸一口气收紧小腹，捏着手拿包掐算着时间，按了电梯。

电梯门打开的一瞬间，陈妍妍就看到了人群中的周信，穿着得体的西装，低头按着手机。

陈妍妍赶紧低下头假装没看见他，走进了电梯。

时代金城一共有二十八层，酒会就在最顶楼。IT 工作者是带着相同的气场的，陈妍妍自认为自己应该是 IT 女中看着还不错的，所以一直挺直了身子，尽量让自己看起来高冷一点。

"妍妍？"一个声音突然在她身侧响起。

陈妍妍立刻回过头——是腾飞电子的总裁刘总。

"果真是你，刚刚你上电梯，我都没敢认。"刘总毫不避讳地上下打量着陈妍妍，"变漂亮了啊！"

陈妍妍赶紧笑开来："刘总说笑了，倒是刘总，看起来依然风度翩翩。”

刘总也笑笑，两个人在电梯里简单寒暄了几句便没再说话。陈妍妍一直看着电梯的门，而刘总的视线一直停在陈妍妍纤细的腰上。

人群最后的周信，蓦地关上了手机。

出了电梯，男男女女都相携拿着邀请函向服务生走去。看着那些人手中的邀请函，陈妍妍才想起来邀请函她忘了拿。

她回过头，刚准备找周信说这个事，刘总突然迎了上来：“一个人吗妍妍？正好我也是一个人，不如你来做我的女伴吧？”说着，刘总的手向她腰间摸去。

陈妍妍吓了一跳，赶紧闪身到一旁，脸上依然赔着笑：“不是的，刘总，我有男伴……”一边说，陈妍妍一边迅速扫视着周围，寻找周信的影子。

“别害羞嘛！”刘总的视线始终没离开过她，“你是不是还没有邀请函？这里没有邀请函是进不去的……我知道你一个小小的美工对这种场合的渴望，所以，不如我们……”这个陈妍妍，当初在腾飞的时候看着只是个小丫头而已，这才走了多久，看起来竟然是个美丽的女人了。

刘总一边说，一边走近她，手也慢慢抬起。

“我在门口等了半天都没看到你，怎么这么慢？”一个冷淡的声音突然在刘总身后响起，随后一只手越过刘总，直接握在陈妍妍的手腕上，“酒会要开始了，我们抓紧时间进去吧。”

看清来人，刘总惊讶地睁大了眼睛：“周信？”

周信淡淡地转过身，看到他之后才露出一副刚刚看到他的表情：“原来是刘总，好久不见。”

刘总眯了眯眼睛。

周信以前是他手下的得力干将，为他赚了不少钱，不过为了一个小工作室跟他辞职，还提出违约金自己全付，这让他心里很不平衡。他本以为那个工作室可能真是财大气粗才让周信抛弃现有的一切重新开始，结果经过多方面打听，那似乎是周信的女朋友开的工作室。当时他还在想，周信这个男人也太没有发展眼光了，竟然为了感情放弃了自己的事业。谁知，那个他本没放在眼里的小小工作室，竟然在一年之内连续推出两个热门游戏，到现在也无人出其右。而那个工作室的女老板，不但签下了暴雨团队的反外挂系统，现在她的优化系统也被无数人觊觎。

就在他想着周信还是有点眼光时，他才知道那个女老板根本不是周信的女朋友，而是周信的中学同学。

听说这次酒会邀请了夏夜工作室的女老板和周信，他才翻出早就被他丢进垃圾桶里的邀请函，而还没等他看到那位传说中的女老板，他先看到了陈妍妍。

不过，看到周信之后，刘总清醒了不少，这次来是为了公事，私事可以放一放。

刘总的视线绕着周信转了一圈也没扫到哪个像他女伴的人，于是主动开了口："夏老板已经进会场了吗？"

"她今天没来。"周信回道。

刘总略显惊讶地扬起眉，但没说什么，视线在陈妍妍和周信身上来回穿梭："那你们……"

"陈妍妍是替我们老板来的。"周信解释了一句。

这回刘总更惊讶了："妍妍也在夏夜工作室吗？"

周信点点头，向刘总重新介绍陈妍妍："这是我们工作室的艺术总监。"

刘总微微挑起眉。

有了周信撑腰，陈妍妍变得有底气起来："如果刘总有什么工作上的事情想了解，直接找周总就行，也麻烦刘总不要对我做什么让人误会的事。"

周信没再说什么，而是绅士地弯起手臂，待陈妍妍挽住他的胳膊后，向会场走去。

而刘总一个人站在原地勾唇冷笑。

对于周信能够解救自己这件事，陈妍妍简直不敢相信，她还以为周信会由着她被调戏。就在陈妍妍控制不住自己，露出自己骤然变得感激的目光时，周信松开了胳膊，轻描淡写地说道："行了，我要去工作了。这里有几个 IT 界很出名的人才，如果你有时间就去吸取吸取经验，好好提升一下自己。"说完，拿起一杯香槟，没有丝毫犹豫地转身离开。

陈妍妍刚刚带点温度的眼神瞬间凉了下来。

她终于知道周信性格这么差，为什么夏蓁蓁还能跟他做这么多年的朋友了——敢情这是两个工作狂之间的高品质交流，他们凡夫俗子只能望尘莫及。

还没来得及收回放在周信背影上的眼神，她就被几个人给截住了。

"小姐你好，我看你是跟周信周总一起来的，请问你是夏蓁蓁小姐吗？"

"夏小姐你好，我是华立集团的技术总监……"

"夏小姐，我是完美星球的艺术总监……"

还没等陈妍妍开口，那几个人已经把她误认为是夏蓁蓁而与她交谈起来。陈妍妍张嘴说了好几句"不好意思"，想打断他们重新自我介绍都没有机会，最后只能干笑着听着，准备找到机会再说一下。只是那个完美星球的艺术总监在自我介绍结束后，立刻见缝插针地问了陈妍妍几个关于人物建模的问题，陈妍妍立刻十分热心地为他解答。

看到陈妍妍为别人解答了问题，其他人都坐不稳了，也不管什么风度了，纷纷插话去问陈妍妍问题，陈妍妍只能把自己知道的都告诉他们。

然而她还没回答几个问题，一个略带嘲讽的声音插了进来："妍妍真是厉害了啊！不知道的还以为你是夏夜的老板呢！"

陈妍妍嘴巴一停——是刘总。

腾飞电子是国内知名的游戏公司，不少人都认出他来，赶紧过来打招呼。刘总一一点头，视线便放到陈妍妍身上，微微勾起嘴角："看来在夏夜锻炼得很好啊，每天耳濡目染的，装起夏蓁蓁来还真是像。"

听了刘总的话，诸多视线纷纷落在陈妍妍的身上。

陈妍妍深吸一口气，对大家解释道："刚才还没来得及自我介绍，我叫陈妍妍，是夏夜工作室的艺术总监，夏老板因为有点私事今天没能来参加酒会，我是代替她来的。刚刚让大家误会了，真是不好意思，不过夏老板说了，虽然今天没能与诸位见面，但是下次有机会，一定会主动招待各位。"

陈妍妍一席话说得落落大方，刚刚眼神还带着些许情绪的人们都恢复了正常——最起码还是个艺术总监而不是个普通员工，况且能代替夏蓁蓁出席的，在工作室肯定有着举重若轻的地位。

刘总倒也没继续说什么，而是对着陈妍妍举起手中的香槟："这么久没见，陈总监都发展得这么好了，真是辛苦，来，敬你一杯。"

本不想搭理他，但是人这么多，总要给刘总面子，陈妍妍便端起酒杯，稍微用嘴唇沾了沾杯。刘总喝了个底朝天后立刻面露不满："怎么着？我都干了，你只喝了一口？这是换了公司就看不起老上司了吗？"

陈妍妍的笑容有些僵硬，最后拿起酒杯一饮而尽。

刘总这才露出满意的笑容。

本来陈妍妍只是想着替夏蓁蓁参加个酒会再顺便认识几个业内的朋友，结果还没怎么认识人，先被老奸巨猾的刘总灌了好几杯香槟。

每次她都在拒绝，然而每次刘总都会给出一个让她无法拒绝的理由。

发现自己已经有点头重脚轻的时候，陈妍妍也不顾面子不面子的事了，无论刘总怎么说，她都不再多喝一杯。

刘总的眼神越来越冷，起初还能稍微保持清醒，但是几杯香槟下肚，胆子大了，人也嚣张了，连语气都阴阳怪气起来："行啊，陈妍妍，当初在腾飞不过就是个小小的美工而已，被我辞退了还能找到这么好的下家不说，还当了艺术总监。看来夏夜也没想象中的厉害，我们腾飞不要的人还能收入囊中给个领导当，那看来我要是去了夏夜，夏蓁蓁还不得主动让贤？"

"你胡说！我是主动离职，不是你辞退的！"陈妍妍反驳道，"而且蓁蓁比你厉害太多了，你们根本没有可比性！"

"我是腾飞的总裁，你究竟是主动离职还是被辞退，我最有发言权。只是在这个事上，我不想跟你继续浪费时间。"刘总轻蔑又略带轻浮地看着陈妍妍，"要我说，夏蓁蓁也不是有什么大本事的人，你要是重新回腾飞，那么咱们以后的日子……"说到这里，刘总刻意停顿了下，伸出手搭在陈妍妍光裸的肩膀上，声音都压低了几分，"会特别好过。"

自从进了夏夜，陈妍妍从没受到过这种侮辱，一股火上来，借着酒精扬起了手，准备狠狠地给这个登徒子一个耳光。

结果一双微凉的手握住了她扬起的手，紧接着，刘总那放在她肩膀上的猪蹄子也被拨开。

陈妍妍一愣，回过头来。

周信不知何时已经来到了她身边，此时此刻像是守护神一样站在她身后，冷若冰霜地看着刘总。

刘总眉头一皱："怎么又是你？"

周信轻哼一声："看来刘总这么多年不但被猪油蒙了心，还被屎糊了眼睛。"

“周信，你这是什么意思？”刘总万万没想到这个看着高冷又疏离的男人说起肮脏的字眼连眼睛都不眨一下，他一直自诩高层次的人，有些话尽管已经到嘴边了，但他还是不会说出去的，然而这个周信……

“酒会开始之前，我就已经表明陈妍妍是我的女伴，刘总再饥渴也不能挑别人的女伴下手。”周信淡淡道。

听了他的话，周围的人看着刘总窃窃私语起来。

刘总老脸一红：“我只是看到曾经的下属现在发展得很好，过来关心一下而已。”

“曾经的下属……”周信重复了一遍，“但是现在她已经不是你的下属了，而且她确实发展得好，不需要你的关心，请刘总摆正自己的位置。”

一席话一点面子都不给，刘总彻底恼羞成怒：“周信！你别忘了你是我一手提拔起来的！吃井不忘挖水人！这点道理你都不懂吗？我当初可没这么教育过你！”

周信点点头：“除了要求我一年赚一亿美元以外，你确实没教育过我任何事，所以我才离开了腾飞。”

刘总深吸一口气，刚要开口，周信直接打断他：“当然，好多事我确实从你那儿学到了一些，所以刘总有资格教育我。但是……”周信向前推了推陈妍妍，“我们陈总监是为人谦虚低调才跟你们说她仅仅是个艺术总监，实际上，她还是夏夜工作室的股东，三大投资人之一，掌握着夏夜所有的核心机密，就连现在的我，也是在为她打工。”

拿起陈妍妍手边的香槟酒杯，周信仰起头一饮而尽，而后掷地有声地道：“所以，麻烦刘总以后对我们夏夜的董事客气一点，不然，我们夏夜也不是吃素的。”

而后，周信坚定地拉起陈妍妍的手，离开了酒会。

Chapter 9 黑暗料理界的夏新星

直到进了电梯，周信才放开陈妍妍的手，刚从身侧的衣兜里拿出纸巾准备擦擦手，始终一声不吭的陈妍妍突然就哭了出来，而且是丝毫没有形象的号啕大哭。

周信手下一顿，第一个反应是看向电梯里的摄像头——直直地对着他和陈妍妍的方向。

无声地叹了口气，周信脱下了西装外套，盖在陈妍妍的头顶，刚准备擦手的纸巾也递给了陈妍妍。

陈妍妍接过纸巾，擦了擦鼻涕后，哭得更凶了。

周信的耐心只维持到两个人到地下停车场，看到代驾到了之后，周信直接抓住陈妍妍就丢进车里，关上车门就开始训斥："哭哭哭，哭什么哭！有什么好哭的！他第一次说你的时候你就怼他啊！平时伶牙俐齿的那股劲呢？跟我吵架的时候脑子转得可快了，到了别人面前就㞞包一个！"

陈妍妍揩干净鼻涕，大声反驳道：“那么多人面前，我又能怎么样？”

“当初踢我的时候我也没看你那么在乎别人想法啊！那时候就不能惯着他，把你那泼妇劲儿拿出来，是踢是打还是泼酒都随你，怕他干什么！”周信眉心皱得死紧。

“那刚才我要打他的时候，你干吗拦着我？！”

“扇人耳光的时候要又快又狠，哪像你，穿了条抹胸裙子，手还举那么高，胸垫都露出来了，我不拦着你，等着你扇完别人之后再丢人吗？”

“你！”

“你什么你！把鼻涕擦了！”

两个人坐在车后你一言我一语地吵了个翻天覆地，前座的代驾连大气都不敢喘一声。

陈妍妍本来就觉得委屈，这又被周信怼得回不了嘴，一时间悲从中来，好不容易收了的眼泪又涌了出来，哭得声嘶力竭。

周信的表情立刻像吃了屎一样：“你是个女人！这哭得也太难看了吧！”

陈妍妍不管不顾，哭得更厉害了。

代驾师傅透过后视镜看了两个人几眼，犹豫了一下，开了口：“女孩子嘛……哄哄就好了……不能一直凶的……”

周信听后脸上立刻写满了烦躁：“我又没哄过女人……”做了两个深呼吸，他拿出两张纸巾递给了陈妍妍，尽量控制自己暴躁的情绪，开口说道，“行了，别哭了，就当是吃一堑长一智了，以后遇到这种事，要知道求助于身边人。明明我也在会场里面，你怎么就不知道来找我呢？虽然我和你关系一般,但至少我们还算自己人，自己人受了委屈，我肯定不会放任不管的。”

陈妍妍的哭声顿时小了两分贝。

代驾师傅立刻回过头对周信竖起大拇指。

周信翻了个白眼，继续宽慰道："你也得学会保护自己，有的时候不是忍气吞声就能解决问题的，保护自己是一切事情的前提，知道吗？"

陈妍妍抽了抽鼻子，哑着嗓子"嗯"了一声。

之后，车里只剩下陈妍妍轻轻的抽泣声。

又过了一会儿，代驾师傅说了第二句话："到了。"

周信抬起头，看此处是陈妍妍家楼下，转过头看向陈妍妍："你到了，该回家了。"

陈妍妍撇着嘴："我想再缓一缓。"

周信的额角的青筋立刻一跳，代驾师傅赶紧伸手做了个平复情绪的下压动作。

闭着眼睛调整了一下呼吸，周信淡淡地开口："那再坐一会儿吧，直到你想回家了再回去。"

陈妍妍顿了一下，泪眼蒙眬地抬头看向周信。周信并没有看她，而是侧过头看着窗外。月色中的周信并没有平时看着那么不近人情，面部轮廓隐在黑暗中，带着隐隐的温柔。

没有原因地，陈妍妍突然就觉得自己的心跳得厉害。

这时候的夏蓁蓁，心跳得也厉害。虽然她一直在想该怎么追回陆唯，但是思虑良久也没想到什么合适的办法。后来，已为人妻的南乐给她指了条明路。

"你不知道吗？想要抓住一个男人就要先抓住他的胃啊！"

夏蓁蓁觉得南乐说得有道理，毕竟她第一次对陆唯改变印象就是在高中吃了陆唯给她做的便当之后。

仔细一想，她好像就是先被陆唯抓住了胃，然后才被抓住了心。

起初她是想回家给陆唯做饭的，然而陆唯根本不回家，现在她连他住哪里都不知道。后来再次被南乐提点了一下，她才想起来给宋扬打电话了解情况，原来陆唯实在太忙，正好赶上舒斯学姐出门开画展，现在就寄宿在宋扬家。

对于夏蓁蓁来说，从宋扬那儿入手可比从陆唯那儿入手容易多了。

做好决定，夏蓁蓁直奔宋扬的学校："宋老师，您现在有空吗？我有点事想请您帮忙，在校门口等您。"

站在校门口，夏蓁蓁感受着久违的轻松气氛：青春的校园，新的学弟学妹们，刚刚放学，到处是欢声笑语和青春朝气，连以前吐槽巨丑的运动装校服，现在看起来也莫名呆萌……

夏蓁蓁不禁回忆起以前青涩的感情和各种小误会、小别扭……那时候真是傻得可爱啊……

宋扬远远地看到夏蓁蓁的笑容，倒是松了口气。家里有一个"低气压制造机"就够了，他先前真担心这个也是一张被全世界背叛的苦瓜脸，双方都拒解的话，那这道题就无解了。只要有一方肯解，有干劲儿，那就有指望了。

世上哪有什么好事多磨，都是两个人作！也就是年轻人有时间、有精力这么浪费，能有多复杂的误会，大家都是学霸，解一道数学题的工夫难道还不能讲清楚吗？

走到夏蓁蓁面前，宋扬才开了口："蓁蓁啊，好久没去家里玩了，你们俩工作都很忙？"

想着宋扬似乎还不知道自己和陆唯的矛盾，夏蓁蓁瞬间一张脸涨得通红，嗫嚅道："之前去旅游，工作积压了一些，我有个项目在赶……陆唯也在忙案子……快忙完了。"然后扭扭捏捏地提出想借用家里的钥匙。

宋扬非常爽快地拿出家门钥匙交给她："工作再忙，也要互相关心照顾。感情呢，就像鲜花，你光有爱是不够的，还要浇水施肥，辛勤照顾。但是，光靠一个人浇花也是不行的。一个人只管忙，一个人只等着欣赏，难保一个人的付出被习以为常，另一个却不懂得怎么珍惜……”

十分钟过去了。

夏蓁蓁目瞪口呆——宋扬这是老了吗？以前怎么没发现他话这么多？而且这熟悉的说教……这一定是陆唯雄辩口才的源头！一定是！

好不容易听完一通情感训诲，夏蓁蓁努力保持微笑，握着钥匙十分礼貌地道了别，准备跑路。

宋扬笑眯眯地叫住她：“等等，你这孩子还是这么性急，听我说完。陆唯这几天加班，一直都没有回家。”

夏蓁蓁瞪大眼睛，神情有点呆滞——陆唯不回家，她还折腾个什么劲！

“但是周五晚上应该会回来的，好了，快去忙吧，回见！”

趁着周信去见客户的空当，夏蓁蓁拉陈纽约和陈妍妍一起研究菜谱。

没错，她要用一顿亲手烹饪的温馨浪漫的爱心晚餐来向陆唯认错，不都说胃离心最近吗？我，夏蓁蓁，一个十指不沾阳春水的家务白痴，愿意为了爱人洗手作羹汤，为将来的家庭生活做足功课，就问你感动不感动，原谅不原谅！

陈妍妍搓着下巴：“依我看，烛光晚餐，红酒加牛排最好。超市有现成的半成品，放在煎锅里头翻个面儿就成，简单省力，还不会弄脏妆容和晚礼服，再加上蜡烛那情调……”

夏蓁蓁有点心动，又有点犹豫：“太简单了，不够有诚意吧……”

陈纽约高贵冷艳地笑了笑，摸着肚子说道：“单身狗懂什么，一边儿去！蓁蓁啊，不忘初心，方得始终。你的目的是要让陆唯看到你跟他成家过日子的诚意，营造家的氛围。烛光晚餐是家庭日常吗？你想想看，你读高三的时候，下晚自习回家，看到你妈妈给你准备的一顿热腾腾的家常饭菜……”

夏蓁蓁面露恐惧：“其实我妈的手艺很不可描述，如果真有这种情况，我会跑到夜市吃碗面再回家……”

陈妍妍一口奶茶呛到了气管里，咳嗽得死去活来。陈纽约摸着肚子自言自语：“冷静，胎教，胎教……”好不容易才放下了想要踹夏蓁蓁的那只脚。

夏蓁蓁连忙弥补过错：“家家说得精辟，我明白了，家的氛围，我懂的！我懂的！”她托着腮沉思起来——陆唯的父母很早就离婚各自出国打拼，虽然他跟着姐姐和宋老师这个模范姐夫，过得还不错，可惜姐姐又早逝了，宋老师一个单身汉，又是高中重点班老师，分身乏术，他小小年纪就那么自立自强、十项全能，也是被生活逼出来的啊……别人家热热闹闹地坐在一起吃晚餐，小陆唯却只能一个人做饭、做作业、做家务，等着姐夫下晚自习……

就像以前陆唯写字台上那盏破旧的蓝色小台灯，夜夜万家灯火、锅碗瓢盆的喧闹，衬托得那一盏孤灯分外落寞。

她抓起一支笔，苦苦回忆，写下陆唯以前给她做过的菜，据说是他姐姐生前教给他的：爆炒鸡丁、酸辣土豆丝、红烧排骨……

周五，宋扬正要出门，就看到斗志昂扬的夏蓁蓁提着三个特大超市购物袋出现在家门口，他笑眯眯地打了个招呼：“我回来拿备用眼镜架的，马上要回学校去，晚上有几张卷子要出呢，你慢慢忙。”

夏蓁蓁不好意思地说：“宋老师，都快五点了，您就跟我们一起吃顿饭吧，很快就好。”

宋扬还是决定避出去，当然，出去之前，他要助攻一把，把陆唯叫回来。

他踱到厨房门口，想看看那丫头的速度，估计一下做饭的时间，尽量让陆唯赶在饭菜上桌的时候回来……

半个小时过去了，夏蓁蓁终于切出了一盘土豆丝，中间还跑出来贴了两个创可贴。

一个多小时过去了，夏蓁蓁终于把该洗的、该切的都弄好了，万事俱备，只等下锅了。

看着她小心地把油倒进锅里，宋扬转身拿出手机，调出陆唯的电话。

呲的一声，菜倒入热油中的声音响起来了，锅铲翻炒起来了，他刚拨出电话，厨房忽然传来一声惨绝人寰的尖叫！

锅灶处浓烟大作，锅歪倒在一边，焦煳难辨的菜品一半在锅里，一半在灶台上。宋扬一个箭步冲上前关了煤气，将手足无措的夏蓁蓁拽了出来。

夏蓁蓁惊魂未定："宋老师，对不起……"

宋扬也惊呆了："这是怎么回事？"

夏蓁蓁嗫嚅着小声说："颠锅失手了。"明明她是照视频一步步做的，可是谁知道火苗近距离飙起来那么可怕！她吓得把锅扔了！

宋扬更无语——明明是个战五渣，炒菜都不会就敢颠锅？还好菜和油没扣在火上！

等等，夏蓁蓁看起来好像不太对劲……

夏蓁蓁习惯性地伸手捋了捋头发，忽地就僵住了，飞速冲到玄关镜子前，又是一声惨叫。很快，宋扬就看到夏蓁蓁抬手捂住前额，惊恐地开口："宋老师，不好意思啊，我得先走了……"她拎起包冲到门口，又折回来，苦着脸准备打扫战场。

手机这时接通了，陆唯问道："喂？哥，怎么了？"

宋扬下意识地答应了一声，正想叫他回家，但是夏蓁蓁拿着块黑黢黢的抹布跑出来，可怜巴巴地看着他，又摇头又作揖的，急得眼泪都快下来了，前额的刘海被火燎得参差不齐，看起来焦头烂额的，狼狈中还有那么一丝滑稽。

宋扬好不容易憋住笑，清清嗓子说："没事，拨错了，你晚上回来吗？"

陆唯哗啦啦地翻着卷宗，眉头紧皱："不回了，还有工作要处理，有客户在办公室，那我先挂了啊。"

电话挂断了。

活下来了。夏蓁蓁暗暗吐了口气。

电话那边的陆唯捏了捏眉心，对办公桌对面的大男孩道了声"对不起"，然后把卷宗转个向推到他面前："我们继续说。赵经理，您根本没有按照我列出来的清单整理证据材料，我的助理上周已经把标准格式发给您了，但是您看，这是缺失的材料清单，这些是印章和格式不符合标准的材料。"

大男孩局促不安地抓抓头，满脸歉意地说："实在对不起，陆律师，我们公司的文员正好休假了，这都是我加班找出来的，我拿回去重新整理……"

陆唯告诉自己要淡定："作为您的委托律师，我很感谢您对我毫无保留地信任，但是律师更需要委托方的坦诚和配合，尤其是产权官司，需要大量翔实的证据材料作为诉讼支撑，我们也需要从中找到案件的突破口。所以我希望贵公司能够重视这项工作，否则后续合作很难开展下去。"

他不动声色地瞟了一眼腕表，再耽搁下去，别的工作又只能晚上加班做了。

这个小公司的办事效率实在是让人叹为观止，跑过来拜访几趟，证据材料备不齐，净问些细枝末节，倒是对上庭和法官的细节好奇得不行，尤其知道法官是他的校友以后，跟打了鸡血一样兴奋，好像官司稳操胜券了一样。可是兄弟，证据都提供不全，谁敢上法庭？没有证据，就算法官是亲爹也不好使啊……

陆唯很想把这愣头青打发给助理去谈，但是有个律师界的老前辈关照过，一来，这家小公司是申请了政府支持小微企业创业的法律援助项目，分配到他们事务所来的，这种任务，贴钱贴时间也是要完成的，对事务所宣传、对以后接政府订单都有好处；二来，公司虽然小，想告倒的那家却是市里排得上号的大企业，而他喜欢有挑战性的工作。

这个懵懂的大男孩，谈起他的专利就眉飞色舞、意气风发的，说到搜集证据起诉什么的就蒙了，这个状态……还真有点像初出茅庐就吃亏的夏蓁蓁啊……

陆唯不动声色地把稍微脱了缰的思维拉了回来，打发走了大男孩，窗外已是华灯初上。助理拿来加热了一遍的外卖，他吃了几筷子，觉得索然无味。

与此同时，距离事务所五公里多的一家高档造型中心，一名火灾现场发型的妹子忽然出现，最后造型中心足足出动了三位总监商量方案，经过两个多小时的抢救，终于让她体面地走了出去。

隔天，夏蓁蓁就顶着新造型去了工作室。

周信的话向来不走心："新发型很漂亮。"

陈纽约的眼光就比较毒辣了："头发烫得还……不错，显得人成熟妩媚些，但是你这几颗媒婆痣是怎么回事？新流行的妆？从哪本杂志上学的？快擦了吧，不适合你。"

夏蓁蓁高贵冷艳地坐下来，看看时间，从包里摸出一管烫伤膏，用棉签蘸了漆黑刺鼻的药膏，补妆一样精心细致地在脸上、胳膊上点点点……

叹了口气，陈纽约转过头对周信说："虽然说轻伤不下火线，但是事关公司颜面，这次的会议还是你去吧，带上妍妍，她一直跟进这个项目，可以帮你尽快熟悉情况。"

陈妍妍哀怨地看着夏蓁蓁，用眼神示意她——我可以拒绝吗？可以吗？可以吗？

夏蓁蓁立刻别开视线，假装看不到——妹子对不起了，我也自身难保啊，等我追回了陆唯，一定好好补偿你受伤的小心灵！

宋扬老师这几天在思考一个重要的教育学问题：人的学习能力的长短板会不会也是成比例的？是不是在擅长的领域里面有多少天才，在不擅长的领域里就会有多少白痴？

比如厨房里面跌跌撞撞的那个。

自从第一天的爆炒鸡丁烧刘海事件以后，周末自不必说，宋老师连周一也很有预见性地调换了晚自习，不惜请假也要蹲守在家里。

他确信，如果他去上晚自习，消防车就会开进他们小区，夏蓁蓁绝对有这个本事。

想到明天实在请不了假了，宋老师昧着良心劝夏蓁蓁："蓁蓁啊，这几天你的努力老师都看在眼里，但是做饭是一门复杂的学科，跟学微积分一样，不是一蹴而就的，陆唯够聪明吧？当初为了在你面前秀厨艺，在家练了一个暑假呢，你才学了三四天，不要操之过急。"毕竟再操练，她离毁容就不远了。

夏蓁蓁摘下始终戴着的摩托车头盔，擦了擦镜片上新溅的油点子，信心满满地说："没事的，吃一堑长一智，我已经有要成功的预感了！"区区爆炒鸡丁，还能难倒她不成？

宋老师眼珠一转，忽然叹了口气，说："瞧我这记性，昨天刘助理回来帮陆唯取衣服，说是他这几天熬夜加班上火，起了一嘴的火泡。要不，麻烦你熬点白粥？毕竟晚上本来也不适合吃太油腻。"

始终陷入爆炒鸡丁深渊的夏蓁蓁瞬间醍醐灌顶：“对哦，我怎么把这个给忘了？晚餐应该饮食清淡的！我马上去熬粥！”

晚上快九点，陆唯开车进小区的时候，依稀从后视镜里看到一个熟悉的身影闪过，他连忙停车望过去，可那人已经匆匆上出租车离开了。身形虽然像，可是发型不一样呢，应该……不是她吧？

直到宋扬把一碗粥放在自己的面前，陆唯才回神，心不在焉地舀了一勺入口，差点吐出来。这粥寡淡稀薄，还带着一股煳味。嫌弃的眼神已经出现，然而陆唯看着还很从容：“自从跟舒斯学姐结了婚，你这厨艺退步了很多啊！”

宋扬端起自己那碗，放了一大坨橄榄菜，用勺子搅了又搅才吃了一口：“别挑剔了，蓁蓁忙活了四天，这是第一碗做出来能吃的。”

陆唯差点呛着：“蓁蓁做的？”他想到小区门口那个逃跑一样的身影，她不是来蹲守的吗？为什么看到他又匆匆逃走？难道也去“加班”？

宋扬幽怨地看着他，脸上写满了心疼：“第一天，手上切两个口子，爆炒颠锅，差点把厨房烧了，头发也烧煳了；第二天，油温太高，脸上和手上一共烫伤七个点；第三天，手上又切了个口子，一慌张，碗掉下来把脚给砸了；今天煮粥，溢锅了，揭盖子时两只手都烫了，只顾拿冰块敷手，锅里的粥溢没了一半，她又加了一大碗凉水，没等烧开就煳底了……这两天学聪明了，她随身备着医药包，所幸都是皮外伤，没什么大碍，但是我的心脏受不了。每次她一叫，我的心就咯噔一下，楼下的大妈还委婉地劝我，晚上不要看恐怖片。”

他说一句，陆唯的眼皮就跳一下，险些没忍住起身追出去。

高中时，他偶然吃了一次她带的午饭，真心是一份黑暗料理，他以为她故意捉弄他才做那么难吃，还狡辩说是她妈妈做的，现在看来，那还真可能是岳母的手艺……怪不得夏蓁蓁这么多年就没下过厨……

宋扬总结道："求求你下了这个台阶，跟她和好吧，咱家的厨房折腾不起，而且我得去上晚自习啊！"

陆唯把碗里的粥喝完，去厨房看了看"战场遗迹"，顺便把锅里剩下的粥也干掉了，心想以后坚决不能让夏蓁蓁下厨了。

他返回餐厅，对宋扬说："哥，你放心去上课吧，我明天会早点下班。"

隔天，陆唯岂止是早点下班，还不到三点钟，他就带着一大堆卷宗文件回家了。

夏蓁蓁抱着一大束新鲜的白百合，哼着歌儿，像回自家一样熟稔地走进客厅时，陆唯正将一沓沓文件分门别类散开，放满了沙发、茶几、柜子……两人隔着纸片河相望，都愣住了。

沉默了一会儿，夏蓁蓁想起来自己是要道歉的，尴尬地举起手中的百合花："送给你的。"

清新的花束遮住了夏蓁蓁大半张脸，只露出那双清澈灵动的大眼睛，一眨不眨地凝视着陆唯，花朵后面传来低低的话音："我知道错了……对不起，原谅我好不好？我承认我对待感情很迟钝，但我是相信无论如何你都不会离开我，所以才一直那么任性地只顾着工作……这个毛病我一定改，所以，原谅我好不好？"

陆唯沉默了。

夏蓁蓁的眼圈立刻红了，正失意地准备放下花，陆唯忽然伸手接了过来，而后另一只手轻轻揽住了夏蓁蓁的肩头。

夏蓁蓁立刻打蛇随棍上，扑进他怀里抱紧他，头抵在他肩上蹭了又蹭，他的衬衫很快就湿了一片。

她鼻音浓重地说："不要再躲着我了，好不好？"

陆唯垂头贴上她的秀发，以前她的长发一直打理得柔软顺滑，现在新烫染过，发丝纹理微微起伏，有一种丰盈活泼的生机感。他也蹭了蹭，没有找到烧煳的地方，不过刘海处的头发确实比别处略干燥些，应该是这里了。

夏蓁蓁就着他的衬衫擦掉眼泪，抬头看着他："你瘦了。"

陆唯轻轻抚过她的脸颊："你也瘦了。"

夏蓁蓁眼泪汪汪地笑着说："那我做饭给你吃，我们一起养回来好不好？"

陆唯摇了摇头："蓁蓁，我想了很多天，其实是我错了，我一直都欠你一句对不起。"

夏蓁蓁歪了一下头，脑袋上冒出一个问号。

摸着她的发顶，陆唯淡淡地开口："昨天晚上宋扬都告诉我了，我满脑子都是你在厨房里面跌跌撞撞、不停受伤的样子……"

夏蓁蓁立刻又把脸埋了起来。

陆唯的眼神透着温柔："最近我有个委托人，是个稚气未脱的大男孩，每次看到他，我就想起当初那么孤单无助的你。我为什么要帮你打官司，为什么要鼓励你，支持你，让你有自己的事业？如果我只是想要一个温柔体贴的爱人，我不急着帮你就行了。我大可以站在生活的一边，等困难把你打倒，匍匐在尘埃里，然后我再扶你起来，充当你的救世主，让你心甘情愿地站在我的身后。"

夏蓁蓁的身子抖了抖，陆唯轻轻地拍着她的后背："但是，那样的话，夏蓁蓁就不是我爱的夏蓁蓁，陆唯也不是你爱的陆唯了。我第一眼看到你的时候，你就像是会发光的样子。我还很纳闷，这个阳光一样的女孩子，怎么会中暑呢？你解出一道数学题会发光；打赢一局游戏会发光；工作有了进展，你就更加灿烂夺目了。"

夏蓁蓁好不容易停住的泪又涌了出来，手臂抱得更紧。

陆唯望着窗外的夜色："然后我就开始患得患失。蓁蓁，我一直认为，我爱你比你爱我要多一点……得不到足够的回应，我就会胡思乱想。我嫉妒可以吸引你注意力的一切人和事，我总觉得我一离开你的视线，你就会忘记我……我的家庭情况你知道的，我从小就害怕冷暴力，怕大人们忽然安静疏离起来。这段时间，我以为我是在惩罚你，但是昨天晚上，我喝着你煮的粥，突然意识到我竟然变成了自己最痛恨的样子，这是对我更大的惩罚啊！我想了很多，把我们以前的点点滴滴都回忆了一遍，其实我只是不愿意承认你爱我。我知道你是在用你自己的个性和方式爱着我，但我怕我一旦承认了这一点，就会暴露出自己的自私和怯弱，我怕我让你感到束缚，没有自由和安全感……"

夏蓁蓁用力擦着脸上的泪水："你在胡思乱想什么！你不知道你就是我最大的自由和安全感吗？"

陆唯鼻子也酸得不行，但是他强忍住了眼底的泪意："所以蓁蓁，我知道错了，对不起，你愿意原谅我吗？"

夏蓁蓁立刻踮起脚，用一个吻代替了她的回答。

Chapter 10 化身战友的女友

直到肚子发出咕噜声抗议，夏蓁蓁才在陆唯耳边咬了一口："说完了吗？我都快饿晕了，真把我饿坏了，我还怎么发光发热？"

陆唯笑了，依依不舍地松开夏蓁蓁，起身时，随手将遗忘在旁边的百合花束捡起来，整理一下，放在她怀里："先歇一会儿，很快就好。"

走进厨房之前，他回头看了看窝在沙发上摆弄花束的夏蓁蓁："送花赔不是，跟谁学的这一招？太老套了。"

"招不在老，有用就好。看来用追女生的方法追男生也挺有效的，陆唯你给我记住，下次你再敢不理我，我就一天送一个大花球到你事务所……"夏蓁蓁扬扬得意地说道。

陆唯在厨房里面轻快地回答："我的鼻子一定会记得你。"

陆唯的"很快就好"才是实至名归，夏蓁蓁晃晃悠悠地插好花，他就已经在花下摆了三菜一汤。

吃了几筷子菜，夏蓁蓁感动得泪汪汪：“多少天了，终于吃到一顿正常可口的饭菜了。”

陆唯给她夹菜：“偏科无罪，你就留一个冷门给我表现表现吧。”

夏蓁蓁用力点点头，而后忽然想起什么，问道：“你怎么学会做饭的？”

陆唯不在意地说道：“小时候看我妈、我姐做，先是打打下手，看熟悉了就上手了。我姐说我做菜还是挺有天分的，第一次掌勺，我姐都吃得哭了，说我青出于蓝而胜于蓝。”

夏蓁蓁一听，立刻恨恨地戳着碗里的饭菜：宋老师……你不是说他练了一个假期吗……

接收到夏蓁蓁充满怨念的小眼神，陆唯立刻放下筷子，一边思考一边说着补救的话：“其实我当初为了在你面前卖弄，在家练习了一个寒假……不，一个暑假。”

夏蓁蓁撇了撇嘴：“行吧，做饭也需天赋的，那以后就你掌勺了？”

此提议正中陆唯下怀，他微微一笑：“那就感谢蓁蓁给我劳改的机会……”

夏蓁蓁立刻从饭桌下面踢了他一脚：“不要想着改造了，既然招惹了夏老板，你就已经被判无期了！”

宋老师下晚自习回家就闻到一股酸气冲天的狗粮味道，只见小两口甜甜蜜蜜地依偎在一起，陆唯还是坐在资料中间，夏蓁蓁端着一盘水果沙拉，你一口我一口地互相投喂，电视开着，资料摆着，却都沦为背景板。

你们有考虑过没有老婆陪在身边的人的感受吗？

于是第二天宋老师就下了逐客令，让这两个人抓紧时间滚回自己家。

陆唯和夏蓁蓁这次和好，颇有点小别胜新婚的意思，比以前热恋时更加腻歪，以前还积极加班，现在积极回家加班，各干各的工作还要挨肩靠背的。

一沓照片被夏蓁蓁的睡衣裙摆扫得散落在地上。

捡起照片，夏蓁蓁挑起一边的眉毛："这产品看着眼熟啊，怎么，德勤也是你的客户吗？"

陆唯手一顿，说："不是，是这个案子的被告方。"

夏蓁蓁惊讶地问："那你知不知道，德勤是樊鸣他爸集团下属的公司？"

陆唯想了想，去年樊鸣曾积极牵线，想让樊氏集团公司跟他的事务所签约，但后来不了了之。樊氏集团董事会最终决定与业内老牌的正元律师事务所合作，毕竟他的云天事务所还算是新人，口碑、规模、资历都比不上正元。

他跟樊鸣是哥们儿，不过樊鸣是个比较低调的富二代，也不爱显摆，自己打理的一家房地产公司倒是跟他时不时合作，他还比较熟悉。至于樊氏集团别的产业，当初了解情况的时候，他倒是看过一些资料，但是后来合作不成，也就淡忘了。

夏蓁蓁一边翻着照片一边开口说道："樊鸣给我介绍过一个赚外快的单子，给这个德勤的新产品制作了一款卡通版广告宣传片，所以我对这个品牌有印象。德勤做什么了，怎么就被告了呢？"

陆唯继续翻阅着卷宗："专利侵权的案子。德勤这款新产品，用的是一个小创业公司的专利技术，但是双方的合作协议还没谈妥，德勤就单方面先出了产品，小创业公司跟政府申请法律支援，案子正好分到我们事务所。"

夏蓁蓁"哎呀"一声："这个侵权行为严不严重？会不会判刑啊？"

陆唯摇摇头："未经许可授权就使用了别人的专利，但是又没有在包装和宣传中使用专利号，不算假冒，只能算侵犯专利持有人的许可实施权，最后还是以民事赔偿为主。”他又看了看产品，“小公司有专利却没有能力生产，德勤实力雄厚，有成熟的生产线和销售渠道，还能支持他们继续研发，我觉得庭外和解对双方都有利，甚至还有继续合作开发的可能性。可是小公司不依不饶，德勤又根本不理会我的律师函，态度非常强硬。双方都非要上庭不可，我都怀疑他们之前是不是有什么大的矛盾，或者重磅的证据。”

摸了摸鼻尖，夏蓁蓁有些担心地用肩头碰了碰他：“要不问问樊鸣？别大水冲了龙王庙……”

陆唯忍俊不禁，刮了刮她的鼻子：“这是双方律师之间的事情，樊鸣干涉不了董事会的决定。去年樊鸣为了让我跟樊氏合作，已经得罪了他老爸，现在为这点小官司，又害他平白去挨训干什么？你放心，我都是按照正常法律程序走的，也会尽最大努力促成和解，摆事实、讲证据，不存在针对哪一方，光明正大。所以官司无论输赢，樊氏都怪不到我头上。”

但夏蓁蓁还是不放心，第二天就约了南乐两口子，把从陆唯那里打听到的案情八卦了一番。

夏蓁蓁是过来人，深刻理解事业刚起步的小公司有多不容易，何况工业产品还不同于文化产业，你的专利技术再牛，如果没有能力生产出产品并且打开市场，专利一直攥手里，失去市场先机，就是个废品了，所以找大公司合作是必然的。

但奇怪的是，两家都合作那么久，德勤使用专利技术，连产品都做出来了，还花了那么大力气宣传面市，这个节骨眼儿上才因为专利实施权闹翻，这也太儿戏了。官司结果如何已经不重要，怎么都是双输的局面：小公司得不到多少赔偿，不但浪费了自己的血汗成果，还得罪了行业的老大，以后肯定举步维艰；而德勤无论有理没理，都会给人留下恃强凌弱的印象，对公司名誉和产品形象都有负面影响。

夏蓁蓁也觉得应该促成和解，本来好好给专利使用费就能解决的事儿，闹上法庭，浪费诉讼费、律师费，判决下来再补齐费用和罚款啥的，花销肯定翻几倍啊，傻子才上赶着打官司呢。

樊鸣也深以为然，他皱眉说："自从搭上那个正元律师事务所，集团怎么老是打这种无意义的官司，消耗公司的财力、人力和名誉？"

南乐托腮接过话："搞不好就是他们怂恿的，你就私下问问呗，能和解最好。"

德勤不是樊鸣负责领域的企业，平时樊鸣也不愿意越界多管闲事。但是父子连心，樊鸣还真做不到对集团的事情袖手旁观，尤其还牵涉到好朋友，即便当初没能促成双方合作，他也不想让老樊对陆唯有什么成见，多点好印象和人脉总是有利的。

樊鸣没有找德勤的负责人于总，那个于总听命于股份仅次于老樊的另一个大股东老吴，被他知道了，转身报告给吴大股东，又要在股东会上找碴。他犹豫了一下，直接打给了以前家里的司机方叔。

方叔是一路跟着樊家创业的资深员工，当初因为一场意外车祸，他还救了老樊一命，自己却废了一条腿，不能再开车了。老樊把他安置在一家公司做二把手，其实就是个养老的闲差，巧的是，那家公司就是德勤。

虽然那是闲差，但架不住方叔职位高、后台硬，于是他就成了德勤的代言人，各种面子上的典礼啊，会议啊，汇报啊，开庭啊，集团就让他坐在那里充数，反正该说什么，照着稿子念就行了，微笑握手、发言合影，他已经手到擒来。

看这个案子的大小，作为公司代理人出庭的，肯定是方叔没跑了。

“喂！小鸣啊……说话方便方便，都是自己人，你说吧！”伴着方叔洪亮大嗓门传来的，是一片搓麻将的哗啦啦声，夏蓁蓁和南乐相视微微一笑。

樊鸣无奈地把手机免提声音调小一点，也不兜圈子，直接问：“方叔，听说您最近又要出庭？”

方叔哈哈一笑：“是啊，一个小官司，上赶着送钱去的，就用得上我这老脸了。”

送钱？樊鸣试探地说：“原告律师是我老同学，听说被告是我们家的公司，劝我们做庭外和解，这样大家都省钱。”

“是吗？你等一下啊。”方叔喊人替他一会儿，离开了牌桌，闻言笑声更大了，“是小鸣的老同学？那就好，肥水不流外人田。我跟你说啊，这个案子，我们稳输！正元的律师安排的，董事会决定的，我能怎么办呢？输就输吧，我就是不甘心大把的钱又给了那帮搞什么创业的小鸡仔儿。你老同学是他们的律师，正好，宰他！狠狠地宰！”

电话这边的三个人听得目瞪口呆。

樊鸣眉心一皱：“不会吧？正元那么有名，这么个小官司打不赢？还要惊动董事会？你说又送钱是什么意思？以前给过他们钱了？”

方叔被他的连珠炮轰晕了，想了想才说：“我不管事儿的，详细情况我也不清楚，不过老于对那帮小鸡仔儿够意思了。他们在德勤技术部帮着搞那个新产品的时候，老于天天请他们在酒店吃饭，我都陪了几回，没听说欠他们钱呀，怎么就打起官司了？忘恩负义的玩意儿，如果真的侵啥权、违啥法了，公安没来，法院没封厂子，产品还一车一车往外发？”

樊鸣按捺下心中的不安和好奇，若无其事地笑着说：“那没什么了，我就是随口问一问，回头让那小子请我吃饭，打官司来钱这么容易，早知道这样，我当初跟他们一起去做律师了。”

方叔当真了，连连劝阻：“千万别啊小鸣！当初考大学时你说要去学什么法律，我还跟樊总说呢，律师都不是好东西，以前叫什么，讼棍，是吧？净撺掇别人打官司，只要给钱，黑的说成白的，好的说成坏的，最损阴德！以后要遭报应的……幸好你学了什么盖房子的，老樊家就你一根独苗了，可不敢做这行，不然樊总会气出个好歹来……”

南乐憋笑都憋出内伤了，律师家属夏蓁蓁则表示情绪很稳定。

“什么叫盖房子？我学的是土木工程……”樊鸣又跟方叔寒暄了几句家常，但他没有拜托老方去打听，免得打草惊蛇。

但是挂了电话，樊鸣就没这么淡定了：“事出反常必有妖，正元这么做有什么用意？”

一家知名事务所，代理的又是大公司的法务，却故意让步给一个小创业公司和新秀事务所，怎么想都诡异。通过刚才老方的只言片语，樊鸣知道，只要正元认真打官司，只要拿出小公司和德勤前期合作研发产品时的证据，如资金往来记录等，就算最终合同没有签下来，也有事实合作基础在，这场官司未必会输。假如证据充分，陆唯也只能折戟沉沙。可是一开始就策划要输、要赔钱是几个意思？这么想送钱，直接给小公司就行了，用得着多此一举，闹上法庭吗？

南乐似笑非笑地看着樊鸣：“想知道吗？去问问呀，梁菲菲可是在正元呢。”

夏蓁蓁悄悄挪了挪位置，离醋坛子远点吧。当初樊鸣确实报了法律系，但是在樊父的高压下，刚上大学就换了系，去了土木工程。而梁菲菲则是樊鸣那届的政法系花，人称“律政俏佳人”，口才好，眼光高，能力强，樊鸣就在法学院上了不到一个月的课就被梁菲菲瞄上了。那时候，大家都以为樊鸣是个普通家庭的小伙子，就梁菲菲慧眼识珠，向樊鸣抛过橄榄枝，虽然后来被拒绝了……毕业后，梁菲菲被正元高薪招揽至旗下，专攻商业诉讼。大家都是场面人，各种商业场合上抬头不见低头见，可梁菲菲总是无视南乐，以老同学的名义对樊鸣若即若离，似暧昧非暧昧，手法段位之高，一直是南乐的一块心病。

樊鸣立刻祸水东引："我因为陆唯事务所和樊氏合作的事儿跟老头子闹翻了，之后就没登过正元的门。陆唯在圈里口碑不错，让他去打听打听？"

这回轮到夏蓁蓁抓狂了："他们不是竞争对手吗？这么往枪口上撞真的好吗？"

樊鸣摆出一副老江湖的架势："这你就不懂了。竞争是公司和公司之间的事，公归公，私归私，底下的律师哪有那么泾渭分明？少不了什么同学啊，校友啊，老乡啊，亲戚啊，各种错综复杂的关系。在不损害公司利益、泄露公司机密的前提下，同行之间互通消息、互相帮忙，是大家心知肚明的行规，有什么奇怪的。我公司的程序员还帮我从对手公司挖了个高手过来，我不也用得很顺手吗？现在是契约社会，不奉行封建社会一条道效忠到黑这一套了。"

南乐斜睨他一眼："所以你和梁菲菲私下里联系得很频繁，是吧？"

樊鸣一脸六月飞雪的表情："乐乐啊，我是搞房地产的，不是律师圈的。我不跨界，也不出轨。再说，你修过心理学，你闺密是电脑高手，你闺密老公是资深律师，我骗你是嫌命长吗？"

眼看着南乐来了打嘴架的兴致，夏蓁蓁赶紧打断她："现在最重要的，不是要通知陆唯吗？"

晚上等陆唯和樊鸣谈完，一身疲惫地回到家，夏蓁蓁又是拿拖鞋，又是接公文包，端茶捶肩，贤惠得不要不要的，陆唯受宠若惊："你这是怎么了？闯祸了？你尽管自首，我会宽大处理的。"

夏蓁蓁用圣母的眼神悲悯地看着陆唯："我担心你啊，可怜的孩子，得罪了什么人都不知道。"

陆唯将她揽进怀里："这次多亏你了，你真是我的福星。"

夏蓁蓁立刻开始嘚瑟："快告诉你的福星，是谁在害你，我要收回他的光明，让他的工作账号、游戏账号……全部陷入黑暗！"

陆唯摇摇头："不知道。我们把所有的竞争关系、合作伙伴关系都捋了一遍，但没有什么发现。我们感觉这只是个鱼饵，后面肯定有大招，但是还没有头绪。后天就要开庭了，现在撤出是不可能的，我已经嘱咐助理把所有涉案材料分别留底，只能看他们输了官司以后想干什么。迫不得已的话，我可能真的会想办法去正元找点线索。"

夏蓁蓁摸了摸他的短发，笑着说："以前你总是帮我处理各种问题，像个无所不能的大神，现在你居然肯把你的困难告诉我，哀家心中甚是欣慰。"

陆唯把脸埋在她的秀发里，懒洋洋地说："养兵千日，用兵一时，你强大起来，我就多一个厉害的战友。"

陆唯或许只是随口一说，但是夏蓁蓁一下子就被"战友"这个词儿给刺激得热血沸腾——夏蓁蓁是谁？游戏天才，团队大姐头啊，冲锋陷阵、拟定战略打配合，谁与争锋？

现在他们要去寻找大 Boss 的线索，但是爱人陷入小怪阵中，战斗胶着，一时难以脱身，夏蓁蓁这边帮不了他，就想用一招围魏救赵，直捣黄龙。

于是她又跟陈纽约请假，陈纽约看了看日程表："不是已经追回来了吗？怎么还请假？敢情知道夏夜黄不了是吧？"

夏蓁蓁嘿嘿一笑："这次不是约陆唯，我要去骚扰别的男人。"

陈纽约摸了摸肚子，瞪了夏蓁蓁一眼："注意你的措辞，胎教！"

夏蓁蓁凑过来也摸了摸她的肚子："宝贝，干妈去战斗了，为了给你打造一个河清海晏的美丽新世界，要乖乖的哟！”

这边恢复阳光明媚，那边周信就有点心不在焉了，好在陈妍妍这两天忽然老实起来，跟周信合作也不闹别扭了，效率大为提高，陈纽约才算松了口气。

再给你浪几天吧，回头一并算总账。

夏蓁蓁坐在正元律师事务所的接待室里，她的对面坐着一个白净斯文、三十多岁的律师，叫姜国，就是负责德勤案子的律师。昨天他刚彻彻底底地输了一场官司，赔偿金被陆唯争取到了百万巨款，就这个规模的产权官司来说，已经是能争取到的最高赔偿金额，震惊业界。

但是这个姜国看起来一点也不在乎，刚进门的时候，还显得趾高气扬的，被夏蓁蓁的颜值、气质和衣着打扮给镇住了，这才收敛了一点，堆出礼貌殷勤的笑容，自我吹嘘了一番。

夏蓁蓁把当初故意难为陆唯的那个案子翻新了一下，假装跟他咨询。那时候因为陆唯赌气跟她公事公办，收费做了一大堆的案情分析，所以她很清楚关键点在哪里。每次姜国夸夸其谈得差不多了，她就用陆唯的分析打击他一下，然后露出怀疑的表情：“您真的有把握吗？”

一而再，再而三，姜国被她明晃晃的质疑和抬杠给激怒了，沉下脸，合上笔记本电脑，说道：“夏小姐，就您这样不合作、不信任的态度，我们很难再谈下去了。”

夏蓁蓁托着腮：“这个项目对我很重要，我只是不想输啊。”

姜国双手环胸，脸上带着不可一世的表情：“我们正元是全省排名前三的律师事务所，合作单位不乏全国乃至世界五百强企业，团队强大，精英如云，每年胜诉的官司都在三位数以上，不知道您还有哪方面的顾虑呢？”

夏蓁蓁气死人不偿命地说：“我不是信不过正元，是信不过姜律师您啊。您昨天才打输了一场您号称最擅长的知识产权官司，对不对？听说您的委托方德勤要赔偿别人一百万啊！德勤那么大的公司都输得这么惨，我好怕怕。”

姜国的脸红一阵白一阵：“官司没有谁敢说绝对赢的，还要看证据是否充分……”

夏蓁蓁干脆地打断他：“我看了报道，德勤也不是没有证据啊，可您都没有好好帮他们辩论，法制记者都用‘消极怠工’来形容您了。可能对您来说，胜败乃兵家常事，您输了这场还有下一场，可是对我来说，一次失败就 Game Over，我不敢冒这个险。”

姜国怒极反笑：“那我只能说抱歉了。夏小姐，祝您能找到一个稳赢的律师！”

夏蓁蓁可怜兮兮地说：“你以为我不想啊。要不是已经在正元交了订金，我就去找您昨天的对手律师了。我看过新闻上的法庭照片，人长得好帅……”

姜国忍无可忍，摔门而去，冲负责接待的实习生大吼：“怎么什么人的委托都接？神经病！”

实习妹子风中凌乱，夏蓁蓁追到门口，笑得花枝招展：“我知道小姐不是神经病，所以你可以告他诽谤。对了，再帮我联系一位律师吧，顺便帮我投诉一下刚才那位姜律师，业务水平太低，脾气还大，我要是被他吓出心脏病，是不是可以顺便告他故意伤人？”

办公区域的人都凌乱了……

一个上午不到，夏蓁蓁把正元所有的知识产权律师横扫了一遍，连实习律师都没有放过，不管对方怎么说，她始终就是那一板斧：

“你们昨天输了，我好怕怕……”

“那是姜律师的个人行为，不代表我们事务所的整体水平。”

“你们事务所的介绍资料上，他排在你前面，他都不行，你在他后面第五个，我好怕怕……”

“姜律师昨天偶然发挥失常。”

“资深律师上法庭这么关键的时刻竟然发挥失常，你们心理素质太差，我好怕怕……”

“这是我们事务所的金牌律师，这您总该放心了吧？”

“姜律师昨天才在上法庭时出现那么大的失误，今天还得意扬扬地上班，跟客户发脾气，随意辱骂基层员工，我严重质疑你们事务所的整体素质和管理能力，你还用金牌来吓我，金牌的脾气是不是比他更大？我好怕怕……”

“姜律师刚才的态度确实不好，我替他向您道歉。”

“我是因为揭发他上庭消极怠工才被他骂，你却只为他刚才的态度道歉，这么看来，你们是认为他上庭消极怠工没问题了？你们根本就是避重就轻，回避根本矛盾，一点也不为客户的利益负责任，我好怕怕……”

昨天南乐大大方方地跟樊鸣坐在前排旁听，出来就给她打电话，说被告方律师好奇怪。

“他的表现太反常了，举证不积极，也不对证据做深入解释分析，有几次连法官都看不下去，主动提醒他补充。那个人的样子，好像对失败有恃无恐，满不在乎。他似乎笃定，眼前的这个失败不算什么，会发生什么别的事颠覆和掩盖一切。”

现在看来，何止是姜国一个人呢，好像正元的律师都对这个事情不在意啊！他们对操纵官司习以为常吗？

“还有那个原告小伙子，陆唯帮他辩护争取到最激烈的时候，他一点儿也不兴奋，装得倒是文静腼腆，但我确定我在他脸上看到了一丝做贼心虚。樊鸣建议陆唯再次检查留底的资料，一个标点符号也不能放过！”

陆唯和同事们正在加班复查材料，他还不知道夏蓁蓁已经对正元的律师猛烈扫射了一轮，可惜的是，小怪们虽然落荒而逃，却没有留下金币和装备，不划算啊……

接待妹子招待夏蓁蓁的，从最开始的咖啡到茶水，然后是白开水，最后只剩白眼了。

夏蓁蓁看闹得差不多了，这些人口风都这么紧，再待下去也无益，就拍拍裙子走人了。

为了安全起见，她把车停在两个街口外的停车场。出了正元，她悠闲地去吃了午饭，跟南乐打电话聊了一阵子，还逛了一会儿街，这才去取车。

她刚坐进驾驶室，笃笃笃，有人敲副驾驶座的车窗。

夏蓁蓁吓了一跳，定神一看，还好，是个正装的大美女。

她降下一截车窗，问道："有事吗？"心想是不是自己的车堵住了这个美女的车道。

美女言简意赅："让我上车。"随后从车窗缝里飞进来一张精致的名片，暗香幽幽。

夏蓁蓁拾起来一看：梁菲菲。

梁菲菲不愧政法系系花，身材高挑，气质冷艳，衣着打扮显得很有品位，简洁精干又不失女性的魅力。可能出于职业需要，她的面妆稍微有一丝凌厉，恰到好处地凸显出专业感，又不会咄咄逼人。

她优雅地坐上副驾驶位，那大长腿，让夏蓁蓁都有些眼热。

"开车，找个清静一点的地方，我们俩谈谈。"

夏蓁蓁思考了一下，发动了车子。

车子兜了几圈，晃悠到市中心公园停车场，停在角落的树下。因为不是周末，附近没有几辆车，视野开阔，可以看到公园的开放式草坪上有人带着小宝宝在散步玩耍，安静而闲适。

梁菲菲打破了僵局："你是陆唯的女朋友夏蓁蓁吧？"

夏蓁蓁大大方方地点头："是。"

梁菲菲微微一笑，笑容很淡，看不出是讥笑还是赞赏："我是林小纤的室友。"

夏蓁蓁知道林小纤一直觊觎陆唯，而陆唯前段时间跟她认真地谈了一次，虽然暗示她可以离开事务所，但是她选择了休假，只是这一休，到现在还没回来。

可能陆唯伤她挺深的。

夏蓁蓁立刻心生警惕："你是因为她来找我的？"

梁菲菲无所谓地耸耸肩："你紧张什么？你们之间的多角恋，我没有兴趣。而且，我也不认为小纤输给你，她只是败给了陆唯的不喜欢。"

虽然这是实话，但听着让人还真有点不爽。

"好了，言归正传，昨天陆唯赢了官司，你今天还跑到正元去闹什么？"

夏蓁蓁笑眯眯地说："我高兴。"

梁菲菲直视她的眼睛："你在试探正元对这件事情的态度。"

夏蓁蓁双手环胸："如果我没记错，律师说话都是要讲证据的。"

梁菲菲挑眉笑了笑："你以前经常跟樊鸣的老婆混在一起，我见过你。你把姜国气走的时候，我出去看热闹，就觉得你有点眼熟，然后拍了你的照片问了小纤，确认你的身份，还有你跟陆唯现在的关系。你应该庆幸你出国的几年，樊鸣老婆和小纤替你这个身份挡了很多明枪暗箭，很多人到现在只知道陆唯的女朋友自己在开游戏公司，但具体长什么样没人知道，要不然你以为你今天闹得起来？是不是陆唯他们也发现了昨天的案子有异常？"

夏蓁蓁只能厚着脸皮死不认账："不知道你在说什么！"

梁菲菲也不恼，拿出手机："加个联系方式，我发一段音频给你，你回去跟陆唯商量一下，再考虑要不要联系我。"

夏蓁蓁目送梁菲菲下车走到路口，过了一会儿，一辆银灰色的小轿车开过来，有个男人下车，屁颠屁颠地给梁菲菲开了车门，而那个男人有点眼熟。

等他们的车没影了，夏蓁蓁才驱车回家，看着微信聊天栏里躺着的、显示只有短短八秒的音频，始终没有勇气点开听。

晚上，夏蓁蓁躺在沙发上，一只手攥着手机，一只手拿着一张精致的名片放在鼻子上。

陆唯洗完澡出来，穿着舒适的居家服，头发还有些湿漉漉的，看起来还像个大学生。他坐在夏蓁蓁旁边，微微挑起眉："这是什么名片，你还要用嗅觉去研究？"

夏蓁蓁哼唧道："我在闻这个香水的后调，这到底是哪一款？我也要去买一瓶。"

陆唯拿过来闻了一下，立刻"阿嚏"一声，连忙离远些，翻过来一看："梁菲菲？你去找她了？"

"错，是她主动找上我的。"夏蓁蓁一骨碌爬起来，严肃地说，"早上我去正元闹了一场，她猜出来我在试探正元对昨天案子的态度，还问你是不是发现案子有问题。那个女人不简单。"

陆唯哭笑不得："你去正元闹了？其实不用去闹，我们已经发现有个地方有问题了。"

陆唯上庭时非常注意德勤方面出示的证据，果真被他发现一个关键物证。那是一份专利合作的合约书，德勤那边已经签字盖章，但是大男孩的公司这边只有一个签名，签名既不是公司法人，也不是专利持有人，更没有公司授权委托书，所以被法庭判定为无效。

但是陆唯暗地留心，虽然只是拿到手上匆匆一瞥，却记住了关键内容。最重要的是，那份合约书的拟定方不是德勤，而是小创业公司。

"这说明双方不但有事实合作，还走到了要签约的地步，小公司连合约书都准备好了。”

夏蓁蓁给出自己的猜测：“有没有可能是小公司把合约书发给德勤，德勤改了里面的条款和金额什么的，小公司一看内容不对就不肯签了？”

陆唯摇头：“关键是这个公司从头至尾都没有提到过有这份合约的存在！如果像你说的，德勤修改了条款，所以双方闹翻，那么小公司更应该把原件提供给我，比对双方条件的差距，更能阐明不能合作的原因，但是他们提都没有提起过。下庭后我问那男孩子，为什么没有这份合约，他倒是给我倒苦水，说是他的合作伙伴背叛了他，瞒着他单方面去跟对方谈条件，还好要偷盖公章的时候被他发现，为此跟合伙人闹崩了。那人已经离开了公司，他拟定的合同，自然也拿不到了……”

夏蓁蓁翻了个大大的白眼：“你信吗？”

陆唯笑道：“我很愿意相信他，但是这段话跟前一个破绽相同，他说得太晚了。”

“这份合约书能让案子翻盘吗？”

陆唯摸了摸下巴：“要看他们怎么用。再微不足道的物证，如果用的时机对了，也会起到关键性的扭转作用。”

听到这里，夏蓁蓁犹豫了一下，还是拿起手机，把播放音量调到最大，点了播放键。

“秦法官那边我已经打好招呼了，你们不用管判下来多少金额，反正答应给你们的那一份不会少的……”

陆唯的声音在手机中突兀地响起，把他本人都吓了一跳。

可能是偷录的原因，背景时而嘈杂，时而安静，声音也有点不自然，但是陆唯的声线还是很清楚的。

夏蓁蓁惊呆了，陆唯也好不到哪儿去，拿过她的手机又点播放，听了好多遍，再看对话栏上的备注名：正元梁菲菲。

怎么会是梁菲菲？？

“这是你说的吗？”夏蓁蓁一脸的不可置信。

“每一个字都是我的声音，但是这话我从来没有说过，这种事我也从来不会做。”陆唯的眉头皱得死紧。

夏蓁蓁烦恼地挠头：“我相信你，可是这个录音太逼真了，警察和法官会不会相信你啊？”

陆唯神情凝重：“看来，这次的事真的是很大。”

做了个深呼吸平复一下心情，夏蓁蓁握住他的手：“你真的想不起来得罪过什么人？他们为什么要这样对你？”勾结法官，做手脚赢官司，骗取赔偿金，一百万元啊，涉案金额这么大……足以毁掉一个律师的职业生涯，外加牢狱之灾。

“我确实不知道。”陆唯低吟一声，忽然重新捡起那张名片，“但有人知道。”

夏蓁蓁有些不放心：“我跟你一起去。”

陆唯不想把她牵涉进来的，正准备拒绝，忽然就想起了樊鸣。南乐每次都因为梁菲菲跟他闹别扭，现在换了自己单独去见梁菲菲，又是因为这么复杂危险的事情，夏蓁蓁尽知前情，如果不让她去，她就算不胡思乱想也会牵肠挂肚……

夏蓁蓁画蛇添足地补充道：“那个梁菲菲看着就很难缠的样子，万一谈判破裂了，你是男人，是不能打女人的，这时候就要靠我了。”

陆唯很感动地抱抱她：“谢谢你，我亲爱的女保镖，不过梁菲菲在读大学的时候就已经是跆拳道黑带了，尽量动口不动手，OK？”

“动手？开什么玩笑！”夏蓁蓁指了指自己的头，“我 168 的智商就是为了不跟别人动手的。”

Chapter 11 贵圈真乱

谈判约在南乐家的一个高档茶楼里，开了个幽静的雅间，梁菲菲踩着钟点赴约，暗红的修身套装，烈焰红唇，气场全开。

服务员上了茶水，就识趣地掩门退出。

梁菲菲环顾四周，似笑非笑："南乐家的茶楼吧，这么忌惮我？屏风后面有没有埋伏刀斧手啊？"

夏蓁蓁被气笑了："你暗箭伤人在前，还说我们要埋伏你？"

梁菲菲不理她，拿出手机晃了晃："陆唯，你要作死我管不着，但是你拉别人下水是几个意思？"

陆唯面色平淡："这个音频是怎么得来的？"

梁菲菲挑挑眉："你为什么不去问你谈话的对象？"

陆唯转了下手中的茶杯，平和的语气中带着毋庸置疑："没有这个人，我以我的人格担保，我没有说过这句话，更没有做过这种事情。"

梁菲菲眯了下眼睛，随即拍了拍手："奥斯卡水准啊，佩服佩服，你继续演。"

夏蓁蓁反问："梁律师，你又是凭什么认为这个音频就一定是真的呢？"

梁菲菲从公文包里面取出一张纸，扔在桌上。

陆唯拿起纸张，夏蓁蓁也凑了过来——纸上打印着一张电脑界面截图，软件窗口上方密密麻麻的，都是像心电图一样的波纹，却又密集复杂得多，界面右侧显示比对结果：相似率 92.23%。

"这是用专业的声纹鉴定分析系统做的比对，你的声纹跟录音的声纹，相似率 92.23%，你作何解释？"梁菲菲面色不善。

陆唯表情凝重："我没有接到任何鉴定机构的采样通知，比对样本没有经过我本人或者公检机关的确认，这个鉴定结果是无效的。"

梁菲菲勾了勾嘴角，眼神嘲讽："陆大律师！你还想自己去取样？你动动脑子好不好？如果已经到了公检机关介入，'请'你去取样的地步，你还能气定神闲地坐在这里跟我甩脸子？你应该感谢秦建章——我的委托人，是他一力担保，要求先给你一个自证清白的机会，才让我上赶着来'求'你们重视这件事情。"

陆唯略显惊讶地扬起眉："你是秦法官的代理律师？"

梁菲菲点头："没错，拜你所赐，他现在处于非常危险的境地。这件事东窗事发，你无非就是做不了律师，朋友们帮个忙换个行业，未必不能混下去。但是我的当事人秦建章，因为他身份、背景和所处位置的特殊性，不但他自己身败名裂，一辈子不得翻身，他的师长、同事、合作伙伴、亲友……全都会或多或少受到牵连，可能全市相关的机关、机构要经历一场很大的动荡，而一切的导火线，就是你前天的一场所谓大获全胜的官司。"

陆唯一直以来的不安终于落实，其实最可怕的不是面对强敌，而是不知道对方想干什么，己方根本无法防守和反攻，简直是束手无策。现在对方的目的终于露出了冰山一角，可以说是一件好事。

夏蓁蓁的脸皱成一团："正元的律师都这么厉害吗？操控官司，制造伪证，过分了吧。"

陆唯被她提醒，继续问道："既然从故意输掉德勤的官司起，就是正元在幕后策划指挥，针对秦法官，那么梁律师既是正元的人又为秦法官做代理人，我实在是看不懂你的立场。"

梁菲菲嗤笑一声："正元算什么，被人养着的一只狗罢了，玩弄法律，奴颜婢骨，也不过是为了别人吃剩下的骨头。我梁菲菲再不济，也不用看他们的脸色做人做事。"

夏蓁蓁又被他们这个行业震惊了一下："那你还一直待在正元，是无间道吗？"

梁菲菲端起精美的盖碗，品了一口茶水："你们跑题了，继续谈录音的事。"

陆唯迅速理了一下思路，镇定下来："这个伪证的危害程度，于公来说，既然幕后主使人已经有正元这么趁手的刀，我即便投靠他们，也没有多大的前景和好处，反而对我个人的声誉和云天事务所的职业前途都是灭顶之灾；于私来说，秦法官是我的同校师兄，我们私交不错，他还是天平律师顾问团的特邀顾问，莫说我们有共同的观点：公平、正义和独立，退一万步说，即使要站队，我也应该选择更熟悉而且年轻有为的秦法官不是吗？我又何必为一点蝇头小利，做自毁长城的事情呢？"

梁菲菲慵懒地靠在椅背上，不置可否。

陆唯继续说："如果梁律师默认我们双方的合作，我希望我们能够开诚布公地谈一谈。首先，我要弄清楚这个录音的来源。这段录音应该是从一段很长的、足以置我和秦法官于死地的对话中截取出来的，我要求共享全本，这样才能找到突破点，以证清白。"

梁菲菲这才开口："没有全本。"

陆唯皱起眉头："我不明白你的意思。"

梁菲菲把玩着茶桌上精致的小摆件，说道："只是这个八秒的音频，就已经大费周章了。"

陆唯试探地问："难道这个音频……是用非常规的手段得来的？"

梁菲菲叹了口气："现在市中院有个非常重要的位置，秦建章是最有能力的竞争者之一，有人就急了，要在这个当口让秦建章出事，哪怕是一口黑锅，也是个很大的污点。"

正如陆唯所言，秦建章年轻有为，不但有身份背景，自身能力和作风也是很过硬的，是国家重点栽培人才。尤其他十分积极地推动知识产权领域的普法和诉讼，成绩在业界首屈一指，正符合当下重视知识产权的国策，更是妥妥的加分项。

针对秦建章的优势，对手设计了德勤和小公司的知识产权案子来做突破口，也是非常有策略的。

你秦建章不是自诩重视知识产权，公平正义吗？那我就先让你风风光光做一个为民请命、扶弱斗强的英雄。

一边是一个处于绝对弱势的小创业公司，一边是个上市集团公司的下属企业，小公司的完胜，固然能引起底层吃瓜群众的狂欢，却也会因为正元故意示弱的破绽而引起业界的怀疑。

而樊鸣那边，通过方叔的私下调查，发现小公司根本没有跟德勤闹翻。出庭当晚，作为被告方并输了官司的于总，还在私人会所悄悄宴请原告方大男孩，所谓闹崩离开的合伙人也赫然在座，连同被告律师姜国，把酒言欢。

跟这边的线索一联系起来，陆唯都可以勾勒出他们下一步的打算：德勤这个"受害方"提出对案件有异议，申请上诉，小公司再"良心发现"，"自首"甚至"举报"，抛出秦法官授意陆唯"威胁收买”他们，“隐瞒证据，胜诉套取赔偿”的录音证据，陆唯势必被打个措手不及，陷入漫长的调查取证和诉讼中。

而秦法官更惨，会因此事停职接受调查，晋升失败还是小事，最怕被舆论渲染为勾结律师、操纵小企业、敲诈大公司的惯犯，多米诺骨牌一倒，以前所有的成绩和声望全部要被质疑。要知道英雄就是“双刃剑”，你在老百姓嘴上多么口碑载道，等你跌下神坛的时候就会有多惨。

而且民众还有天然的仇富和质疑权贵心理，谁弱就同情谁，信任和口碑坍塌容易，重建却难于上青天，就算是黑锅，也会被锅灰抹得一生黑。

因此，这次陷害必须及时应对，压根儿不能给伪证兴风作浪的机会。

而梁菲菲能够拿到这段音频，不能不说是冥冥中的运气。

那个负责端茶倒水、接待来访者的实习小妹，是梁菲菲的小表妹，不过是以梁菲菲同校师妹的名义进正元实习的，没有人知道她们之间真正的关系。

正元是老资历的律师事务所，不管是团队管理，还是工作方式，无形中都还延续着老一代律师事务所的作风，如论资排辈、重男轻女。

梁菲菲当年高薪被挖过来，高兴劲儿还没过，就发现自己掉坑里了。正元不是看中她的专业水平和工作能力、潜力，而是看中她“律政俏佳人”的“俏佳人”招牌，要弄一个美女来做高级公关，至于律师本职工作，有那么多嗷嗷待哺的男人呢，哪里能轮得到一个女人在前面表现？

当然，以梁菲菲的家世、头脑和跆拳道黑带的武力值，她拒绝潜规则的结果也只是被半雪藏，律所时不时还是丢一两个小案子给她。梁菲菲可不是坐冷板凳的主儿，乘着这份儿清闲，正好进修啊，把商务诉讼涉及的各种专业修了个遍，专业水平什么的都噌噌噌往上飙，光凭履历都碾压 90% 的同事，要是再给她展示的机会，老资历律师们的脸都要被她踩在地板上摩擦了。

是故现在正元对她这个烫手山芋也是无可奈何，让她滚蛋吧，舍不得她漂亮的形象和履历给事务所带来的荣耀和客户，更怕便宜了对手；放着吧，不敢用，也不甘心屈于她之下，好在她好像也有顾虑，觉得自己在正元的时间和办理的案件严重不成比例，一直在主动申请代理案件，暂时没有离开的意思。正元自以为抓住了她的软肋，更加吝啬手上的资源，挤牙膏一样一点点施舍着，双方也就这么矛盾而微妙地拉锯相处着。

所以梁菲菲没有让小表妹透露亲戚关系，怕有同事因此给她小鞋穿，是以她是通过正常实习申请渠道考进来的。

没干几天，小表妹就哭丧了脸——这也太欺负新人了，尤其是女生。男实习生做牛做马之后还有跟着学习的机会，女生呢，都是当打杂小妹和花瓶对待。刚出校门的小姑娘，莫说职场里面弯弯绕绕的规矩，就是办公耗材、设备的使用操作也是陌生的，动辄得咎，时不时还要被言语轻薄一下。真不愧是律师，调戏人也非常高明，小表妹翻遍了课本，也没办法证明他们的话是骚扰，但是心灵受到的侮辱和打击却是深深的。午饭时间，四下无人，她才偷跑到表姐的办公室哭诉了一场。梁菲菲安慰了小表妹几句，正好有事要出去，就让小表妹在办公室里面锁上门睡会儿，平复平复情绪，等她回来再说。

小表妹正似睡非睡间，有人敲门，吓得她瞌睡都没了，怕被发现，蜷缩在沙发上，大气都不敢出。

接着她听到隔壁的金牌律师说："梁菲菲出去了，不在她办公室，外面也没人，您放心吧。"

然后是个有些苍老的声音，跟在台上表演一样，抑扬顿挫、郑重其事地道：“就在外面说，可以随时注意周围的动静。我就是顺便过来看看，你那个诉状写得怎么样了？”

金牌律师语气得意：“放心吧，所长，我手上的证据马上就好了，只等他们的官司一打完，证据链就齐全了。”

但老者还是不放心：“有把握吗？做的水平怎么样？”

金牌律师说：“他们给我发了一段样品，您听听？”

小表妹小心翼翼地将耳朵贴在冰冷的磨砂玻璃隔断上，模模糊糊地听到了那八秒令她颠覆人生观的语音。

老者“嗯”了一声表示肯定，但还是说：“我听着倒是挺像的，能通过声像鉴定吗？”

金牌律师说：“没问题。那些人以前就是专门搞鉴定的，知道怎么对付鉴定设备。机器是死的，人是活的嘛。”

……

何止是小表妹，夏蓁蓁的三观又被刷新了一遍，难怪陆唯那么成熟干练，敢情是在这种复杂危险的环境里面磨炼出来的呀！

这么一对比，自己的工作环境还真是小清新得不像话，夏蓁蓁鄙视了一下自己身在福中不知福，再想想陆唯，厮杀之余，还要随叫随到，陪她折腾，陪她风花雪月，还真是绝世好男友。

陆唯倒是无暇注意她的歉疚眼神，皱眉说道：“所以，我们现在只有这一小段样品？”

梁菲菲点头：“我找人黑了他的社交软件，只从微信上弄到这八秒的样品。从他们的聊天记录看，成品全本是当面验货，一手交钱一手交货的。现在私家侦探还在调查他那几天的动向，看能不能调查出来音频制作人。”

开始，梁菲菲还不敢置信，只是听到事情跟秦建章相关，下意识觉得不妙，就暗地开始调查。直到德勤和小公司的案子结果出来，加上夏蓁蓁到正元的一场大闹，她才最终确定手上证据的重要性。

陆唯的手指敲击着座位扶手：“只怕是很难。他们提到制作音频的人就是专门的鉴定机构从业人员，一定具备基本的反侦查手段。”

夏蓁蓁思考了一下，提出自己的建议：“他会用什么东西存储这么一段音频呢？手机太明显，一个 U 盘？笔记本电脑？要不要我帮你们黑他所有的电子设备？”

梁菲菲一挑精致的眉毛：“可以啊陆大律师，身边人才济济呀，先谢了啊！不过我已经请人逐个查看过他的电子设备，没有发现，应该是藏起来了。”

陆唯伸手握了一下夏蓁蓁的手，继续对梁菲菲说：“现在我们唯一的优势，就是他们没有觉察我们已经掌握了线索，还在一步步实施他们预定的计划。我们必须先拖住德勤，阻止那边上诉，同时以最快的速度证明音频是造假的，让他们知道他们手上的证据链已经毫无价值，这样或许能阻止伪证出现。”

梁菲菲点头分析：“当事人不服一审判决，可以自收到判决书之日起十五日内提起上诉，可以向原审法院提出上诉，也可以向上级法院提出上诉。向上级法院提出上诉，二审法院会把上诉状传回原审法院，然后原审法院将卷宗材料交到二审法院，这样时间相对要久一点。如果是正常诉求，一般会先向原审法院上诉，被驳回后再找上级法院，但是他们会担心秦建章发现破绽，然后受理此上诉。所以我估计他们会直接上诉到上级法院，把事情从上而下捅出来，配合举报等方式迅速扩散影响，要是再在网上曝光一下，那时候就真正无可挽回了。”

陆唯坐不住了，起身说道：“德勤那边我去想办法拖一拖，你和秦法官要严密注意法院那边的动向，不要让这件事提前爆出来。”

梁菲菲点头，等陆唯和夏蓁蓁快走到门口时，她忽然说：“如果这次危机能够成功处理，我要做云天的第一合伙人。”

陆唯转身说：“如果失败了呢？”

梁菲菲一脸无所谓：“我带上你的女朋友，去监狱里给秦建章和你送饭呗。”

陆唯勾唇笑了笑：“做合伙人可以，但是要遵循云天的规则和考核制度。我只能承诺给你公平的资源和晋升渠道，以后能不能第一，全看你自己。”

梁菲菲露出今天进门以来第一个真诚的微笑，犹如春暖花开，十分迷人：“合作愉快！”

走出茶楼，陆唯给刘助理打了一通电话，然后郑重其事地对夏蓁蓁说：“我现在马上去找樊鸣，刘助理会开车带你去找几家信得过的鉴定机构进行咨询。这件事，知道的人越少越好，所以我只能交给你了，明白吗？”

夏蓁蓁抱了抱他：“我知道，我永远站在你这边！”

陆唯先开车走了，之后刘助理开车来接夏蓁蓁，规划了路线，一家家拜访。

坐在车上，夏蓁蓁拿出笔记本电脑，把八秒的语音又剪辑了一下，只保留后面半截“反正答应给你们的那一份不会少的……”。没办法，前面的话信息量太大，根本不能被外人听到。

然后她又让陆唯找个安静的地方，把这句话说一遍，发语音给她，作为比对样本。

他们连跑了三家，可比对结果都是声纹相似度达 90% 以上。

人的发声具有特定性和稳定性。从理论上讲，它同指纹一样具有身份识别的作用。虽然由于技术和经验的问题，暂时不能说完全达到了指纹那样的精确程度，但声纹鉴定已经成为世界公认的一种人身识别的科学方法，是被越来越多的国家认可为法庭科学的一项新技术。

正规的鉴定公司一般都配备进口的语图仪和声纹鉴定软件，有些规模比较大的公司，配备的仪器和人员甚至比政府的还要专业。执法机关有了棘手的情况，还会委托他们进行进一步的鉴定。

如果这些有资质的鉴定机构都是这么个口径，那怎么能证明陆唯的清白呢？

始终没有得到自己想要的答案的夏蓁蓁心急如焚：“分明就是造假的，可怎么没有一家能鉴定出来？这不科学！”

刘助理虽然不清楚详细的内情，却也从陆唯和夏蓁蓁的表现中觉察到事情的严重性，他想了想，说道：“夏小姐，我觉得我们没必要再去做鉴定了。我注意了他们几家的语图仪，是国外同一个厂家的，又怎么会鉴定出不一样的结果来。”

夏蓁蓁抓了抓自己的长发：“人耳朵都能听出不自然，为什么机器鉴定不出来异常呢？”她忽然想起来梁菲菲小表妹听到的“那些人以前就是专门搞鉴定的，知道怎么对付鉴定设备”，深深的无力感席卷全身。她连忙甩甩头，挺起后背——不能泄气，现在陆唯可是站在悬崖边上了，必须努力努力再努力。

“有人说过，机器是死的，人是活的，我就不信这个邪了，有人能做出来，却没有人能分辨出来？”刘助理一边开车一边说，“既然做音频的是高手，我们也别费劲去找那些只知道依靠机器分析音频的普通鉴定人员了，有这工夫不如找个高手，比如高级录音师什么的，估计能有个很好的结果……”

夏蓁蓁一直在思考着解决办法，刘助理的话并没有认真听，然而就在她思考的期间，一个词突然钻进了她的耳朵里，她立刻坐直了身子：“你刚才说什么？”

刘助理一愣：“我说……估计能有个很好的结果……”

“不是这句，上一句。”

“找个高手……”

“找个高手的下一句。”

刘助理挠了挠后脑勺：“高级录音师？”

“对！就是这个！”仿佛醍醐灌顶一般，夏蓁蓁差点儿跳起来，抄起手机打给陈纽约，“先别问我请假的事，生死存亡，十万火急，你快帮我打听一下，以前我们学校信息工程系那个传奇人物，就是外号‘谢耳朵’的那个，听力逆天，痴迷音乐，上到大三，申请休学跑到音乐学院进修的那个师兄……对对对，就是他……问到了？他现在做录音和影视后期？太好了太好了，怎么联系他……嗯嗯，只知道工作单位也行，我去打听……好，大恩不言谢，回见！”

迅速挂了电话，夏蓁蓁还不忘问刘助理：“如果是录音师出的鉴定结果，有法律效力吗？”

刘助理斟酌了一番，回答：“如果是取得国家职业资格认证的录音师，是可以对音频中的异常进行鉴定的，比如真实性、完整性，是否经过剪辑和加工……”

夏蓁蓁一听，兴奋地说：“刘助理，快，掉头，去大秦娱乐。对了，娱乐圈你有没有熟人啊？”

刘助理笑了：“夏小姐您忘了？南乐小姐的父亲就是大秦娱乐的股东之一啊。”

是啊，城市说大也大，说小也小，尤其是顶级的圈子，左右是那几个大佬在把持了。

夏蓁蓁又一通电话把南乐拉了出来，没道理她和陆唯忙得火烧眉毛，这家伙还能躲清闲。事实上，南乐也躲不了，毕竟她婆家樊氏已经被卷进来了。

夏蓁蓁跟南乐会合时，陆唯跟樊鸣谈完也过来了，跟刘助理交代一番，刘助理匆匆赶去处理别的事情了。

“樊鸣那边怎么说？”

“找他爸去了，希望能说服樊董。”

南乐想想自家老爷子那个倨傲样儿，默默地给老公点了一根蜡。

娱乐公司门口，照例是各种粉丝和娱记在蹲守。好在有南乐，三人避开人群，乘高层专用电梯直奔后期制作部门。

然而他们却被告知，“谢耳朵”上个月已经被炒鱿鱼了。

南乐有自己的关系网，上下跑了几趟，叔叔阿姨、姐姐妹妹地拜访了一圈，带着一肚子八卦和一张写着电话、地址的条子回来了，甚至还有一堆当红明星的签名照，全塞给了夏蓁蓁：“拿着吧，万一你那个师兄是哪个当红炸子鸡的粉丝，这个比钱都好使。”

车子在晚高峰中蠕动着，艰难地往郊区行进，红灯一片，他们全靠南乐的八卦来消磨时间了。

她拈出一张女星签名玉照递给陆唯：“看看她，眼熟不？”

陆唯不大注意娱乐节目和新闻，扫了一眼便收回视线：“不认识。”

夏蓁蓁接在手里“啧啧”了两声：“太 low 了，她都不认识，红了好几年的小花了，我经手的一个游戏里有个游戏人物就是按照她的外形设计的，是投资方特别要求的呢，听说还想找她代言，但她没瞧上。”

南乐大笑：“看得上就怪了！她手上资源多了去了，你的那个师兄‘谢耳朵’就是因为她被炒掉的。”

夏蓁蓁脑补了一大段狗血剧情：“难道谢师兄也是她的脑残粉？利用职务之便，纠缠得太紧，被炒掉了？”

南乐戳了她一下：“离开电脑，你的脑子就不好使了。娱乐公司的工作人员，才是最不会追星的人群呢。追星无非是追求现实中难以实现的完美和神秘感，但是娱乐圈的工作人员近水楼台啊，明星私下的一举一动，放屁、磨牙、吵架、发脾气，他们都看着忍着；一个完美镜头后面无数的NG，都是他们拍摄剪辑的；明星脸上的每一个痘痘、腰上的每一块赘肉，都是他们放大然后P掉的……不幻灭才怪呢。”

夏蓁蓁绷了好久的神经难得暂时放松一下，跟着调侃：“那就是幻灭了，所以不干了？”

南乐看她实在没有娱乐细胞，只好放大料：“哪儿啊！‘谢耳朵’是不愿意给她的歌做后期了。她的歌，你们听过没？《爱的冥想》《五月清风》……”

陆唯和夏蓁蓁的黑人问号脸，十分有夫妻相。

南乐生无可恋地长叹一声：“算了，不知道就不知道吧，你们只要知道她都是假唱就行了，反正你们又不会去听她的演唱会。‘谢耳朵’本来是大秦的王牌录音师和音频后期制作人，这个明星所有的金曲都是他一手包办。怎么说呢，你就算是个天生的五音不全公鸭嗓，经了‘谢耳朵’的手，也能调整剪辑出入围格莱美的效果。最牛的是，他还能保持原唱嗓音的特点，让你前面说话和后面假唱的声音无缝衔接。”

夏蓁蓁和陆唯交换了一个眼神，有戏！

“那为什么大秦娱乐还把他炒掉呢？”

南乐扬了扬手上的玉照：“人红耍大牌，最近一次实在唱得太敷衍、太离谱，逼死后期的节奏，‘谢耳朵’忍无可忍，跟她从录音室一路吵到总监办公室，第二天就被找了个错处炒掉了。”

陆唯职业病犯了：“这是违反劳动法的。”

南乐笑了笑：“娱乐业的律师早研究透了，员工入职签的合同处处是陷阱，要不是有人说情，还要追究‘谢耳朵’的违约金呢！”

夏蓁蓁直叹可惜：“那个小花不过一张脸，也没多突出的演技，技术天才却是可遇不可求，大秦娱乐的高层也真舍得。”

南乐撇撇嘴：“他们部门总监肯定舍不得，无奈当红小花把枕边风吹到了大老板那里，胳膊拧不过大腿。而且他们早就安插了一个助手在偷学‘谢耳朵’的技术，现在勉强可以接手了，短期内不成问题，至于以后……说不定这朵小花就失宠了，不用捧了。娱乐圈更新换代那么快，谁还会记得她的歌。”

夏蓁蓁忍不住感叹——贵圈真乱啊。

找到“谢耳朵”租住的那个郊区老工业区时，已经是暮色苍茫了。坑坑洼洼的老水泥路从一片二十世纪七八十年代风格的厂区中穿过，高大的车间废弃多年，颓败斑驳，玻璃破烂，家属楼也只剩零星几点灯光。处处杂草横生，垃圾成堆，仿佛被时代遗弃的一大摊破烂。

打了几个电话，最后还是经一个收废品老头的指点，他们才找到那个“玩音乐的娃娃们租住的旧仓库”。夏蓁蓁和南乐看看周围的环境，都可以用来演《生化危机》了，不由得紧紧跟住陆唯。

他们敲了好半天大门，才听到“吱呀”一声，侧面一扇小门打开了，灯光照亮了一对年轻男女的笑容：“过来啦？还以为要去路口接你们呢。”

夏蓁蓁听出男子的声音，连忙上前自我介绍：“我就是刚打电话的夏蓁蓁，谢师兄你好！”

男子直接说：“叫我谢聪，别提‘谢耳朵’！这是我老婆阿茵。”

大家自我介绍一番，说明了来意，本来还以为要费些气力解释和说服他们，没想到谢聪非常爽快地就答应了：“太谢谢学妹了，我被大秦给封杀了，再接不到活儿，都没米下锅了。”

屋里十分空旷，还是旧仓库的老格局，生活区域简单用隔板隔开了，四下收拾得倒也井井有条。空地上放着各种乐器，看墙上的合影，他们组建了一支乐队。玩音乐就是烧钱，他们没有积蓄倒也不奇怪。

阿茵话不多，面带微笑，手脚麻利地收起还没吃完的泡面，换上茶水。她长得不算漂亮，胜在气质恬静高雅，给人一种很舒服的感觉。

陆唯先拿出保密协议，谢聪和阿茵仔细看了一遍，问了几个疑点，这才签了字："不是信不过你们，实在是上次被坑惨了。"

夏蓁蓁这才拿出音频准备播放，谢聪瞥了一眼音频的格式，说："这里隔音效果不行，去我的工作间吧。"

仓库以前的办公室被他们改成了录音间，进门之后，大家有种时空穿越了五十多年的感觉。这里跟外面的乐队工作室和工厂废墟简直就是两个世界！完全媲美大秦娱乐那种大公司的专业录音间！

连富二代南乐的表情都呆滞了一下："这都是你自己添置的？"

谢聪到了自己最骄傲的地盘，两眼闪闪发光，得意地说："一大半是我投资的，也有乐队凑起来的，我们这儿是第一流的录音和后期制作工作室哦！"

阿茵也是满脸发光，笑眯眯地帮他打开各种设备。

音频用专业设备播放出来，夏蓁蓁感觉每个字都在闪着金光。看谢聪手脚如风地摆弄着各种开关旋钮，她忍不住轻声问："谢学长，您觉得这段音频是后期制作过的吗？"

谢聪看了她一眼："这明显是拼凑制作出来的，你们听不出来？"

夏蓁蓁用力点头："是啊是啊，我们都觉得有点不自然，但是别处的机器都鉴定声纹是陆唯的，我们也很无奈啊。"

谢聪笑着说："那是因为你们的鉴定方向错了。这个音频简单说呢，就像从一个笔记本上抠下一个一个字，再凑成一句话，虽然书写的连贯性被破坏了，这句话也不是他本人要表达的意思，但是每一个字确实都是他本人的笔迹。同理，这个音频里面的每个字都是他自己的声音，你们做声纹鉴定，得出相似度很高的结论也没错啊。”

夏蓁蓁继续点头：“更诡异的是，他们也没有鉴定出音频的完整性有问题。”

谢聪也表示认可：“这个制作人很高明，他是造假完毕以后，又模拟偷拍的环境，重新录了一遍，用偷拍的不清晰来模糊剪辑的痕迹，而且造假的片段应该都做了降噪处理，去掉背景声，这就更难分辨了。”

专业的东西夏蓁蓁是听不懂，但是看他自信满满的模样，她的心中生出希望：“谢师兄既然能看出来，那也能鉴定出来吗？”

谢聪点头：“有我的耳朵在，应该是没问题的。不过我缺少声纹鉴定专用的语图仪和鉴定系统，你们最好能提供……嗯，我的建议是跟专业的鉴定机构合作，请他们提供我需要的仪器设备，同时请他们监控鉴定全过程，报告也由他们机构来出，这样更有权威性，方便你们做证据。”

陆唯深以为然：“这个我来解决。”便出门打电话去了。

南乐忽然插了句话：“谢师兄在声像鉴定方面也很内行呀？”

谢聪摇摇头：“以前不懂的，但是半年前带过一个助手，其实就是进修学徒啦，他做过声像鉴定，很内行。我们互相学习了很多，要不然你这个活儿我还真没把握接下来。师妹，你男朋友是律师，有这样的工作多介绍呀。说真的，大秦再封杀下去，我都打算先去搞声像鉴定，总不能两个人都失业等死吧？等风声过了再杀回来做我的工作室。”

夏蓁蓁顺口问：“阿茵嫂子之前在哪里高就？看我们能不能一起帮她留心合适的工作。”

谢聪和阿茵相视一笑：“阿茵以前是给明星做声替的，就是遇到突发情况，比如见面会或者现场活动，粉丝忽然请明星即兴演唱几句，没法用事先录好的歌，也没法同步给他美化声音，这时候就由声替临时移花接木，模仿明星的嗓音混过去。”

说到这儿，谢聪不禁有些心疼地摸了摸阿茵的发顶：“可惜了我老婆的好嗓子。你们不知道，我老婆是音乐学院科班出身，会演奏、会谱曲，演唱就更不用说了。我们俩去大秦，就是想找机会给我老婆出唱片，可是大秦太过分，做声替也就罢了，只是当兼职‘枪手’，但是他们居然要阿茵给另一个歌手代唱。笑话，那个唱功平平的丫头用了我老婆的嗓音，我老婆以后还怎么出唱片？欺人太甚！大秦这次炒掉我，也是记恨我们不同意代唱吧。”

夏蓁蓁斜睨了南乐一眼，南乐没有急于承诺什么，若无其事地跟谢聪和阿茵聊娱乐圈里面的八卦，倒也其乐融融。

陆唯回来说明天可以搞定，当下就请谢聪两口子一起出去吃饭，预祝合作愉快。

Chapter 12 你敢质疑我们Q大计算机系高才生的能力?

等他们吃完饭，送谢聪两口子回去，再转回市区，都快到午夜了。

南乐哀号：“我的美容觉啊……”

夏蓁蓁鄙视她：“以前熬夜追剧打游戏的时候也不见你这么上心。”

南乐一边按摩脸蛋一边说：“你也去大秦实习几天，就知道女人的美貌多么多么重要又多么多么脆弱了。”

夏蓁蓁忽然想起什么：“是哦，大学的时候你心血来潮，隐瞒身份去大秦实习，那个不长眼调戏你的高管是哪个？不会就是炒掉谢师兄的什么大老板吧？”

时隔多年，南乐还是气不平：“娱乐圈色坯多，但是公然无耻到他那个地步的也是奇葩了。董事会看不惯他的人多了去了，无奈他跟主管部门的负责人有亲戚关系，办什么节目审批啊，内容审查啊，确实有优势，而且明面上他是股东，其实都是主管领导的股份，我爸他们也只能忍着恶心让他做总经理咯。不过董事会也防了他一手，这几年也逐渐扶持了另外几家，被他整走的人才，有些就安置在分公司，惹不起躲得起呗，万一哪天大秦被他带累了，就迅速转移资源，也能损失最小化。”

夏蓁蓁乐了：“你不早说，现成的两个人才，赶紧搜罗起来吧。”

南乐捏了捏她的耳朵：“你看你这急性子，大秦刚刚封杀的人，我要明晃晃地启用，就是跟他们对着干。他们是拿我跟我爸没法子，但是多的是办法对付谢师兄和阿茵姐，人才变成炮灰就可惜了，我会帮他们先蛰伏一阵子。放心啦，入了我的眼，不可能流失掉的！”

夏蓁蓁跟她打闹一会儿，想起来问陆唯：“樊鸣那边谈得怎样了？”

陆唯平稳地开着车：“樊鸣把我的电话挂了，可能正在谈判，等他有了结果，会联系我们的。”

南乐幸灾乐祸：“但愿他能从老爷子的炮火中全身而退。”

樊鸣很郁闷，他回家见老爸，还要预约！

老管家尴尬地转述：“樊总说，樊经理您无事不登三宝殿，肯定不是回来尽孝心、叙天伦的。樊总晚上也很忙，很多公务要处理，不能即刻见您，那就公事公办，请您先到助理那里预约，排队。”

樊鸣急得像热锅上的蚂蚁，再三央求，老管家跟助理都不敢帮他插队，最后，他心一横，直接拨拉开他们，闯进了老樊的书房。

那个管家口中的“晚上很忙，有很多公务要处理”的老樊戴着手套，正专心致志地擦拭他心爱的古董青铜器。

“爸，我有很重要的事情！”

老樊挥挥手，老管家跟助理如蒙大赦地退了出去，关好门。

“哦，重要的事情，公事私事？”

"公事！"

"公私分明，汇报公事要有跟上级汇报的态度。"

樊鸣哭笑不得，规规矩矩站好，叫了一声："樊总……"

老樊眼皮抬也不抬一下："不接受越级汇报，你出去吧。"

樊鸣无奈："您玩儿够了没有？德勤都要被卷入灭顶之灾了，您知道吗？"

老樊斜睨他一眼："你管好你那摊子事儿就完了，管别家公司的闲事做什么？越级还越规，德勤的事情我心里有数，你回去吧。"

樊鸣急促地说："您有什么数？德勤被人利用，要用假证去诬告法官您知道吗？被诬告的法官背后是谁您知道吗？"

老樊慢条斯理地放下青铜器，收好，锁好，摘下手套，拿起茶杯抿了一口："怎么，还有我不知道的情况啊？老方说你在打听德勤输官司的事儿，你从你那个律师朋友那里得到猛料了？"

樊鸣连忙接着说："爸，我想先请教您，为什么董事会同意德勤输掉官司，还答应天价赔偿？"

老樊走到书柜边，指着一幅字画说："你先来看看，这幅画怎么样？能值多少钱？"

樊鸣也只能耐着性子走过去看了看："是青江大师的作品，不过是早期的，技法还不成熟，顶多值个几十万元吧。"

老樊笑了："几十万元，你想得美！去年我拍这幅画，花了两千万元！"

樊鸣失笑："怎么可能，价格比青江大师巅峰时期的名作还高，您是老收藏家了，难道这幅作品有什么特别的意义和价值？不会是哄炒吧？"

老樊说："就艺术和历史价值而言，它就值三十多万元，但是它的前任主人赋予了它百倍的身价。"他用手指在桌面上画了一个姓名。

樊鸣吃了一惊："是他？去年那个项目他没有批给樊氏，您花高价拍他的画干什么？难道又有新项目了吗？"

老樊苦笑道："你还是太嫩了，就一幅画而已，人家就给你项目？做梦，买这幅画只是递个名片而已。你一直怪我没有签你朋友的事务所，我跟你说，正元是上头推荐的，你还不肯信！这次正元的所长亲自来跟我说，小公司是这位大人物的表外甥创业玩玩的，你说这个官司我们能不能赢？钱要不要赔？"

樊鸣也愣住了，小创业公司有这么大的背景？不可能啊……他皱眉问道："要扶持一家小公司，多的是合作注资的办法，为什么要打官司赔钱呢？太生硬了呀。"

老樊理了理画轴："蠢材！能够直接合作送钱，我巴巴地跑到纽约苏富比去拍这幅画做什么？避嫌，避嫌！翻脸打官司赔钱天经地义，谁会怀疑我们是送钱给他呢？"

樊鸣眉头皱得死紧："理论上说，这没错，但是如果小公司的创业人根本不是领导的亲戚，而这个官司又打得破绽百出呢？"

他是有备而来的，开庭前通过方叔察觉了小公司不对劲，陆唯马上就找人把小公司查了个底朝天。公司就那几个人，每个人的履历都清清楚楚。

"小公司一共只有七个人，以前都是同校或同班同学的关系，家境都不太好，其中四个人是比较远的外省人，基本可以排除，还有两个人跟大人物同省不同市，也没有任何社会关系，只有一个人的籍贯是那位大人物的老家，却是隔了几百里的小山村，上大学的钱还是全村凑的，这又可以排除了。而且这些人为了筹备开公司，从大二开始，各自打零工凑钱，还不停地跟学校和当地经管部门申请创业资金，但是到目前为止，除了这次打官司，是正元帮他们操作了一个法律援助小微企业的名额，他们从来没有收到过任何的帮助和资金注入，办公室房租都拖欠半年了……您还觉得这是大人物的表外甥开的公司吗？”

樊鸣又把官司输得很刻意的情况讲了一番，这才抛出重磅炸弹：正元要借德勤和小公司之手，诬告陆唯和秦法官，搞黄秦法官的晋升。

“爸，他们这是把德勤当枪使啊！伪造证据是什么罪，诬告国家执法人员是什么罪，正元做律师的不知道吗？他们却冒天下之大不韪做了。虽然从头到尾都是他们策划，他们指示，但是在诉讼书和证据上签字盖章的是德勤，是这个小公司，他们只是代理律师而已啊！这件事若是成了，在大人物面前他们比您熟，邀功的是他们；一旦失败，他们自有办法择得干干净净，让德勤甚至是樊氏集团来承担秦法官阵营的怒火。总而言之，成与不成，您都将彻底得罪公检法部门，而且您表面上还跟那位大人物撇得干干净净的，樊氏出事，他根本不会管我们的死活！”说到这儿，樊鸣的表情多了几分子女对老人的担忧，“上次抢走樊氏项目的那家公司，才是真正有大人物做靠山的公司，人家或许正等着这件事整垮了樊氏，好接手我们的生意和市场份额呢！这可是一箭双雕的好事啊。”

樊鸣是自己的儿子，老樊对他了解得底朝天。因为想证明自己，樊鸣才没有继承家业，自己出去单独开公司。虽然身为父亲，他明里暗里都帮衬过不少，但是樊鸣一直努力地走自己的路，不掺和自己的公司。而今天，儿子能这样跟老子认真分析一件隐藏在背后的事情，让他突然觉得儿子真的长大了。

无所谓的神色慢慢多了几分欣慰和凝重，但仍带着“老江湖”的谨慎和怀疑态度：“我要调查看看。”

樊鸣急得直跳脚：“没有时间了。我们从正元那边得到消息，德勤和小公司的官司还没开始打，正元的金牌律师就开始准备告秦法官的诉状了，现在只需要把打官司的情况和伪证往证据链里面一放，随时报案、起诉，等您调查完，说不定官司已经满城风雨了。无论如何，先阻止德勤上诉，然后随便您调查。如果是我冤枉了德勤和正元，我那小公司所有的收入都可以用来补这件事的损失，然后您把我下放到新疆、内蒙古随便什么地方的分公司去，从基层做起，德勤再继续打他的官司，耽搁一两天也没有误了上诉期限，这样您看行吗？”

老樊恶趣味地欣赏了一番儿子的抓狂模样，这才叫助理进来，让他通知老方立刻过来开会。

然后，他亲自拿出手机拨号，电话一通，只说了一句“斗地主三缺一，赶紧滚过来！”就挂掉了。

樊鸣离得近，看到通话人是“吴老不死”，顿时一阵眩晕。

老樊得意地看着他：“咋了，一副吃了屎的表情？你认为我该打给谁？”

樊鸣干笑了一声：“姜还是老的辣，我一直以为您跟孟叔叔关系更好些。”

老樊扶额：“幼稚，幼稚。我刚刚稍微欣慰了一点儿，你就原形毕露，还是这么没长进。表面能当真吗？你也动动你的猪脑子。我，老吴，两大股东，如果真的在明争暗斗，樊氏还能保持平稳吗？你就算仔细研究一下我怎么用老吴和老孟的人，也应该参透一点儿啊……你妈还抱怨我为什么不把你带在身边培养，也不想想你这么迟钝，带在身边不得分分钟气得我脑溢血。罢了罢了，你继续慢慢爬吧，啥时候学会走了再说，唉！我怎么有你这么笨的儿子……”

樊鸣对自己说了一百遍：这是亲爹，我是他亲生的……这才平静下来。

等方叔和老吴赶到，樊鸣又将事态解释一遍，说得口干舌燥。

信息量有点大，方叔目瞪口呆，老吴就好多了，跟老樊交换了一下意见，很直接地给德勤的于总拨了个电话：“小于啊，你事情办得怎么样了？正元的鲍所长还问我呢，怎么还不把上诉资料给他们拿过去？”

于总的惊讶听都听得出来：“吴总，您怎么知道的？”

老吴心中一万头羊驼奔腾而过，瞒着老樊情有可原，连他也打算瞒到底，真是瞎了狗眼了，不对，狗都比这个吃里爬外的东西强！于是他忍住气继续瞎蒙："怎么，你还有什么小九九是我不知道的？这事鲍所长第一个来找我，还是我推荐的你呢。要不是我在董事会给你们保驾护航，你们能搞到现在？”

于总也发现失言了，连忙补救：“吴总您别误会啊，正元说这事是已经征得董事会同意的，我还在弄资料，打算备齐了，跟您汇报了再交给他们……”

你就糊弄鬼吧，跟我汇报个屁！

老吴笑眯眯地说：“我就怕你们请示来汇报去的耽误时间，左右不过是鲍所长说的那些，我心里有数！你到底弄完了没有啊？我已经说好明天一上班给他送过去！夜长梦多……还有个事儿，你明天一早跟我去上海开个会……当然是临时决定，刚把老樊的人挤掉，我叫秘书给你订好机票了。明天早上七点，我在机场等你，别给我耽误了，这个项目我势在必得……上诉当然重要了，没有这个上诉，哪来这个项目！上诉资料赶紧加班搞出来……已经准备好了？这还差不多。你可留神，别留下什么马脚……都是那个姓方的替死鬼签的字？那就好……你叫个可靠的人一上班就送事务所，我们这边直飞上海，齐头并进，双管齐下！赶紧搞定，明天飞机上慢慢给我汇报不迟！”

老樊等他挂完电话，对方叔说：“听明白了没？”

姓方的替死鬼牙都快咬碎了，要不是两个老上司在场，恐怕早就暴走了：“明白，你们放心，姓于的在公司最得力的就是他那个总助了，老子现在就去找他们，一定把上诉资料截下来！”

老吴喊住他：“先盯死，等小于上了飞机你再动手，免得打草惊蛇。但是如果他们提前送，你就提前动手！”

方叔连连点头，一瘸一拐还走得飞快，一边打电话叫人。他在德勤多年也不是白待的，也有自己的人脉，尤其是后勤部门，简直就是他的大本营。老板平时出没，怎么瞒得过司机和车辆调度，因此他很快知道了于总和总助常去的地方，找了自己的小舅子保安队长，召集人马连夜查找蹲守去了。

樊鸣松了口气，看看时间，竟然已经是凌晨了，也走出书房，跟老婆打电话报平安，然后跟陆唯打电话互通进度。

老樊跟老吴还在闲聊，老吴笑着说：“小鸣这次表现不错啊，虎父无犬子！”

老樊谦虚：“愚者千虑才有一得，象牙塔里面窝久了，书呆子气还没有磨掉，任重道远啊！哪有你儿子有出息，投资新兴产业没有失手过。我们小鸣我还只敢用传统行业给他锻炼着，但求无过。”

“我们家那个臭小子，别提了，一帮二世祖吃喝玩乐出来的项目有什么大前途，都是挣点快钱就得撤，我看他还能侥幸几回，还是你们小鸣好，稳扎稳打，生活作风好，老婆家世又好，贤内助。我们家那个臭小子整天只知道泡网红，愁死我了……”

“你可别小看现在的新兴经济，年轻人的钱才好赚……”

直到樊鸣故意让老管家送夜宵进来，两人才意犹未尽地结束了商业吹捧。

老吴告辞后，老樊悻悻地教训樊鸣：“你也好好学学人家老吴儿子的头脑和手腕，多出去交际应酬，多个朋友多条路懂不懂？不过应酬的时候一定要注意度，黄赌毒不能沾，可以风流，不能下流，万万不能做对不起南乐的事，无论如何都要维系住南家这个亲家，大后方稳固了，前方才好冲锋陷阵……”

樊鸣：有句老话不知当讲不当讲……算了！这是亲爹，我是他亲生的……

方叔亲自盯着于总去机场跟老吴碰了面，确定他不可能去递资料了，这才带着小舅子去逮总助。

这货也是个滑头，昨晚蹲守的人报告说，他没有回家，没有去他父母家，也没有去他二奶家，也不在公司。方叔只能先派人守住正元和法院，他想了想，又把姜国的照片发给了每个人。

八点四十五分，有个保安打电话来了：“我看到那个律师了，他在法院门口转悠呢，在打电话！”

方叔心说不好，在法院门口抢东西的难度忒高了，一个小保安根本胜任不了啊！这时，另一个小伙子打电话说，总助从于总经常混迹的一个会所出来了，拿着一个大公文包，打车往法院方向去了。

方叔立刻叫司机往法院开，这时正是上班早高峰，司机急得不行，也开不出速度来，方叔抹了把脸：“我来！”

坐到副驾的司机和后座的保安队长、年轻保安都默默地检查了一遍安全带。

方叔握住方向盘就忘记了腿疼，一边飙车，一边叫小舅子给樊鸣打电话，要想办法弄开门口的律师姜国。

樊鸣能怎么办，打给陆唯，陆唯只能找梁菲菲，梁菲菲淡定地说：“没问题。”

姜国接到一个电话，那个平时总躲着他的小实习生语气慌乱又讨好地说：“姜老师，帮帮我啊，我不小心把一份文件弄乱了，老大马上就要过来，我好怕，想来想去只能求您指教了，求您帮帮我，晚上，晚上我请您吃饭好吗？”

姜国正等得无聊，调戏调戏小美眉也不错，于是笑嘻嘻地说：“什么文件呀，把你吓成这样？”

“老师您说什么？您那边信号不好吗？怎么我听见的全是车子的噪声？”

法院还没有上班，没办法登记进入，姜国只好往旁边走了几步："现在能听清吗？"

"好多了，哎？又不行了，还是不稳定。老师您能找个安静的地方吗？我真的好怕，听不清您的声音，我心里慌得很……"

姜国左看右看，走到花坛那边去了，矮灌木和常青树遮住他的身影后，小保安跟队长打电话："好了，从门口一下子看不到他了，抓紧时间呀！"

……

梁菲菲点点头，继续开车，于是小表妹不再让姜国换位置了，煞有介事地拿着一沓文件左问右问，拖延时间。

总助下了出租车，在法院门口左看右看，没找到姜国，刚拿出手机……

方叔熟悉的大嗓门儿炸雷一样在他的耳边响起："浑球！一大早给你打了几十个电话，你一直关机，资料拿错了知道不？你是想丢人丢到法院吗？"

公文包被方叔劈手夺过去，德勤的保安队长是退伍兵，非常有技巧地将总助肩头一搂，他手臂发麻，手机都拿不住，年轻保安笑眯眯地接过他的手机，关了机，放进他公文包的侧袋里。

总助看着近在咫尺的法院保安亭，挣扎着想喊，却已经被保安队长迅速塞进车里："老实点！老子可是上过战场见过血的！"

一个法院的保安走了过来，狐疑地问道："你们有事吗？需不需要帮忙？"

方叔正打开文件袋，翻了几页资料，真想骂娘，签字盖章的都是他，这要是送进去了，他也就玩儿完了。听见保安质问，他连忙赔笑："对不住，我们办公室的人太马虎了，附件资料全拿错了，好在及时发现，要是送进去，就给法院的同志添麻烦了！"

法院保安瞥了一眼车窗，一个膀大腰圆的汉子正戳着一个西装革履精英男的脑袋在教训，怎么看都有点诡异。

“请出示您的身份证。”

方叔屁颠屁颠地拿出身份证来：“您过目，您看这个材料上的签字，委托代理人，是我！您看，这个委托书上的身份证复印件，跟我的一样吧？”

法院保安查看无误，把文件和身份证还给他：“你们处理公司内部事，不要堵在法院门口，影响交通！”

方叔一迭声地道歉，一瘸一拐地走到车门边，想了想，又乖乖去了副驾，把司机换回去。

这条腿还是不中用了，他心酸地想着。

姜国从花坛背后转出来，看看时间，恼火地打总助的电话。

神经病，大半夜的跟他说要提前上诉，结果他等了这么久，那帮人还没来？！

总助电话关机，再打于总的，也是关机。

姜国再迟钝，也觉得有些不对劲了，茫然地愣了一会儿，从公文包里又拿出一个手机，这是跟上面单线联系才能用的，但是现在也管不了那么多了。

还没打开手机锁屏，背后传来鸣笛声，姜国回头，只见车窗缓缓降下，露出梁菲菲冷艳的面容：“姜律师。”

姜国走到车旁边，看到副驾上坐着刚才还在跟他通话的小表妹，脸色就是一变，梁菲菲笑了笑：“上车吧，我有份文件想请姜律师帮忙鉴定一下。”

陆唯找的鉴定中心办事效率也很高，天还没亮，就有车载着语图仪设备和专用电脑，外加一个年轻鉴定员小李，打包送到了谢聪的仓库。

南乐补眠没来，陆唯和夏蓁蓁帮着他们安装调试设备，在谢聪的录音间里面好一顿折腾。鉴定员小李看到谢聪的工作室，也震惊了，后来接触到谢聪风一样的手法和新颖的声音处理理念，继续震惊，非要拜师不可。

谢聪残忍地拒绝了他："你们搞鉴定的没有一点儿音乐基础，耳力和乐感都不行，教起来特别费劲！"

小李很无辜："我又不打算跟您抢饭碗做音乐后期，我只是想学一点儿基础的后期处理……"

谢聪继续残忍拒绝："不行，知法犯法危害大。你看我们要鉴定的东西，绝对是内行做出来的。我们俩又不熟，知人知面不知心，我不敢冒险。"

小李好脾气地自我介绍："其实我是市公安局物证鉴定中心的……现在是在学习进修期……我以我的职业和党性担保还不行吗？"

两人拌嘴归拌嘴，合作起来就默契了，先让陆唯反复录音，进行声纹特征提取，制作声模。

在实际生活中，每个人说话时的语声都有自己的特点。很熟悉的人之间，可以只听声音而相互辨别出来，这就是语声人各有特性。

人的语声为什么会各有不同？因为人的发声器官实际上存在着大小、形态及功能上的差异。发声控制器官包括声带、软腭、舌头、牙齿、唇等；发声共鸣器包括咽腔、口腔、鼻腔。这些器官的微小差异都会导致发声气流的改变，造成音质、音色的差别。此外，人发声的速度有快有慢，用的力亦有大有小，也造成音强、音长的差别。音高、音强、音长、音色在语言学中被称为语音"四要素"，这些因素又可分解成九十余种特征，而这些特征表现了不同声音的不同波长、频率、强度、节奏。

语图仪可以把声波的变化转换成电讯号的强度、波长、频率、节奏变化，仪器又把这些电讯号的变化绘制成波谱图形，就成了声纹图。

专业人员通过对声纹图的反复比对、计算、归纳……提取出一个人声纹的各项特征序列，制作他的声纹频谱模型，而声模可以用于声纹比对、身份确认等各方面。

这个过程漫长而枯燥，起码夏蓁蓁这个外行就听不出来有什么细微的差别，但是看谢聪和小李严肃而认真地忙碌着，屏幕上各种复杂的坐标和频谱纹路闪个不停，也不敢打扰他们，她就轻手轻脚地出去，陪阿茵准备早餐。

经济和职业危机暂时解决，阿茵轻快很多，一边做三明治，一边轻声哼着小曲，声音真是空灵悦耳，夏蓁蓁听得心都要飘起来了。谢聪真是有耳福啊，不过也只有谢聪那样懂行的人才配有这样的耳福。

那帮工作狂没有要出来吃东西的迹象，两人闲谈起来。夏蓁蓁笑着说："阿茵嫂子，你了解谢师兄，他最后会收小李做徒弟吗？"

阿茵洗着生菜，说："不好说。阿聪是求知欲很强的人，只要对方身上有他欣赏的优点，最后还是会互相学习的吧，而且他从上次那个做过声像鉴定的学员那里只学了些理论知识，这个小李看样子操作能力不错，如果小李不跟他藏私，他也会掏心掏肺地教的。"

夏蓁蓁第二次听他们说起那个人，说者无心，听者有意："那个学员跟你们很熟悉吗？"

阿茵苦笑道："是个很会社交的人，处事特别小心，当时跟阿聪称兄道弟的，跟我们乐队混得就像一家人，但是从大秦娱乐实习完了，就马上换了号码，再也联系不上了。我总觉得他是利用了阿聪，但是阿聪学到新知识就会很满足，事后倒也没有多怪他。"

夏蓁蓁想起谢聪早上回绝小李的话，总觉得谢聪还知道些什么，

“知人知面不知心”？“知法犯法”？

她有些坐不住了，问了阿茵那个人的名字，就去录音间找陆唯。

陆唯正在喝水润嗓子，谢聪和小李各自在机器前忙碌着。夏蓁蓁凑过去，低声对陆唯说：“以前找谢师兄学后期的那个鉴定员叫胡启，我总觉得他有嫌疑，你要不要调查一下他？”

陆唯还没有开口，倒是谢聪耳朵尖动了动，旋转椅一转，面对他们：“我也隐约怀疑过他，既然你们说开了，那就查吧。不过别查胡启，这是他的假名，我有次无意中看到他包里有个鉴定中心的工作牌，挺旧的，照片是他，名字却是孙林。我性子太直，还直接问他了，当时他脸色就不对，只说是借用别人的，换他的照片方便进出。但是过了几天他就换了手机号，跟我们断了联系，QQ、微信全部拉黑了……”说着摇了摇头，叹了口气。

小李也把旋转椅转了过来：“不用查了，孙林是吧？我熟啊！”

夏蓁蓁问：“你的同事？”

小李嗤之以鼻：“什么同事，这个家伙以前是市里最大鉴定中心的声像鉴定科负责人，利用职务之便，受贿做伪证，早就被他们公司给除名了，还蹲了一年监狱，上了职业黑名单。行业内把他作为反面典型，无论是公检法的鉴定中心，还是外面的鉴定机构，领导主管们但凡做职业道德建设，就会把他提出来，痛心疾首批斗一番，可以说是臭名昭著了。”

陆唯霍地起身，出门打电话，不一会儿又转回来，说樊鸣有急事找他，先失陪了。

夏蓁蓁一听就知道樊鸣可能截获了德勤的上诉资料，叫陆唯回去处理呢。等陆唯走后，她眉开眼笑地对谢聪和小李抱拳道谢：“谢师兄，李警官，你们俩真是大救星啊，中午我请客，随便吃。”

小李到底是体制内的人，还有些不安：“也不一定就是他做的啊，你们最好还是报警，按照法律程序调查取证，别乱来！”

夏蓁蓁笑眯眯地安抚他：“李警官您太多虑了，现在毕竟只有这一句话的音频，到现在为止，还没有敲诈信息什么的发过来，我们报警也没有理由啊，不过是打听一下，防患于未然罢了。”

有小李的帮忙，谢聪很快做好了陆唯声纹特征标准模型，然后反其道而行之，也就是把剪辑调整过的音频，按照声纹标准特征逐项还原，这时，原本被修改和消除的部分，比如当时的发声状态、一部分环境噪声等，也就不同程度地还原了。

短短八秒的语音，从声纹表现的特征和周围的环境声来看，应该是十个片段拼接成的。

谢聪伸了个懒腰：“好了，现在的主要工作就是找笔记本电脑了。”

夏蓁蓁一时愣住：“什么笔记本电脑？”

小李解释说：“谢老师的意思是说，要找到这些片段的出处，我们可以通过各项指标比对，证明每段话，甚至某个词出自别的录音的什么部分，这样就是非常有力的证据。”

夏蓁蓁想起来，谢聪用在笔记本电脑上抠字凑句做过比喻，顿时也明白了，但是陆唯这些年，大大小小官司打了那么多，公开和私下被录的音也是数不清，怎么海底捞针？问题是海都没找到啊！

她请小李先以鉴定中心的名义，出了一个初步的鉴定结果，截图发给了梁菲菲。

梁菲菲把截图转发给姜国。

姜国放大图片看了又看，坐在空调通风口，还不停擦汗：“这不可能，所长亲手交给我的，怎么会是假的呢？”

梁菲菲说：“当然是假的，如果是真的，所长自己为什么不代理这个案子，还让金牌律师把诉状写好，将证据收集好，白送给你一个功劳？他们俩那么像雷锋吗？姜律师，你被人当枪使了！”

姜国又仔细看了一遍鉴定报告，终于镇定下来：“对一个片段做个初步检验说明不了问题，是不是从录音证据里面截取的还要存疑呢，有本事你拿出整份的鉴定报告啊！”

梁菲菲说：“既然所长给了你证据，你自己回去听几遍，对照一下就知道真假了。全部的鉴定结果，我们当然在做，会让你看到的。”

姜国想了想，说：“我回去跟鲍所长说，上诉材料还有点问题，我要帮德勤完善一下。我只帮你们拖三天时间，三天以后，如果看不到详细的鉴定报告，我还是会按照鲍所长的安排去上诉。”

梁菲菲点头：“可以，把你手上的证据给我一份，我要确保所有出现的伪证都是一个版本，不然就白鉴定了。”

姜国犹豫了一下，还是复制给了她。他不知道梁菲菲什么背景，但是从她在正元的超然地位来看，肯定是有恃无恐的。两边都得罪不起啊，他只是个普普通通的小律师，求放过！

打发走了姜国，梁菲菲又拨了个电话：“秦建章，你那边有进展吗？”

三天时间，陆唯苦笑，樊氏集团给他的期限也是三天。

樊鸣歉疚地说：“被人当枪使，最差的结果，无非是舍弃一个德勤和部分集团利益，但是如果站错了队，后果是不堪设想的。我爸他们非常忌惮对方的靠山，如果看不到确凿的证据和有利的局面，他们不会轻易出手。他们得为整个集团负责，顾虑太多了。”

陆唯点点头，表示理解。

他们两个刚才研究了正元鲍所长授意德勤制作的上诉资料，果然，录音就是其中的关键，但是录音根本没有交到于总他们手上，可能正元多少还是信不过德勤吧。

好在梁菲菲打来了电话："我拿到了姜国手上的录音证据，应该是全本，马上发给你。还有一个好消息，虽然孙林暂时还没找到，但是查到以前跟他交往密切的一个法院书记员。他上个月以观摩学习为由，从法院档案室借走了你最近七次出庭辩护的现场音像资料，借用三天后归还。现在秦建章把那些资料又借调出来了，你马上去找他。"

一个小时后，录音室里，大家看到要鉴定的音频长度，都惊呆了。

全部对话只有一分多钟，但是八秒的音频都是十段拼接的，这一分多钟的对话，碎片更是可观，最可怕的是笔记本电脑里的资料，八次庭审记录啊，十几个小时的录音……

夏蓁蓁问小李："你估计全部鉴定做出来要多久？"

小李目光有点发直："就我跟谢老师？一个月？"

谢聪思考了下："我先给陆律师录音，你赶紧把声模做出来，按照我的方法做证据音频的还原。我的听力准确率比较高，我先来筛选法庭录音，只挑选可疑的段落，不用全部比对。"

小李这才松了口气："这么短的时间，只能这么做了。"

阿茵陪谢聪录音、筛选法庭记录，做场记。

陆唯给谢聪录完做声模需要的录音，就和樊鸣开始为上诉资料所有涉及的部分做安排部署。

小李轻车熟路做完了声模，开始复原音频，遇到没把握的地方，就叫谢聪过来审核。

南乐主动请缨，负责全部后勤保障。

夏蓁蓁拖了张凳子看小李工作，接触了这大半天，夏蓁蓁渐渐看出点门道。她虽然没有谢聪和阿茵的声音感知和处理天赋，也没有小李的专业知识，对于录音、特征提取和建模什么的帮不上忙，但是等到带通滤波器分析出了声纹图谱，每一个发音都变成了具象的频谱，伪造音频的片段和筛选好的原声带放在一起，剩下的就是反复比对和分析了。这些都是软件的工作，恰是夏蓁蓁的专长，她时不时还能给他们打个下手。

等谢聪他们苦哈哈地筛选完全部录音，小李的准备工作也做得差不多了。夜深人静，第一次比对开始，谢聪横眉竖眼，小李面前堆着一摞草稿，一边操作一边计算，累成狗。

夏蓁蓁忍不住问道："电脑比对结果不准确吗？为什么还要手工算？"

小李愁眉苦脸地说："因为谢老师要求高，比对软件跟不上，一部分数据只能手工核计。我收回开始估计的一个月时间，两个月！除非十几台电脑、十几个人一起工作。"

谢聪也苦着脸："我也不是故意要增加比对项目的，你们之前只用做声纹比对鉴定就行了，但是这个案子特殊在，必须要连同细微的环境声一起分析，否则数据跟原带根本对不上号啊。就算我们耳朵听着是一模一样，机器不承认，你的鉴定结果怎么成立？"

夏蓁蓁问道："我明白了，分析软件的比对项目设置不够用？"

合作了半天，小李知道她可不是电脑小白，解释道："是啊，你看，语图仪配套分析软件是按照声纹的时间、频率、音强、清辅音，还有元音频谱中共振峰的数量、走向和频率这七个主要类别来进行分析的，所以常设是八个项目，已经足够日常的声纹鉴定使用了，现在增加了环境音，我要是把分析主体换来换去，那就更麻烦，还不如手工计算这几个项目。"

夏蓁蓁优雅地挽起袖子："你们休息一下，放着我来！"

小李弱弱地说："你可别把软件弄瘫痪了……"

谢聪把他提溜开来："你敢质疑我们Q大计算机系高才生的能力？"

Chapter 13 拨开云雾见青天

这一折腾，就折腾到了凌晨。谢聪他们白天一直紧张奋战，这会儿实在熬不住，趴在工作台上休息。夏蓁蓁下午抓紧时间休息了一下，这会儿仍在聚精会神地敲键盘。

也不知几点钟，夏蓁蓁忽然叫醒了谢聪：“谢师兄，帮忙开门搬下东西哦。”

谢聪睡眼惺忪地打开门，看到樊鸣和陆唯搬来几台电脑，门外繁星满天，东方微微发白，老厂宿舍区那边的狗叫成一片。

凌晨的凉气扑面而来，谢聪打了个喷嚏，奇怪地说：“为什么要搬电脑过来？”

夏蓁蓁从他身后冒出来：“好消息，我成功地把软件比对设置项目增加到二十四个！而且设计了分层，不管你们把主声纹和环境声分几层，都可以分层设置数据设定和比对！”

谢聪掐了自己一把，从羊肠小道飙到高速路上了，幸福来得太突然，不是在做梦吧？

“坏消息是，增加项目的软件对于存储空间和电脑运行条件的要求高了九倍，你们的电脑根本带不动。”

“第二个好消息是，我分析了我们工作室和所有同学朋友的电脑，终于筛选出来这四台超级机器，可以组成一个联机工作组，工作效率提高四倍不止，惊喜吗？”

谢聪对闻声出来的阿茵说：“你再掐我一把。”

陆唯与有荣焉，自豪地微笑着望向夏蓁蓁。

樊鸣还在恍惚中，他们俩挨家去借电脑的时候，自己工作室的还好说，别人家的……尤其是凌晨被叫起来腾电脑空间的某孕妇，杀气腾腾，眼神都能凌迟他们几十遍了……

小李出来看到这些电脑，幸福得差点儿晕过去，对夏蓁蓁的称呼也改成了“夏老师”，跟打了鸡血一样忙前忙，还强迫症发作，把电路检查重接了一遍。

电脑安装完软件，设置完毕，数据上传完毕，联机妥当，大家先洗了个脸，坐在仓库外的水泥台阶上，看了日出，然后开工！

夏蓁蓁不顾陈纽约的低气压和凌迟的眼神，强行从工作室抽调了两个工程师，梁菲菲也把小表妹打发来帮忙做报告，录音室已经坐不下了，索性将所有用于比对工作的设备和人员都布置在宽敞的外间。

确定是在鉴定伪证，也不需要藏着掖着了，南乐拖来两个大白板，将伪造的对话誊写在上面，按照谢聪确定的片段，逐词逐句用红笔标注一段段的下划线，再编上号，大家就按照编号给音频文件命名，各种招呼此起彼伏：

“42 号对应 4 月 27 日庭审记录 15′ 47″ 成功！相似率 91.27%！”

“117号对应3月10日庭审记录45′ 12″成功！相似率90.58%！”

“452号对应5月28日庭审记录72′ 37″成功！相似率89.68%！”

……

南乐就乐呵呵地在对应的红线下面做好备注，然后把红线改成绿线。

小表妹将电脑生成的各项比对数据和图片、表格按要求插入鉴定书中，排序排版加文字说明，很快就上手了，忙得热火朝天。

谢聪、夏蓁蓁和小李来回穿梭巡查，解决各种问题，完善设置。

鉴定工作的第二天下午，孙林被警察秘密抓获，同时落网的还有他的地下工作室的同伙和全套设备。

有秦建章居中周旋，那些本应先做物证封存的设备，以最快速度做好登记和申请移交手续，就直接由警方连夜押送到了谢聪的旧仓库。小李跟上级提交了申请，警方的物证鉴定中心也派了个人来，跟小李一起接受了移交。这次的鉴定，从此刻起，总算是在公安机关过了明路，有了警方的证据配合，会发挥更好的效力。

更惊喜的是，夏蓁蓁在孙林的电脑和设备上还原了他们删掉的合成音频的初稿，还有音频处理记录。谢聪都不用根据声模处理还原了，直接按照他们的制作步骤还原到最初剪切合成的状态，跟先前匹配好的庭审原带进行比对，结果出奇地吻合，几乎每一段的相似度都达到了95%以上。

旧仓库一片欢腾！

这证明了谢聪的声模反向还原环境声法和夏蓁蓁的系统扩展升级都成功通过了实践验证！而且是在这么短的时间内，不能不说是声像鉴定的奇迹。

小表妹感叹：“看着图表上这一大片90%以上的分数，比高考放榜，拿到录取通知书的时候还高兴啊！”

第三天凌晨，旧仓库里打地铺的人们睡得正香。陆唯站在白板前，拍下了照片，图上的绿线已经占据了一大片，还剩下几十段刺目的红线，上面的内容，一目了然。

趁着清晨交通通畅，他驱车赶到小创业公司租住的破旧城中村握手楼。

说是个创业公司，其实就是租了个两室一厅民居，门口挂着个简陋的牌子。卧室各放两张简陋的双人上下铺，床边就是电脑操作台，七个男生的私人物品和办公用品、机器模型、图纸工具等塞满了房间每一个角落。

唯一能入眼的就是客厅，兼顾了制图、开会和接待等重任，勉强摆放得整齐一点儿，还放了两盆半死不活的绿植。

清晨洗漱时间，屋子里拥挤不堪，大男孩窘迫地带陆唯下楼，穿过热气腾腾的早点铺子、杂乱的早市菜摊，穿过行色匆匆的上班族、上学党，穿过音乐喧天的广场舞大妈队列……都没有找到一个安静的角落可以谈话的。

最后陆唯站在大街边的人行道上，向大男孩出示了证据，有白板上红线标注的没有在庭审记录里面的谈话内容，还有上诉证据里面大男孩提供的证词：指证陆唯指使他们伪造证据、隐瞒专利合作协议，许诺赔偿金等好处……

大男孩显然早有心理准备，他一句话都没有问，也没有一句辩解，脸色木然，半垂着头。

但是他好像又完全没有心理准备。陆唯展示完证据，大男孩的鞋子旁边出现一滴水珠，一滴又一滴，砸在青灰冰冷的条形地砖上，仿佛一簇簇脆弱的暗花。

他忽然蹲下来，头埋在膝盖中间，两手抱着脑袋，号啕大哭，地上的“暗花”流淌成一片肮脏的水渍。

红灯和绿灯交替工作，车辆停停走走，人群熙熙攘攘，来来往往，没有谁会在忙碌而紧张的工作日清晨多看一个在路边痛哭的男孩一眼。

若是从豪华的地标写字楼上往下看，恐怕连他这只蝼蚁的影子都分辨不清。

“对不起，陆律师，我真的不是故意的……我也不知道怎么回事，好好的合作，怎么就变成这样了……可是我不敢不答应他们，他们恐吓我，要我们滚出这个城市……其实不用他们赶，我们已经没钱了，房租还欠了半年的，房东每天都过来骂脏话，说要找黑社会把我们撵走，伙食费也快没了……我没有选择……”

“我实在是支撑不下去了。学校和社会都鼓励我们创业，可是没有人告诉我们，没有启动资金和人脉，创业是这么难……我欠了全村的人情和债务，老家人觉得大学生就是应该挣大钱，可他们的要求我们真的满足不了。我们都没有办法做普通安稳的上班族，不拼一把，连家都没脸回去了……”

“陆律师，我们会不会坐牢……”

“坐牢了倒也解脱了，不知道我的专利卖断，够不够赔偿您的损失，如果……如果有多的，先交房租……我对不起他们，坐牢就让我一个人去吧……求求你们千万别查封别的东西，大家就剩那点家当了……”

……

大男孩语无伦次地说着话，脸上糊满了鼻涕和眼泪，眼光发散，神经随时处在崩溃的边缘。

陆唯本来想义正词严地谴责他，教育他无论如何也不能失去做人的底线，但是一句都说不出口。

最后陆唯只问他要了偷录的对话音频，告诉他不要离开本市，随时准备接受传唤。

“只是传唤？不拘留我吗？”大男孩瞪大眼睛，呆滞地看着陆唯。

陆唯盯着他的眼睛：“如果我根本没发现这个陷阱，你会到法庭上去指证我吗？”

大男孩又低下头，带着哭腔：“我不知道，我真的不知道……”

陆唯转身离去，内心有着些许悲凉：其实你们原本是有机会的，有很多机会戳穿黑幕，告诉我真相，哪怕是在我摊牌之前，主动提醒我一句“小心”，我都会不遗余力地帮你们……但是，你们又晚了……我可以理解人性的软弱，诸如胆怯、妥协、人穷志短，但是不能容忍没有诚信和道德底线。

樊鸣打电话问他谈得顺利不，拿到证据没有，提到这个小公司，也是满腔无奈：“天价赔偿樊氏不可能同意给了，但我还是会做工作，让德勤把该给的专利使用费给他们。说起来，他们倒也是无辜被卷入的，只是没想到看着挺朴实，阴起人来也面不改色。如果真绊倒了你和秦法官，估计这帮小子还能发一笔昧心小财，但是以后一定走不远……”

以后是多远？

陆唯说道：“成败就在这一两天了，如果我出事了，你避开正元，到云天找刘助理，让他帮你安排律师接手，去掉假证，把以前隐匿的合同拿出来，二审就不会有那么离谱的赔偿金额了，给他们公正的审判结果吧。”

樊鸣沉默了一会儿，说：“我还是希望你能亲手给这场闹剧画一个句号。”

挂了电话，陆唯忽然很想看到夏蓁蓁清澈明亮的眼神。

陆唯叹了口气，将对话音频发给她，想了想，又发了一句“我爱你”，然后马不停蹄地赶去跟秦建章秘密会面。

出乎陆唯的预料，这次见面居然是在梁菲菲的家里。

梁菲菲上班去了,秦建章招呼陆唯随便坐,沏茶倒水,熟悉自如。

“没办法，我在家跟单位都被人盯得死死的，换了几辆车才躲到菲菲这里，真是跟做地下工作一样。”

陆唯憋出一句：“你们俩保密工作做得挺好的。”

秦建章笑着说：“等请大家吃喜糖的时候，迟早是要公布的，只是没想到突发了这样的事情，提前暴露给你了，继续保密啊，不然我怕菲菲在正元不好过。唉，早就让她换一家事务所了，她不，非要死磕正元！”

陆唯只能微笑。

秦建章脸上带着欣慰：“这次真要多谢你们了，本来我们已经做好了最坏的打算，没想到鉴定结果这么神速地做出来了，真是雪中炭、及时雨啊！我跟我们院长商量好了，准备反将一军。”

陆唯没有问他最坏的打算是什么，虽然看他神色如常，但是也不敢真的放心。从政的人，泰山崩于前而色不变，这都是基本功，事实上是福是祸，能不能过，只有他们自己清楚，甚至他们自己也没有必然的把握。

他满脸惭愧地说：“师兄过奖了，其实我也是自救，都是我接案子不谨慎，被人钻了空子，还连累师兄遭受了无妄之灾。”

秦建章摇摇头：“不，你一直做得很好。”

他靠在沙发靠枕上捏了捏眉心，这些天他何尝不是精神紧绷，心力交瘁：“你知道我为什么要到天平做特别顾问吗？从执法的观点看，律师的独立与法院的独立同样重要。既然要求律师在执业活动中，独立地进行辩护或代理以及独立地提出意见或建议；既然强调律师在实现社会正义、保障人权方面扮演重要的角色，那么如果律师唯公权力马首是瞻，听命于不同政策和不同立场的指令，还谈什么尊重事实和法律的精神，谈什么思想独立、行动独立、责任独立，怎么能够担当保障人权、制约国家权力的职责？”

只有辩护律师独立于国家或者政党，并且不遗余力地为被告人辩护，才能确保国家不会指控无辜者。

陆唯问道："师兄，你已经决定了？"

秦建章点点头，忽然又笑了起来："你是不是很好奇我们最坏的打算是什么？你放心，我就没想过要把你牵扯进来。刚才我跟你不是强调过律师的独立性吗？独立就是最大的靠山，别的不要多想了，赶紧去把鉴定报告催出来给我。你也不用担心我，有人跟我说了，如果我失败，她会为我上诉到底，还会给我送饭。哈哈哈，你不要嫉妒我，我女朋友的厨艺可是很赞的。"

不过陆唯一点儿也没有受到打击，心说：我的女朋友，我才不舍得让她下厨……

陆唯出门后，直接去联系鉴定报告的印刷制作事宜，更重要的是预约鉴定报告最终审核专家小组和公证处。他已经跟鉴定中心商量好了，租赁一套图文公司的印刷胶装设备到旧仓库，再把专家都请到现场去，现场制作报告，现场评审答辩，现场签字盖章、公证生效，哪怕厚着脸皮请他们加班，也一定要及时把报告做出来。

他刚敲定审核专家组和公证处，夏蓁蓁的电话打来了："陆唯陆唯，你猜谁来了？"

还好她欢悦的声音在蓝牙耳机里面洋溢一片，不然陆唯都要把车开到马路牙子上了，他连忙找个地方停下，让她慢慢说。

"市公安局物证鉴定中心和几个大的鉴定机构组织了一个技术考察团，小李的大领导亲自带队，到我们这里来观摩新技术了，狠狠地夸奖了谢师兄，居然还让我给他们介绍了那个比对系统的改造，看样子也很欣赏啊。我简直不敢相信，我捣鼓出来的东西真的这么厉害吗？"

陆唯笑了："我的蓁蓁是最棒的。我跟内行打听过了，这个技术虽然并不是你的独创，类似的升级系统国外已经研发出来了，但是要引进国内，必须接受他们的技术保密和高价收费服务协议、软件和设备捆绑销售，还对国内的电脑有兼容性限制，成本奇高无比，省级的鉴定中心都购置不起。现在你无意中替他们攻克了一个技术瓶颈，节省了数以亿计的设备升级经费，你说你厉不厉害？”

夏蓁蓁很开心：“他们说要跟我的工作室签合作开发协议，还许诺什么系统维护外包……”

陆唯吓了一跳：“你签了？”

夏蓁蓁“哼”了一声：“我说我的代理律师还没回来呢，现在的首要任务是把鉴定报告做完，其他的之后再谈。”

陆唯夸她：“对对对，说得好，合作协议的事交给我，我一定会给你争取一个好价钱的，放心吧！”

挂了电话，他也无心去找印刷的设备了，非常没有义气地把这个活儿扔给樊鸣，自己驱车赶去给女朋友谈生意最要紧。

又沦为搬运工的樊大少……

技术考察团的到来，除了肯定创新技术，也是一种官方的表态吧。部门负责人亲临现场支持，和躲在幕后给点便利，其意义是不可同日而语的。看到他们的那一刹那，陆唯的心里才真正有了一点儿底。

考察团来时，他们正在比对分析大男孩偷录的和陆唯交谈的音频，所以领导和专家们完整观摩了鉴定过程，看到四台联机电脑上丰富的鉴定频道设置和流畅得飞起的鉴定速度，简直眼冒绿光。

谢聪对付不清晰翻录版的声模反向还原环境声法，也被迷弟小李献宝一样撺掇着演示了一遍，一个音频专家拉着谢聪不松手：“你以前是做音乐的？真是屈才了啊！”

幸亏精明的代理律师陆唯从天而降，谢聪才没有被这些“大灰狼”给拐走。

约好时间谈合作协议后，考察团满意而去，整段伪证的鉴定工作立刻进行到收尾阶段，计算机组那边键盘鼠标声响成一片，小李和小表妹分工编辑整合鉴定报告，忙到飞起。

苦力樊押送打印机和几台巨大的胶装、切边设备来了，谢聪心想，当初因为贪图便宜和空间大租的这个仓库，还真租对了……

下午，陆唯联系的评审专家和公证人员都到了，几天的工作成果变成一本本厚厚的鉴定报告。每个人看着报告，都跟看着自己的新生宝宝一样激动。

速度，效率，准确率，团队合作，还有发明创造，他们大约是……创造了一个奇迹？一个被非法合成的伪证逼出来的奇迹……魔高一尺，道必须要高一丈啊！

梁菲菲一直请人密切监控网上的动静，就在报告完成的那天晚上，伪证终于出现了。

在国内几个比较大的论坛上，有人把一个题为“震惊！音频曝光法官律师联手做局？企业无奈成韭菜！”的帖子顶到头条，以德勤的名义，一把鼻涕一把泪地哭诉怎么被敲诈……

帖子还没震惊起来，另一个“断章取义太卑鄙！高级录音师教你如何快速识别拼接音频！”的帖子也被顶了上来，跟这个帖子紧邻，而且夏蓁蓁带人到震惊帖的音频下面粘贴已经正式生效的鉴定报告截图，放链接让大家去隔壁帖学习。

鉴别帖是谢聪开的，他就用那边的音频做现成的反面教材，告诉大家怎么简单辨别一段音频是否经过剪辑和拼接，一段一段批得稀烂，打字不过瘾，干脆链接到直播，现场演示。

当然，他只展示一些基础常见的小知识，不涉及核心技术，胜在有趣又比较实用。他还反复告诉网友，如果简单鉴别无法断定，一定要找专业的机构，比如他的工作室、各级鉴定中心，不能偏听偏信。

两个帖子始终紧挨在一起，震惊帖耸人听闻，讲得煞有介事，倒也引来很多喷子罔顾事实地义愤填膺，为喷而喷，夏蓁蓁他们也不跟他们对骂，就贴实锤的证据，南乐看了说：“喷子蛮不讲理，要转移话题，借势才行，看我的。”

南乐也没有跟喷子对骂，她只歪了一层楼，说：“音频原来可以这样玩啊，忽然想起来去年网上曝光一个女演员和当红小花吵架的音频，心血来潮翻出来，用隔壁帖的方法验证了一下，句句惊心啊！”

她提到的小花是朵黑花，每次出现，话题都会引发一场“滚出娱乐圈”的狂潮，但是人家就是那么坚挺！去年的音频自然也是经纪公司干的，狂踩那个女演员给小花洗白，南乐熟知内情，这又是对手公司的丑闻，不踩白不踩，于是很无耻地旧事重提来转移注意力。

明星就是自带流量体，不一会儿，这个震惊帖就被两边粉丝和吃瓜群众给占领了，可惜小黑花实在太黑，脑残粉又太无知，在科学和正义力量的碾压下，很快一败涂地，正义的网友们意犹未尽，对各种断章取义的假视频、假新闻、假爆料展开了大讨论和严厉谴责，顺便把楼上那些愤世嫉俗的喷子们也扫荡了一遍，最后纷纷到蒙冤的女演员微博去留言安慰。

女演员表示很无奈——我就是睡了一觉，世界就不是原来的世界了，这个天上掉下来的馅饼是怎么回事？

这一夜，八百年前的旧闻都被挖出来刨根究底，听不出来就跑到隔壁求谢聪现场鉴定，“谢耳朵”倒是莫名其妙成了网红，直播还收了一大堆的打赏。

到了第二天，网上的帖子还保持着热度，另一场战役也悄悄展开，因为信访办、纪委、法院都收到“群众”举报秦建章受贿和违法的“证据”，法院召开联合调查会。

秦建章听完“证据”，哂笑一声，起身将一本本厚实的鉴定报告分发给各家的调查组成员，云淡风轻地笑着说：“之前就有人用这个恐吓过我了，企图敲诈，我没有理会他，直接报了警。现在造假的人已经被警方抓获，招供出指使他做伪证的主使人，这段证据也被专业机构证实是人工拼接合成的音频。请调查组核实，我愿意接受组织的一切审查。”

因为没有德勤上诉呼应，小创业公司噤若寒蝉，不敢攀诬，网上的帖子也被网友骂得抬不起头，本来可以成为铁证的音频成了孤证，哪里是专业权威、霸气侧漏的鉴定报告的对手。

调查组的人翻看着报告，有的表情尴尬，有的面露讪诮，有的微笑欣慰……

秦建章理直气壮地坐在自己的位子上，背脊挺直，犹如青松。

“等调查完毕，我也要依法维护我的合法人身权益和职业名誉，起诉诬陷诽谤我的人！”

樊氏看到鉴定报告以后，德勤公司官方号立刻跑到震惊帖下面留言，声明发帖人是盗用公司名义，恶意歪曲事实，德勤保留追究其法律责任的权利。

然后，警方公号也跑到震惊帖下面留言，宣称抓住了楼主，发帖人对造谣诽谤事实供认不讳，警方非常感动这一届网友的明辨是非，欢迎大家关注案件的后续审理。

一片叫好声以后，这个帖子慢慢沉了下去。

后来，只手遮天多年的老牌律师事务所正元被调查，所长和几个金牌律师被查出来多起违法行为，性质恶劣，数罪并罚，锒铛入狱，事务所被依法吊销执业许可证。

靠山变冰山，现在轮到大人物陷入危机，自顾不暇，想要断臂求生，正元等一批马仔被舍弃也是自然。

除了大功臣梁菲菲，正元其他的律师无一清白，轻者受警告处分，重则被吊销职业资格，姜国在事发前就见风使舵，及时自首，举报立功，好歹保住了自己的律师职业证书，只被处罚停止执业半年，灰溜溜地离开了本市。

多年来被正元打压排挤的同行无不弹冠相庆，当然，这都是后话了。

鉴定报告完成后，接着网上论战，完善系统，各家谈合作，归还人员设备，又忙了几天，借调来的工程师走之前，委婉地提醒：陈纽约好像有产前狂躁症了，作为老朋友，最好回去关怀一下，夏蓁蓁终于想起来要回自己的工作室了。

陈纽约看到她就忘记胎教这回事了，噼里啪啦地把她骂了个狗血淋头……

夏蓁蓁认错态度良好，低头给她出气，等她骂累了坐下了，才讨好地拿出一沓文件给她："好姐姐，精明强干的姐姐，我的定海神针，劳驾看看这几份协议。市公安局的鉴定中心，还有这几家鉴定机构都要跟我们工作室联合研发项目，目前已经敲定的项目是这几个，还有些待定……他们还许诺，只要签了研发协议，他们鉴定中心所有的电脑维护、软件升级也外包给我们。我不知道我们工作室分出一部分力量来搞 IT 行不行……还有，陆唯跟我分析了这次的技术申请专利以后，是卖断还是坐收专利使用费比较划算。他帮我算了一下这个技术的需求量，你看，这么大的客户群，每家用一下就交钱，赚翻了有没有……所以我觉得收专利使用费比较好，你看呢？"

陈纽约翻动文件的手在发抖，肚子里的胎儿可能感觉到了母亲的激动，也开心地翻起跟头来，夏蓁蓁好奇地凑近看："你的肚子怎么在鼓包？”

下一秒钟，她就被揪起来，脸颊上印上一个口红印子。

“我还没说完呢。还有这个，我打算跟谢师兄开发一个音频优化小软件，号称K歌界的美图秀秀，不对，美图秀秀凸显不出谢师兄鬼斧神工的调音技能，应该是K歌界的PS大师……”

加一个口红印子！

陈妍妍和周信本来还准备来救驾的，见状都惊呆了。

陈纽约扶腰大笑：“我们天天开会想转型IT,这不就已经转了？不是我说你们，你们看看你们的工作效率，上班跟度假似的，看人家蓁蓁，度个假还把公司给转型了！”

夏蓁蓁这时正在工作室内部群里面发歌：“我师嫂独家专辑内测尝鲜版，天籁之音，洗涤心灵，陶冶情操，有益胎教……”她转头又跟陈纽约说，“趁她和乐队现在还比较平价，我建议先下手为强，启用他们来制作和配音演唱游戏音乐……”

陈纽约温柔似水：“好好好，你说什么都好。宝宝最近累不累？要不要再休息两天？”

樊氏集团要换一家合作律师事务所了。

提上议程的是云天律师事务所，去年就被提名，最终输给了老牌的正元，结果还没合作一年，正元就不义自毙了，以前支持正元的股东们都觉得脸上热辣辣的，但是这并不妨碍他们继续挑云天的刺：

“规模太小了！”

“资历太浅！”

“怎么都这么年轻？嘴上没毛，办事不牢啊！”

“天平旗下的团队那么多，再推荐几个，选择一下嘛。”

……

老吴忧伤地怀念着正元：“正元别的不说，他们的梁律师是才貌双全、学历和工作能力超群的活招牌啊。听说这次正元出事，只有她出淤泥而不染，坚持住了职业操守，这才是律师界的霸王花啊！市场不是有个规律吗？优秀而美丽的女孩子去哪里，哪里就是朝阳产业、朝阳企业，对不对？”

一帮老男人想起梁菲菲，长吁短叹不已。虽然她是朵带刺玫瑰，‘可仰慕而不可亵玩焉’，但是作为合作单位，谈事的时候看着她也赏心悦目不是？而且人家的商务、金融等专业知识是真的扎实，不论诉讼还是顾问，总是举重若轻，一针见血，拨云见日。讲真的，要不是梁菲菲志在律师行业，他们早就高薪将她挖过来做集团高级顾问了。

老樊敲敲桌子：“你们仔细看云天的资料了没有？”

“看了，规模太小，资历太浅，嘴上没毛，办事不牢……”

“你们翻开第七页，第五部分，团队介绍，看第三张照片上的美女！”

……

老吴点头称赞：“团队贵精不贵多，看了他们的履历，都是名校生啊，这么多证书啊，哎哟，梁律师又学了个税务法，太对口了，真是后生可畏！”

“天平推荐，必然稳健！”

“年轻创业团队有朝气，有干劲儿，工作效率肯定很高。”

“我同意跟云天合作。”

“同意……”

全票通过。

老樊得意扬扬地回到总裁办公室，看到方叔可怜巴巴地等在那里。

“樊总，帮帮我吧，上次为了去堵截德勤的上诉资料，我一急之下，不是开车超速又闯了个红灯吗……现在公司的车子要年检，罚款我已经交了，就是驾照上的分不够扣了……”

老樊心情好，没有臭骂他："你能不能有点出息？好歹也是德勤的一把手了，连几分都弄不到？"

方叔扭捏地说："我不能连累司机。他们经常开车，分要留着自己用，但是公司内部和亲朋好友……我一直自夸神车手，要是被人知道我还犯闯红灯这种低级错误，我老脸往哪儿搁？樊总，您知道我的苦衷，在您面前我不怕丢人，求您找个不认识的人，帮我扣几分吧，我给双倍的报酬……"

老樊心想，我堂堂一集团之总，给你处理这种鸡毛蒜皮的事儿，你脸是有多大？！但是转念一想，他说："去找小鸣，他找的事儿，他善后！"

方叔如奉圣旨，开心地去了。

次日，陈纽约挺着大肚子，拿着驾照跟方叔一起去处理违章。

她也很无奈啊，有驾照的人很多，但是只有她因为身孕暂时用不着……

交警队的办事员好心地提醒："您是孕妇，一定要注意安全，飙车闯红灯这种激烈而又违法的事情，实在太危险，以后一定不能再犯了！"还教训方叔，"您是她的长辈吧，平时多照顾孕妇，不要让她开车了。"

方叔态度特别好，点头如捣蒜。

陈纽约：一脸无奈！

德勤还是提出上诉，官司进入二审，小公司无奈交代了他们对律师隐瞒重要证据的事实，而德勤任由代理律师隐瞒摆布，也没好到哪儿去，两家都因为隐瞒证据和妨碍法院审理案件被严肃批评，鉴于情节不是太严重，认错态度好，只处以行政罚款。

德勤跟小公司其实也没有打官司的必要了，直接和解，按照双方藏匿起来的合作协议执行，付清了专利使用费用，两家自此再无瓜葛。

因为陆唯也是受害者，不能再为小公司辩护，天平安排了另外一家事务所的律师给他们做法律援助。

陆唯跟那个律师商量了一下，鉴于当事人经济困难，向法庭申请减免了一部分罚款，方叔也跟董事会申请，额外给了小公司一笔赔偿，当初好端端的正常技术合作，谁想到会走到今天这个结果呢？怪老天弄人？怪威武屈人？怪人心贪婪？

至于德勤起诉前任总经理的案件，已经全权交给梁菲菲了，在她的影响力的带动下，云天接到的商务和经济、金融类工作量大增，成为继正元之后新崛起的行业第一，陆唯都在组织大家进修相关专业了。

今天是陆唯和夏蓁蓁恋爱七周年纪念日，他却一点儿也高兴不起来，最近两边的事业都在转型高速发展期，忙还是其次，只要每天能碰个面也是幸福的。问题是夏蓁蓁被小李的教授看中，推荐她参加一个重要科研项目的成果系统评测工作，因为涉及国防机密，签了严格的保密协议，还要封闭式工作，算来已经有两个多月了，音信全无。

夏蓁蓁走的时候特别开心，想来是遇到了很感兴趣的课题，陆唯能怎么办？只能支持，然后独守空房。

他无精打采地开门，一股淡淡的花香袭来，顿时精神一振："蓁蓁？"

夏蓁蓁新做了头发，化着淡妆，穿一袭精致的真丝刺绣白长裙，倚在花架边，巧笑倩兮："Surprise！"

这样的裙子很容易让人联想到结婚礼服啊……

陆唯跟做梦一样被她拉到餐桌边，花边白桌布，漂亮的蛋糕，还有金色的烛台。关了灯，蜡烛柔光摇曳，夏蓁双眸亮晶晶地说："今天是纪念日，我有礼物送给你！"

陆唯的视线一瞬间都没有从她身上移开："你回来就是最好的

礼物了。”

夏蓁蓁冲他伸手：“把你的手机给我！”

这句会令万千男生魂飞魄散的话，在陆律师这里根本不是问题，他主动解了屏保锁，才把手机双手奉上。

夏蓁蓁嘴上说“让我突击检查检查”，其实根本没碰任何记录，而是拆开手机后盖鼓捣了一阵子，然后又打开笔记本电脑联机给他装了一个新的程序，但是界面上什么变化也没有。

安装成功后，手机“嘀嘀”两声警报，出现两个闪烁的红点，夏蓁蓁点了确认，它就消停了。

“这是什么？你给我装了追踪定位器吗？”陆唯打趣道。

夏蓁蓁神秘地笑着，拿出自己的手机，打开了“录音”功能。

陆唯的手机立刻又发出了“嘀嘀嘀”三声警报，虽然是锁屏状态，但还是出现三个红点，闪烁提醒。

陆唯笑道：“高科技啊，还能检测录音设备？但是为什么有三个红点？开始两声又是怎么回事？”

夏蓁蓁从茶几底下和绿植叶子中间拿出两支录音笔：“厉害吧？你知道我为什么口答应去做这个工作吗？我看到他们的课题是研究感应式反窃听探测系统啊。上次你在事务所还被暗算，被偷录了谈话，我就去咨询过反窃听的问题。现在市面上的反窃听服务，都是用一个那么大的反窃听探测器到你指定的位置去探测一下有没有窃听设备非法传送的无线电波，还很容易受到路由器、蓝牙之类信号的影响，如果不用实时窃听的装备，就用普通的电子设备录音，很难被探测出来。”

“没想到真有高手研发出来感应录音的装置了。他们研究出来的成果是机密，优先用于国防和保护要害部门关键人物、防间谍什么的。那些功能太逆天了，还有配套摧毁打击系统，肯定不会对民间开放的。不过现在国防军工也有部分技术转民用的，你手机上这个就是开放了最基础的感应报警功能，可以用来检测周围是否有录音或窃听设备开启，如果是你允许的，比如法庭录音、记者采访，数量和位置吻合，就没有什么问题；如果遇到别有用心的人悄悄录音，你立刻就可以发现。教授他们又担心这个会造成以后执法取证难度增加，所以是否面市还要进行论证，我死乞白赖地讨了一个内部测试版给你，你可要签保密协议的哦！”

陆唯心中一片温暖：“你送我的所有礼物我都非常喜欢，但是这个绝对是科技含量最高的一份心意。”

夏蓁蓁笑眯眯地说：“那可不一定，谁知道我以后还会捣鼓出什么好东西呢？反正都是你的，你慢慢排顺序吧。”

陆唯珍重地收起手机：“我不知道你会回来，什么都没有准备，怎么办？”

夏蓁蓁不以为意：“安啦，我在网上查了陆律师你现在的代理价格，想想你帮我免费做了那么多工作，还是我赚大发了。”

陆唯用她刚才的话说：“反正都是你的。”

两人相视而笑，夏蓁蓁托着腮，可爱地说：“鲜花、烛台、蛋糕都有了，只差烛光晚餐了，牛排在冰箱，陆大厨，请吧……”

陆唯乖乖地回屋换衣服准备下厨，餐厅飘来阿茵第一张专辑的优美旋律。

陆唯看了看鲜花、烛光和音乐中的天使一眼，关上门，从暗兜里摸出一张卡，夏蓁蓁心心念念的婚礼圣地——梦幻庄园的婚礼场地预订卡，上次他们去咨询，被告知三年以内都不能预约了，夏蓁蓁还有点小失望。

最近他帮庄园的大股东赢了一场财务纠纷，避免了上亿元的经济损失，并且谢绝了对方律师费之外的重谢，那位老板不知道从哪儿打听到他准备结婚，于是他申请到了一年以后的一个场次。

想了想，他还是将预订卡收了起来，打算给她一个惊喜！

然而这个惊喜让陆唯给忙忘了，幸好夏蓁蓁不知道有这个事。

掐指一算，夏蓁蓁和陆唯快半个月没有见面了。自从他打赢了一场听说特别牛的金融案件之后，他比以前还要忙。夏蓁蓁也能明白，经此一役，他已经在律师界名声大噪，忙也是正常的。

夏夜工作室步入新的轨道，陆唯的工作也得到了新的突破，夏蓁蓁心里很开心。而她这一开心，走路的姿势都变了，今天竟然还破天荒地哼起了小曲。

周信来到她办公室的时候，她还在哼，投入得如入无人之地。

“真难听。”周信冷淡的声音突然响起，吓得夏蓁蓁一口气没喘上来，咳嗽了好几下。

一边咳，夏蓁蓁一边比画让他坐：“什么事？咯咯。”

“难听。”周信冷哼一声。

夏蓁蓁抚着喉咙满脸问号：“什么？”

"你哼得太难听了，整个工作室都听见了。"

"我关门了，怎么可能整个工作室都听得到！"夏蓁蓁刚平静下来的喉咙又痒了起来。

"你没关。"

夏蓁蓁往外面看去，就看见陈纽约和陈妍妍一边捂嘴笑一边看向办公室。

莫非自己真忘记关门了？

周信眼神平静地告诉她——很难听。

对于下属用这么放肆的目光看向自己，身为老板的夏蓁蓁是很不爽的，但是一直以来的教训告诉她——和面前这人吵架，只会让自己更难堪。于是她平复好了心情，细长的手指敲着桌面，看着一脸冷淡的周信。

这世界很公平，一物降一物。思及此，夏蓁蓁的目光移向办公室外面还在看热闹的陈妍妍身上。

"妍妍你进来一下。"

听到夏蓁蓁叫自己，陈妍妍立刻收起脸上的表情，向办公室走去，路过周信的时候，还顺便看了他一眼。

周信垂下眼睛，没有回应陈妍妍的目光。

"妍妍，你说难听吗？"夏蓁蓁认真地问道。

狗腿子陈妍妍绝不会放弃任何一个可以拍马屁的机会："我的天，蓁蓁，我在门口一听到你那节奏和韵律就知道你完全可以C位出道了！刚才我还跟家家商量要不要帮你找个经纪公司。"

夏蓁蓁立刻得意扬扬地看着周信。

一旁的周信一脸吃了屎一样的表情："一个女人哼《好汉歌》还好意思C位出道。"

"《好汉歌》怎么了？你这是歧视刘欢老师吗？"夏蓁蓁站了起来。

外面还在看热闹的陈纽约赶紧过来打圆场："好了好了，大家都在外面看着呢，你们几个管理层的这样吵吵闹闹的，以后还怎么在他们面前立威？"

陈妍妍想着这一幕怎么这么眼熟，想了会儿也想不出个所以然，赶紧上前把夏蓁蓁按回座位："周信的意思是你以后和陆唯结婚后，总不能一开心就哼《好汉歌》吧？"说完还不忘转头对着周信使眼色，"周信，你说是吧？"

听到陆唯的名字，周信立刻一声冷哼，转身走出了办公室。

只要一提起陆唯，无论多大的火气，夏蓁蓁都能瞬间将它熄灭。想起南乐对自己说的，做女人不能总像个男人一样，要温柔，夏蓁蓁在心里告诉自己，要温柔，要温柔。

看夏蓁蓁不再生气了，陈妍妍就在她面前的座位上坐了下来："你和陆唯都拖了这么久了，什么时候举办婚礼？"

"这你得去问陆唯啊，这种事一直都是他负责。"夏蓁蓁戳着自己的手指。

虽然夏蓁蓁话是这么说，但是眼角的余光瞄到了桌子上的日历，心里也有了琢磨。原本她和陆唯早就商定好的结婚，结果因为她的各种事情搁置了，这么一拖，竟然过这么久了。

"蓁蓁，结婚是两个人的事。"

"嗯，我知道。"夏蓁蓁想着自己和陆唯早晚都会结婚的，不急在这一刻，于是立刻转移了话题，一脸八卦地看了看对面的陈妍妍。

"妍妍，你最近和周信走得很近啊。"尾音拖得长长的。

"喀喀，我和周信在腾飞电子就共事，看起来比别人熟一点儿也没什么啊。"陈妍妍刚喝口水，就被夏蓁蓁问得呛着了。

夏蓁蓁赶紧起来拍了拍陈妍妍的背，细长的手指在陈妍妍的背上起起落落："你前段时间不是还很讨厌他吗？"

“那个……我们最近需要交接的工作有点多，你说过，工作的时候不能说私事。”陈妍妍觉得夏蓁蓁的声音就像魔音一般，慌忙地站起身来，“我还有工作，就先回办公室了，您先忙着啊夏老板！”说完，逃荒似的跑了。

看着跑没影的陈妍妍，再看向那个一直在注意着这边的周信，夏蓁蓁好心情地对周信笑了笑，周信则像是没看见一样直接转过头。

这人的性格还真是一如既往的差啊……

陆唯这些天确实很忙，以前他最主要的工作就是看卷宗研究案件，可自打他成了樊氏集团的合作律师，最近这半个月来，他好像跨入了另一个领域。金融圈的酒会很多，因为除了工作上的合作，酒会是拉近距离的最好途径。而作为金融界新秀的陆唯，自然经常受邀参与其中。

这些天，他不是在酒会上，就是在去酒会的路上，每天能和夏蓁蓁联络的时间越来越少……

想到这儿，他就忍不住一声叹息。

像是响应他的思念之情一样，手机突然响了起来，是夏蓁蓁打来的。

“陆唯，晚上一起去吃饭啊。”电话里夏蓁蓁的声音听起来很欢快。

陆唯的声音里满是歉意：“蓁蓁，我今晚还有个酒会。”

“哦哦，家家说前街开了家不错的日料店，本来说和你一起去尝尝的，既然你今天有事，那我们下次再一起去。”电话那边的夏蓁蓁显然心情很好，声音突然变远，转而跟别人说起了话，“家家，陆唯说他去不了，那我们去吧。”

陆唯弯着眼睛听着电话里的交流：“陆唯，家家答应陪我去了。”

“嗯，你多吃点，把我那份一起吃了。”陆唯说道。

"没问题。先不说了啊，我要上车了，你也少喝点酒。"

"嗯，去吧。"

随后那边就挂断了电话。

陆唯看着车窗外，轻叹了口气。

事实证明，一个女人只要心情好，就能变得宽容，还会变得勤劳。

和陈纽约吃完日料后，夏蓁蓁就已经把她和周信那不愉快的经历给抛向脑后了，还十分贤惠地掏出陆唯家的钥匙，准备继续当个田螺姑娘，帮他打扫一下卫生。

打开家门又顺手打开灯，她首先看见的是一沙发的衣服，仔细看去还有在灯光中飞舞的灰尘。

啧啧，估计大家都看不出来表面上光鲜亮丽的陆唯家里会脏成这样吧。

深吸一口气，夏蓁蓁挽起了衣袖——加油吧，夏蓁蓁！

把衣服扔进洗衣机里，夏蓁蓁才着手准备擦擦灰尘。

陆唯的茶几是黑色的钢化玻璃，看着好看，但是特别吃灰，也是整个房间看起来灰最大的地方。

茶几中间放着一本台历。

这台历她也有，是陈妍妍给他们两个做的，自己的台历背景是陆唯，陆唯的台历背景是自己。陈妍妍还说等两人结婚后，她就把背景换成他们两个的合照。

这个月的27日上面有个"金融案件"的标记，应该是陆唯写的。想着陆唯肯定还做了其他标记，夏蓁蓁索性放下抹布，翻起台历来。

确实，重点案件、两个人的各种纪念日上面都有写。然而再往前翻了几页，她却看见了两个被画掉的红圈，红圈里的内容则是一样的。

那上面写着：领结婚证。

夏蓁蓁愣了一下——看着那标记上飘逸的字体就能看出来陆唯写的时候有多开心，再看那字体上粗暴地画上去的横杠，就能看出来陆唯当时心情多么糟糕。

她第一次放他鸽子没去领证，陆唯并没有表现出太多的情绪；第二次放他鸽子的时候，他才拉黑她所有的联系方式。当时她觉得他是小题大做，现在看来，他应该十分崩溃。

此时此刻，夏蓁蓁的心里不受控制地生出对陆唯的愧疚。虽然在她看来，两个人的感情只要是你喜欢我，我也喜欢你就够了。之前忙于工作室的事，吃饭睡觉都在想着工作，一直没怎么考虑陆唯，而这么多事情过去了，夏蓁蓁也明白了陆唯的苦心。

既然要过一辈子，就该把对方放在第一位。

把台历翻回到今天的日期，夏蓁蓁想了想，认真地把台历平稳地放好。

酒会很大，来的人身份都不低。陆唯在酒会中很受欢迎，许多财团老总都主动找到他，并且说以后多合作的话。而聊着聊着，这些老总的身后就会出现一个女人，年龄和陆唯差不多，长相也是不差。

"呵呵，陆律师，这是小女……"

"你们可以交流交流……"

当然，这一番交流下，酒下肚是免不了的。

陆唯最后是助理送回来的，车到了楼下，陆唯就让助理离开了。

陆唯醉得厉害，在包里翻出钥匙，摇摇晃晃半天才打开自家的门。

本已经做好屋内漆黑一片的准备，他却看到温暖的光照了出来。

陆唯愣了下。

关好门后，他小心翼翼地往里走去，只见一个女人趴在窗边望着外面的月色，听到开门声才回过头来，露出一脸灿烂的微笑：“你回来了。”

陆唯登时就觉得酒气汹涌而出。

站在门口平复了半天心神，陆唯尽量让自己笔直地走到夏蓁蓁身边，随后伸手揽住她的腰，低声道：“哪里来的小仙女？是羽衣丢了，回不到天上了吗？”

陆唯一开口，夏蓁蓁就闻到了一股浓重的酒味，熏得她一皱眉。

“你这是喝了多少酒啊？”把陆唯扶到沙发上，夏蓁蓁赶紧去泡了杯醒酒茶。

走出厨房的时候只见陆唯快要睡着了，夏蓁蓁立刻轻轻地拍着陆唯的脸，柔声开口：“醒醒，喝了这杯茶再睡。”

陆唯困得睁不开眼睛，靠在夏蓁蓁的肩上，让夏蓁蓁喂。刚喝下一口，陆唯就皱起了眉：“烫。”声音有点哑。

夏蓁蓁没办法，只能拿勺子来，吹一次喂一口。

一杯茶水喂完，夏蓁蓁已经满头大汗。陆唯一直抓着夏蓁蓁的手不放，喝完茶，他的困倦减轻了不少。

“蓁蓁。”陆唯闭着眼睛开口。

“嗯，我在。”

“蓁蓁。”

“我在，来，抬手。”夏蓁蓁一边帮陆唯脱掉外衣一边回答着。

“蓁蓁。”

原来陆唯喝多了酒，这么多废话的吗？

“夏蓁蓁。”

“嗯嗯，我在这儿呢，别喊了啊。”夏蓁蓁像哄孩子一样开口。

好一会儿，直到喊够了，他才闭上嘴，睁开了眼睛。

可能是因为最近工作确实太忙了，可能是压力比较大，可能是太过于思念夏蓁蓁，也可能是酒确实喝得有点多，陆唯呈现出一个夏蓁蓁从没见过的状态——絮叨，好像要把这辈子要说的话一口气说完一样。

握着夏蓁蓁的手，陆唯絮叨了许久，话题从两个人高中第一次见面开始……

夏蓁蓁一直颇觉好笑地听着陆唯跟她表忠心，直到他的话题终于转到了今晚的酒会。

他说他要被身边的“苍蝇”烦死了。大家都知道他未婚，所以那些想拉拢他的财团老总就想让他们的女儿嫁给他。虽然他和那些老总明确说了自己有女朋友，就差领结婚证、办婚礼了，可是那些财团老总就像没听见一样，就说交个朋友也好，他不好直接拒绝，只能一直喝酒。

夏蓁蓁脸上的笑渐渐收起。

说到最后，陆唯的酒意彻底地涌了上来，想说的话也词不达意起来，渐渐地闭上了眼睛。

很快，夏蓁蓁就听见了他均匀的呼吸声。

看着被窗帘隔在外面的月光，又想到桌子上的日历，夏蓁蓁慢慢眯起了眼睛。

好一会儿，她还是没有困意，起身为陆唯盖好被子后，拉开窗帘看着外面还挂在那里的月亮。

从陆唯求婚开始，两个人就一直在筹备婚礼，准备结婚，但是两次领证都因为她的工作而推迟了。虽然现在她已经做好时刻领证的准备，然而陆唯又忙得没有时间。好像冥冥中，有股力量在阻挡着这一切。

之前她问过南乐为什么会那么晚才结婚，原本以为他们两个人早该结婚生子了才对。

当时和南乐的对话，现在在夏蓁蓁心里反复回响。

“蓁蓁，你知道吗？我和樊鸣好几次都差点儿举办婚礼了。”

“那为什么后来都没办成呢？”

“因为总有突发事情出现。”

“你们计划的时候没考虑变化吗？”

“很多事是计划不了的，只能当断则断，及时行乐。”南乐当时认真地看着夏蓁蓁，“所以，蓁蓁，你和陆唯的婚礼，不要去计划，快刀才能斩乱麻。”

夏蓁蓁那时候还把心思放在工作上，婚礼的事一直都是陆唯在操心。所以，她一直没把南乐的话放在心上。

现在静下来想想，夏蓁蓁觉得自己和陆唯之所以到现在还没有领证，就是像南乐说的那样。这世上不是所有的事都能计划的，就像那谁说的，明天和意外谁都有可能先到来。

她看了看床上熟睡的陆唯，他眼下的乌青是那么明显。

拉上窗帘，掀开被子，夏蓁蓁向陆唯身边贴了过去。陆唯似乎感受到夏蓁蓁的靠近，自然地伸手环抱住夏蓁蓁。似乎是摸到了她身上的凉意，他直接整个身子靠了过来。

夏蓁蓁紧紧抱着陆唯的腰，闻着从他身上散发出来的淡淡酒味，闭上了眼。

觊觎陆唯的人那么多，看来她得给他盖个章了。

陆唯是被窗户外射进来的日光照醒的，皱着眉头睁开眼，首先看见的是窗外那明晃晃的日光，隐隐地好像听见了喜鹊的鸣叫。

看着自己身上的衣服，昨晚他的记忆慢慢回笼。

清了清还是不怎么舒服的嗓子，陆唯环顾了一圈——夏蓁蓁呢？

打开卧室的房门，听见了厨房里传出来的动静，他趿着拖鞋，往厨房走去。

“醒了？”正在弄早点的夏蓁蓁看见了陆唯，笑着问。

陆唯觉得今日的夏蓁蓁有些不一样，不知道是自己酒还没醒还是大早上脑子不太清醒：“嗯，你在干吗？”

“弄早餐啊。”

“那一团白色的是什么？”

“哦，那个啊，是用多了的面粉。”

“那其余的呢？”

“用了啊，在烤箱里烤着呢。”

陆唯往烤箱那里看去，见上面的灯是亮的。

“你什么时候学会做面包的？”

“面包？不是啊，我做的是馒头。”夏蓁蓁说完还对着陆唯笑了笑。

“馒头？”陆唯赶紧上前去把烤箱关了，回头对夏蓁蓁说，“馒头是蒸的，面包才是用烤的。”

“啊？是吗？那怎么办？”

已经习惯了夏蓁蓁在厨房的破坏，陆唯淡定地观察着其他东西：“没事，你手里在弄的又是什么，牛奶吗？”

“豆浆加鸡蛋清，很营养的。”夏蓁蓁举着手里的碗说着。

“你确定能吃吗？”陆唯看着碗里的东西。

夏蓁蓁蒙了：“不能吃吗？”

陆唯没说话，去打开了烤箱，一股焦味立刻扑面而来。

一闻到那个味道，夏蓁蓁的脸都要变形了，“啪”地丢下了手里的东西：“我再也不碰这些东西了。”

看着气冲冲离开的夏蓁蓁，陆唯一脸好笑地摇摇头，简单地收拾了一下残局，重新弄了一份早餐。

夏蓁蓁吃着陆唯做的早餐，满足得闭着眼，就像一只吃饱的小奶猫，仰起自己的头颅。

陆唯用纸巾擦拭掉她嘴边的碎屑：“慢点吃，来喝口豆浆。”

吃饱喝足后，夏蓁蓁坐得稳稳的，看着收拾厨房的陆唯，突然开口说道：“陆唯，我们今天去领证吧。”

陆唯正在刷碗，耳朵里只有哗哗的水声，夏蓁蓁的声音听得并不清楚：“你说什么？”

夏蓁蓁把声音提高了两分贝，重复了一遍：“我们今天去领证吧。”

陆唯手一僵，手中的盘子立刻从指尖滑落进水池里。

夏蓁蓁等了一会儿，仍然没等到回应，就从餐桌旁走了过来。

水池里的水仍在哗哗地流着，盘子凄惨地落在里面，陆唯的手仍保持着刷盘子的姿势，手中却空无一物，眼睛仍对着水池，然而视线却已经穿过了水池，不知道在看什么。

夏蓁蓁不禁觉得有些好笑，伸手在他眼前晃了晃：“醒醒！你的女朋友在向你求婚呢，请问陆先生有听到吗？”

顿了一下，陆唯的眼睛才渐渐恢复了神采，慢慢转过头来看向夏蓁蓁，目光中带着希冀和不确定：“是今天吗？”

夏蓁蓁点点头，笑容柔和了眼角：“那么请问陆先生，您愿意娶夏小姐为妻吗？”

曾经陆唯觉得领证是个必须要很多人见证的事情，于是第一次决定领证的时候他还邀请了夏蓁蓁的父母还有宋扬夫妇。然而时至今日，两个人站在民政局门前，跟一群年轻的情侣们排队等着办证时才觉得，领证这个事，只要你愿意、我愿意，就是九块钱的事，没那么麻烦。

看着工作人员把钢印盖在结婚证上，夏蓁蓁才揉了揉笑僵了的脸：“我怎么觉得照片还是不好看？不然我们重新照一张吧，毕竟要用一辈子呢！”

“很美了。”陆唯宽慰道，“结婚证只有我们两个人看，我觉得美就行了。”

“好吧。”虽然还是有点不满意，但是陆唯都这么说了，夏蓁蓁只能作罢。

跟着陆唯上了车，夏蓁蓁一直翻来覆去地摸着手中的结婚证，啧啧了半天：“也没什么了不起嘛，就这么一个小本本，我就从单身贵族变成已婚妇女了。”

陆唯笑了笑，没说话。

回了家，换了身衣服，夏蓁蓁一边穿鞋一边开口：“我去工作室，你去事务所吗？”

陆唯摇摇头：“昨天酒喝得太多，有点头疼，今天我在家休息。”

“好吧，那我先走了，好好照顾自己。”说完，夏蓁蓁直接推开了房门。

就在她即将走进电梯的时候，陆唯的声音突然从门口传了过来：“等一下。”

夏蓁蓁回过头来。

陆唯的眼神是她从没见过的温柔和轻松：“早点儿回家，陆太太。”

夏蓁蓁立刻红了耳根，咬着嘴唇钻进电梯。

陆唯独自一人在门口站了好一会儿才关上房门，似乎一直在感受着夏蓁蓁离开时的余韵。

陆唯躺在沙发上平复着自己激动的心情，视线突然扫到茶几上的日历……

一分钟后，日历上的今天多了一排字：我们结婚了。

直到回到办公室，夏蓁蓁脑子里还在不断回放着陆唯那声“陆太太”，就像咒语一般，一个将自己和陆唯从此都联系在一起的咒语。

想到陆唯眼里的温柔，夏蓁蓁耳根又开始烧起来。

“蓁蓁？”突然，陈妍妍的声音在她耳边响起。

夏蓁蓁连忙掩去眼中的娇羞，强装淡定地看着陈妍妍：“怎么了？”

“你刚刚进来的时候都没听见我喊你吗？”

“嗯……你刚刚喊我了？”夏蓁蓁摆弄的手顿了一下。

点了点头，陈妍妍突然瞟向夏蓁蓁那红晕还未褪去的耳根，随后一脸“真相只有一个”的表情看着夏蓁蓁，耸起肩膀轻轻地碰了一下她的肩膀，奸笑着开口：“夏老板这是有喜事？”

夏蓁蓁立刻伸手捧住自己骤然变红的脸，眼神四处扫了一圈，确认没人在办公室外偷听之后，才小心翼翼地对陈妍妍开了口：“这么明显吗？”

陈妍妍的眼睛立刻就亮了起来，赶紧把夏蓁蓁推回老板椅上坐着，自己拉了她对面的椅子也坐了下来，眼睛里燃烧着八卦的熊熊烈火：“能让你害羞的，除了陆律师我已经不作他想了，他又干什么了？”

对上陈妍妍那双此刻还在散发着“快告诉我”的光芒的眼睛，夏蓁蓁清了清嗓子：“我结婚了。”

陈妍妍听后并没有夏蓁蓁预想中的兴奋，反而抬起头微微转了半圈，似乎在思考着什么。

耐心地等了一会儿，陈妍妍终于开了口：“这是什么意思？婚礼酒店订到了？还是又准备去领证了？还是又被求婚了？”一连提了三个问题，陈妍妍自己都笑了，“你俩前科真是太多了，你说你结婚了，我都不知道到底是指哪方面。”

夏蓁蓁也觉得有点尴尬，蹭了蹭鼻子后轻声咳了咳：“领证了，就刚刚。”

得到了正面回答，陈妍妍乐得直接从椅子上跳了起来，握着夏蓁蓁的手用力地摇晃着："恭喜恭喜啊！夏老板和陆律师终于修成正果了！我的妈呀，真是普天同庆！"

夏蓁蓁高兴地接受了陈妍妍的道喜："淡定淡定，小事小事。"说完，迈开步子往办公室外面走去。

夏夜工作室一如既往地繁忙，大家都拼命地敲击着键盘，没时间注意夏蓁蓁。

于是，夏蓁蓁再次清了清嗓子："喀喀，大家都停一下……"众人这才停了手。

看了一圈周围，夏蓁蓁又补了一句："把周信和陈纽约也叫出来。"两个实习生立刻跑向那两个人的办公室。

"又有什么事？"周信的脸上带着工作被打断的不悦，"你最好快点儿说，我还有个电话没打完。"

"对啊，蓁蓁，什么事啊？"陈纽约打了个哈欠，走了出来。

刚从办公室走出来的陈妍妍抬头看了一眼站在自己办公室外的周信，咬了咬嘴唇，还是走向了陈纽约。陈纽约亲切地挽上了陈妍妍的手，让出自己一半的位置给她。周信也看见了陈妍妍，只是陈妍妍一直低着头，周信不以为意，又向夏蓁蓁那儿看去。

看着工作室众多好奇的脸，夏蓁蓁斟酌着如何开口，好一会儿才露出笑脸："今天有件喜事要向大家宣布。"

视线转了一圈，夏蓁蓁笑眯了眼睛："我！夏蓁蓁！结婚了！今早领的结婚证！一会儿妍妍买点喜糖给大家发一发，大家沾沾喜气啊！"

这个消息犹如一枚深水炸弹，瞬间将办公室炸得翻腾了。一众员工纷纷向夏蓁蓁说着恭喜，夏蓁蓁笑着接受了，不停地说着谢谢。

只有一个人，从头至尾都没有说话。

周信觉得自己仿佛与这个喜庆的空间格格不入，在夏蓁蓁说完后，就觉得自己陷入了冰窖一般，浑身冰冷。他尽力维持着脸上的平静，好一会儿才让自己保持直立，然后一言不发地回了自己的办公室。

瞄到周信离开的夏蓁蓁，立刻大声地对着他的背影开口：“周信，就凭咱俩的感情，我举办婚礼的时候，你可得包个大红包！”

周信一声冷哼：“放心吧，红包我准备好了，就等你了。”

夏蓁蓁撇了撇嘴，没理会他，继续向同事们表示感谢。

虽然没有收到周信的祝福，但是这个人性格一向古怪，夏蓁蓁也不去计较。有了员工们满满的祝贺，夏蓁蓁还是心满意足的，于是夏夜工作室中又开始响起了女生版的《好汉歌》。

某人又忘了关门……

倒是陈妍妍，看着周信离开后紧闭的办公室门，微微叹了口气。

陆唯难得休息一天，但是躺了一上午，觉得有些浪费时间。看看表已经快到中午吃饭时间，他简单收拾了一下就起身来到厨房。

而夏夜那边，眼看着午饭时间到了，夏蓁蓁拿着手机犹豫要不要打电话约陆唯出来一起吃饭。

办公室门外，陈纽约和陈妍妍相携而来，兴奋地说道：“蓁蓁，新婚之日不安排我们吃顿好的？”

夏蓁蓁刚想说“安排安排”，手里的手机就响起来了，是陆唯打来的：“陆太太现在饿了吗？”

听到电话里传来的声音，夏蓁蓁耳根瞬间红了，咬了咬嘴唇：“休息好了？”

陈纽约见夏蓁蓁这模样，笑着和陈妍妍说：“今天夏老板怕是没法陪咱俩去吃了。”

陈妍妍煞有介事地点点头。

果不其然，不一会儿，她们就见陆唯穿着休闲装，手里提着两个食盒出现在工作室里。

“我还以为你给我叫了外卖，你怎么亲自过来了？”夏蓁蓁惊喜地走出办公室。

陆唯看着夏蓁蓁：“午饭做了两人份，想着还是带来和你一起吃。”

陈妍妍二人见陆唯来了，就偷笑着跑开了。不过在走之前，陈妍妍还特意跑去周信办公室问了他要不要一起吃个饭，结果自然又如石沉大海一般，得到的只有沉默。

将陆唯迎进办公室后，夏蓁蓁就迫不及待地打开了食盒。意料之中的香气迎面而来，顿时吊足了她的胃口：“好像好久都没吃过你做的饭了。”

陆唯笑笑，把筷子递了过去：“以后想吃了就跟我说。”

夏蓁蓁点点头，之后就是一通胡吃海塞。吃饱喝足后，夏蓁蓁捧着手里的茶坐在椅子上消食，陆唯在一旁收拾残局。好一会儿，她突然一本正经地说道：“陆唯，我发现嫁给你的感觉还不错。”

吃饱之后，陆唯手中不停，只是看着夏蓁蓁那餍足的样子轻轻地勾了勾嘴唇。

本着为人妻子，人家都给自己送饭来了，自己这做老婆的总该送送人家的原则，于是在陆唯收拾好后，扬起恰到好处的笑容，夏蓁蓁和陆唯一起向办公室外面走去。

工作室的员工已经有不少人吃好回来了，大家都热情地向陆唯打着招呼，夏蓁蓁却看见了刚从周信办公室走出来的陈妍妍，手中还拿着一份未拆开的便当。

“周信他没吃饭吗？”夏蓁蓁顺口问了句。

想到刚刚被冰块脸轰出来，陈妍妍脸上有点尴尬：“他啊，饿死活该。”说完，陈妍妍看他俩似乎是要走，连忙问道，“陆律师这是要走吗？”

“嗯，陪蓁蓁吃完就该回去了。”

“啊，忘给陆律师道喜了，恭喜你和蓁蓁喜结良缘。”陈妍妍作势拱了拱手。

陆唯做了个同样的姿势，之后眯着眼看了一眼周信的办公室。

夏蓁蓁明白陆唯的意思，她也知道周信对她的那颗心，然而感情并不是怜悯，她不能因为周信也为她付出很多就对他心存愧疚，总会有这么一天的。

况且，周信应该不需要也不想要她的怜悯。

陆唯很快就收回了视线，拍了拍挽在自己胳膊上的手，温和地对夏蓁蓁说：“就送到这儿，快回去工作吧。”

“嗯嗯。”夏蓁蓁捣蒜般点着头。

“哦，对了。”刚走远的陆唯回头说道。

夏蓁蓁抬头示意他继续说。

“晚点我来接陆太太下班。”

夏蓁蓁一顿，连拜拜都忘了说，立刻飞也似的回到了办公室，端起桌上已经凉了的茶水一口灌下，随后拍了拍胸膛才冷静下来——希望刚刚脸没红……

平时夏蓁蓁沉迷工作的时候，总觉得自己还没做什么，天就黑了，然而今天也不知道怎么了，每次抬头看墙上的挂钟，都显示距离她上次看挂钟的时间刚刚过去五分钟。陆唯也不是没接过她下班，然而今天的感觉跟平时大不相同，说不出来是什么原因，她就是格外期待。

就这样度日如年地过了一个下午的时间，终于在夕阳即将掉下窗户的时候，夏蓁蓁接到了陆唯的电话。

随后夏蓁蓁就像匹野马一般，飞快地把自己打理好，在陆唯的车出现在事务所门外时，第一时间就钻了进去。

对于夏蓁蓁来说，这是快乐的时光，但对于周信而言，在工作室多待一秒都是煎熬。

似乎知道陆唯会来工作室一样，自从夏蓁蓁宣布喜讯之后，周信就一直把自己关在办公室里，之后也就陈妍妍进来过，只是没多久就被轰了出去。

陈妍妍婉拒了和陈纽约一起回家的邀请，一直留在工作室，表面上看是在加班，实际上是在等周信下班。

终于，在工作室的人都走光之后，周信的办公室传来了动静。

周信披着外套，有些疲倦地推开办公室的门，结果却看到应该早就离开的陈妍妍站在走廊里。

周信情不自禁地皱眉："你怎么还没走？"

"你不也没走吗？"陈妍妍反问道。

周信噎了一下，不搭理陈妍妍，迈着大长腿就往外走去。

陈妍妍赶紧上前，追问道："你干吗去？"

"喝酒，一起吗？"周信回过头，冷淡地看向陈妍妍。

咽了咽口水，陈妍妍握紧双拳，在内心深处做了一个伟大的决定："走！"

Chapter 15
周信，你刚刚说要努力喜欢我不是唬我的吧？

陆唯的原计划是晚上亲自做一顿浪漫的烛光晚餐来催化一下两个人的感情，然而理想很丰满，现实很骨感。

烛光晚餐是做好了，夏蓁蓁也换了身很美的裙子赴约了，两个人也美美地吃了牛排、喝了红酒。然而就在情绪达到最高点，两个人都情意满满地对视时，夏蓁蓁的手机响了。

尽管陆唯心里有着骤然被打断的不悦，然而他还是十分绅士地伸手示意夏蓁蓁接电话。

自己因为工作而把陆唯放到第二位，最后被陆唯拉黑的惨案还历历在目，夏蓁蓁十分担心这个电话的源头，万一又是谈工作的怎么办？

幸好电话是南乐打来的，说是听闻她已经和陆唯领证的事，特意打电话来询问是否真实，顺便道贺的。

夏蓁蓁立刻放松下来，摆了个舒服的姿势就开始跟南乐说明到底发生了什么。而看到那个眼熟的接电话的姿势，陆唯就知道，没有半个小时，夏蓁蓁这个电话是放不下来了。等夏蓁蓁聊够了，挂掉了电话，才发现陆唯的脸色已经快比得上外面的夜色了。夏蓁蓁抱歉地看着他，然后果断将手机关机，二人这才没有波折地将晚餐吃完。

等夏蓁蓁再次打开电话的时候，顿时一堆消息接踵而来，都是询问领结婚证这事的，宋扬的消息最多，前前后后加起来得有十几条，前几条是骂陆唯的，为什么电话不开机，偷偷摸摸就领证了，之后就是问夏蓁蓁领证的感受怎么样，什么时候办婚礼云云。

夏蓁蓁笑着给宋扬和几个重要的人回了电话，其余的人就只是短信回复。

放下手机，夏蓁蓁看了一眼陆唯放在桌面上的手机——刚才她还在想，怎么一直是她的手机响，忙成狗的陆唯怎么会那么安静？

看到夏蓁蓁挂断了电话，陆唯优雅地拿出纸巾擦了擦嘴："都完事了？"

夏蓁蓁点点头。

"手机关机。"陆唯淡淡地下着命令，夏蓁蓁赶紧重新关机。

站起身，陆唯对着夏蓁蓁伸出手："长夜漫漫，就别在其他人身上浪费时间了。"

夏蓁蓁还没听出陆唯话里的暗示,听话地把手塞进陆唯的手里，对他刚刚的用词不以为然："大家都是关心我们，怎么能是浪费时间呢？"

陆唯淡淡地应着，牵着她的手向卧室走去。

夏蓁蓁还在絮叨陆唯的思想有问题，完全不知道自己已经羊入虎口。最后一个镜头，就是缓缓在夏蓁蓁身后关上的卧室门……

相较于夏蓁蓁和陆唯的浓情蜜意，陈妍妍就惨了点。

陈妍妍就算是用脚指头看都能看出来周信的心情不好，所以去往酒吧的路上，周信真是一路飙车。等陈妍妍跟着周信到了酒吧门前时，她都快吐了。

努力平复自己的情绪，告诉自己别丢人，陈妍妍有些紧张地跟在周信身后，走了进去。两个人虽然从在腾飞电子起就一起共事，彼此也还算熟悉，可要说一起喝酒，这还真是头一回。

两人依次坐在吧台前，要了酒，谁也没有打算开口。

嘈杂的音乐中掺杂了太多的情绪，有在舞池中欢腾的热情，有在角落中独酌的低迷，也有众人的欢聚。开始周信还很有情绪地和陈妍妍碰杯，陈妍妍小抿一口，周信则是豪饮。到了后面，他直接一杯接着一杯地喝了起来。

陈妍妍起初还有些担心，但是知道现在的周信只能靠酒精来麻痹，于是也不阻止。但是随着时间的推移，吧台上的空酒瓶越积越多，陈妍妍终究是忍不住，突然伸手挡住了周信还在往嘴里灌的酒杯："你别喝了。"

"你说什么？"周信以为陈妍妍有话对自己说，但是周围的音乐太吵，酒精上头也有些堵住了听觉，于是喊了一声。

"我说，你别再喝了！"陈妍妍也提高了嗓音。

周信这次听清了，但是没有搭理她，反而用一种"你算老几"的表情嗤笑了一下，抢回杯子，继续往里面倒酒。

"你喝多了。"这次陈妍妍直接抓住周信的手。

"我没喝多。"周信想甩开她，却一直甩不开。

"你不能再喝了！你真的喝多了！"陈妍妍十分坚持。

"不用你管！"周信毫无风度、十分粗暴地甩开了陈妍妍的手，接着向吧台小哥喊道，"再来打酒。"

陈妍妍被甩得险些摔下椅子。

看着周信的样子，陈妍妍离开座位，咬了咬牙，鼓起勇气站在周信的面前。她的眼睛里闪着坚定的光芒，似乎是酒精的作用，她的脸上有些红晕。

“周信。”

周信有点烦躁地看向突然出现在他面前的陈妍妍。

“我喜欢你！”陈妍妍大声说道。

周信像是听笑话一样笑了下：“我失恋也不用你这么安慰。”

“这不是安慰，这是实话。”陈妍妍深吸一口气，认真地看着他的眼睛，大声地重复了一遍，“周信，我喜欢你。”

周信愣了下，这才仔细地看向陈妍妍——她的表情不像是在开玩笑。

慢慢地放下酒杯，周信的眉心缓缓皱起，斟酌了一会儿才开口道：“抱歉，我不喜欢你。”

陈妍妍也愣住了，她没想到周信会这么果断地拒绝自己。在她看来，周信对自己的态度远胜于别的女人，而且两个人一起相识这么多年，就算还没到喜欢也不会这么直接地拒绝啊。

“为什么？”

“我喜欢夏蓁蓁。”周信干脆地回答。

陈妍妍一脸的不可置信：“周信你能不能清醒点啊？！蓁蓁已经嫁给陆唯了，你们两个不可能了！聪明人都知道要立刻从不可能的感情里全身而退，你的脑子到底是怎么回事？”

“你懂什么！”在震耳欲聋的音乐中，周信大声地说道，“我们两个的关系不是你们想的那么简单！我们从初中起就是同桌，因为学习太好，性格太直，周围同学不理我们，所以我们的身边一直只有对方，对方是无可替代的那个角色！”

“陆唯对蓁蓁来说才是无可替代！”陈妍妍忍不住打击他。

“陆唯？他是插足的那个！”一提到陆唯，周信的表情都暴躁起来，“本来我和蓁蓁可以共同成长，一同走进婚姻的殿堂，结果半路出现一个他，活生生地从我身边抢走了夏蓁蓁！你让我清醒，其实最需要清醒的是陆唯，他懂不懂第三者插足是最不应该做的事？！”

“但是蓁蓁喜欢的是陆唯！”陈妍妍大声说道。

“我也不知道蓁蓁到底是怎么回事！她去英国的时候，陆唯抛弃了她，她就应该知道两个人根本不合适！是我，周信，在她出国的四年期间关注着她，我们每天都打电话！我知道她在英国的每一个细节，她明明是为了我才回来的，凭什么又让陆唯捷足先登？”周信用力地捶着吧台，“凭什么？！凭什么？！”

一杯冷水忽然迎面泼来。

周信被泼得一个激灵，已经上头的酒劲和怒气渐渐地缓了下来。用力抹掉脸上的水，周信看着陈妍妍：“你干什么？！”

“让你清醒清醒！”陈妍妍用力地捏着杯子，而后用力将酒杯摔在吧台上，“你根本就不是真心喜欢蓁蓁！你现在所表现出来的一切只是因为你不甘心而已！你这充其量是占有欲作祟而已！这根本不是一个男人应该做的事！”

被陈妍妍劈头盖脸地训斥后的周信很想反驳，但是思考了一下却不知道该如何开口，憋了半天才说出一句：“那你说什么是真正的喜欢！”

“真正的喜欢是希望她幸福！而不是必须跟你在一起的幸福！”陈妍妍伸手指向周信的额头，“周信我告诉你，我陈妍妍确实喜欢你，但是我不喜欢现在的你！我喜欢的周信，是看到女孩受到伤害会挺身而出的！我喜欢的周信，是表面上凶神恶煞地教训你，背后却会耐心指点你究竟哪里做得不对的！如果你一直是这个样子！那么我喜欢你也没什么意义！”

说完，陈妍妍直接掏出钱包，从里面拿出几张百元大钞拍在吧台上，对着周信开口说道：“今天的酒算我请你的，就当是感谢你之前对我不经意的帮助。”说完，陈妍妍转身就走。

周信整个人愣在原地。

酒保一边收钱一边感叹：“这姑娘真酷啊……”

然而，这名酒保口中的酷姑娘，在关上酒吧大门的那一刻，泪如雨下。

心情好，这人的脸色都会显得格外的好。而心情不好的人，那脸色也会黑得吓死人。

夏夜工作室再次出现了这样两个极端的人。

身为人妻的第二天，夏蓁蓁依旧带着属于少女的娇羞和初为人妻的甜蜜来到工作室，凡是她经过的地方，都散发出幸福的味道。

很快，就在她打开办公室电脑的那一刻，她的娇羞和甜蜜都跑掉了。

一封辞职信明晃晃地挂在她的邮箱里——来自陈妍妍的。

她赶紧掏出手机简单翻了一下，果然看见了陈妍妍昨晚凌晨发来的消息。

她给陈妍妍打电话，可那边一直提示无人接听。夏蓁蓁潜意识里觉得这事肯定又和周信有关，二话不说就踢开了周信办公室的门。

周信看着来势汹汹的夏蓁蓁，莫名其妙。

“妍妍怎么辞职了？”

“又不是我辞职。”你来问我干吗？

“你是不是又对她说了什么？”

“她是董事，我是打工的。”我能说什么影响她？

“真和你没关系？”夏蓁蓁明显不信，这两人绝对有猫腻。不行，还是得赶紧联系上妍妍。

周信还是淡定地继续手里的工作——和我没关系。

白了眼周信，夏蓁蓁回到办公室，刚好看见摸着孕肚出来偷吃的陈纽约："家家，妍妍去哪儿了，怎么电话都没人接？"

陈纽约一脸茫然："不知道啊，她没来上班吗？是不是昨晚出去玩了没起来？"

"她辞职了。"

"辞职？"陈纽约蒙了，"为什么辞职？你拖欠她工资了吗？"

"闭嘴！回去工作！"夏蓁蓁细长的手指在手机上来回移动，视线移向周信的办公室。

直到快到晌午的时候，陈妍妍的手机才打通。

"喂，妍妍，你在哪儿？"夏蓁蓁的声音满是焦急。

"在家啊。"电话那边传来的声音有点沙哑。

"你这是……刚睡醒？"夏蓁蓁迟疑地问着。

"对……啊，"那边打了个哈欠，接着又说道，"怎么了？"

"怎么好好的又辞职了？"夏蓁蓁回到了主题。

陈妍妍沉默了会儿，轻描淡写地开口："最近太累了，想休息休息。"

"那也不用辞职啊，我这边给你放长假，好好出去玩一下。"夏蓁蓁松了口气，笑道。

"蓁蓁……不用了。"

"怎么了？"

"我觉得……我应该离开夏夜了。"陈妍妍的声音听起来满是疲惫，"在那里我不快乐。"

一句"不快乐"，把夏蓁蓁内心想好的劝说陈妍妍快点儿回来的说辞全都撕碎了。

无论如何，快乐是最重要的。虽然她不知道陈妍妍和周信到底发生了什么，但是既然妍妍觉得不快乐，那么她尊重妍妍的选择："决定好了吗？"

"嗯，我打算先去斯里兰卡度假。"陈妍妍松了口气，"之后就走一步算一步了。”

“那好，等你玩完回来，我给你接风。”

“好。”

挂掉电话，夏蓁蓁重重地叹了口气。

周信知道陈妍妍辞职后，心里感觉少了一点儿什么，但是没有十分在意，工作的时候还是杀伐决断。夏蓁蓁见他似乎没什么影响，也没有打算说什么。

缘分这个事，强求不来。

就这样过去了近半个月。这半个月来，夏蓁蓁每天都沐浴在新婚的幸福中。

周信总说她就像只臭美的孔雀，还是那种长得难看还不自知，特别愿意四处招摇的孔雀。对于周信的评论，夏蓁蓁总爱怼上几句，但是没了陈妍妍的助阵，最后总是败下阵来。

这次，夏蓁蓁随意地嘟囔了句：“要是妍妍在就好了。”

听到陈妍妍的名字，周信有种恍如隔世的感觉，似乎已经很久没有听见这个人的名字了。

看来她真的辞职走了，得出这个结论的周信蓦地皱起了眉。

刚开始还觉得有她没她没差，可是日子一久，就发现情况完全不是这样。

在员工的眼里，夏蓁蓁和周信就是两个极端，一个每天都是满面春风来到工作室，另一个却是每天都顶着张黑脸来工作。而且周信发现，自己越来越没法控制自己心中那团无名的火了。像是失去了疏通的渠道，他那股火始终憋在胸口。

和夏蓁蓁拌嘴后，周信照常回到了办公室，只是看见设计部送来的样稿，越来越觉得不堪入目，他根本控制不住自己的脾气，直接将那边暂时的负责人叫来办公室，劈头盖脸地骂了一通。

骂人的声音大得夏蓁蓁都听不进去了，赶紧走过来叫那被骂得直抹眼泪的小姑娘回去，自己坐在周信的对面："你最近怎么回事？脾气怎么这么大？"

"他们工作不认真，还怪我脾气大？"周信反问。

"他们本来就比不上妍妍，想达到你的标准很难。更何况你和妍妍还共事那么久，她能懂你的思路和想法，那些新来的孩子们行吗？"夏蓁蓁低着头戳手指，边说边瞟向周信。

周信还是黑着脸，不说话。

看着他的表情，夏蓁蓁趁机给他指了一条明路："你没有发现吗？自从妍妍走后，你的脸色就没有好过。"说完，她就走出了办公室，还体贴地为周信关上了门。

周信冷淡的脸上慢慢出现了变化，疑惑浮出水面——因为她吗？

周信回到家后，在床上翻来覆去，一直睡不着，最后索性不睡了，打开电脑继续工作。

工作让人冷静。

然而电脑上却意外蹦出了之前他和陈妍妍一起工作时的材料。

两个人在腾飞电子就共事，早已熟悉了彼此的习惯，而在夏夜的这段时间甚至已经养成了彼此之间的默契，这是别人替代不了的。

想到这儿，周信"啪"地合上了电脑，打开了手机。

本来他是想着随便下个新手游，看一下有没有什么创新的理念，然而手指却不受控制地点开了相册，翻到了上次几个人一起在斯里兰卡时的照片，镜头下的陈妍妍看起来很快乐，笑靥如花。

然而那天晚上，她没有给他任何一点儿笑意。

手指慢慢抚向屏幕上陈妍妍的笑脸，周信突然觉得沉睡已久的心脏突然跳了一下。

陈妍妍、陈妍妍、陈妍妍……

夜风很凉，周信退出照片界面，拨通了一个电话。

电话那边响起夏蓁蓁的声音："谁啊？"

"我。"周信淡定地说着。

"你谁啊？这么晚不睡觉。"

"我要休假。"

电话里传来窸窣的声音，好像有陆唯的呢喃声，还有掀被子的沙沙声。

良久，电话那头再次传来响声："周信？"这次夏蓁蓁的声音明显清醒了很多。

"嗯。"

"你大半夜不睡觉，给我打什么电话？"夏蓁蓁的声音透着满满的不满。

"我要休假。"周信倒是说得理直气壮。

"为什么休假？"

"告诉我陈妍妍在哪儿！"

"斯里兰卡啊，不对……"夏蓁蓁顿了一下，"你要去找妍妍？"

"管那么多干什么？我要休假，已经跟你说了。"

夏蓁蓁嗤笑了一声："行，但是你是无薪假期。"

周信直接挂断电话。

夏蓁蓁看着手中的手机："这家伙，终于开窍了。"然后走出阳台，回到床上，心满意足地陷入陆唯的怀中。

等到周信找到陈妍妍的时候，陈妍妍正在吃早餐。

陈妍妍以为自己看错了，看了一眼后就继续吃着手中的早点，却没想那个人好像一直在往自己这边走来。

很快，那双皮鞋就在她面前停下来了。

"你倒是会享受。"那个熟悉的冷淡的声音在她头顶响起。

陈妍妍简直怀疑自己的耳朵，傻乎乎地抬起头看向声音的方向，嘴里的三明治立刻掉下来一半：“你怎么来了？”

“不欢迎？”周信先是略显嫌弃地递过去一张纸巾示意她擦擦嘴，而后看她穿得清凉，皱着眉头，脱下了外套盖在她身上，镇定自若地坐在她的对面。

“你怎么来了？”陈妍妍重复了一遍，而后直接将周信的外套丢到旁边的椅子上。

周信皱眉：“穿上。”

陈妍妍诧异地挑起眉毛：“我说周总，这里是斯里兰卡，实时气温 32.4℃，你让我套外套是想让我中暑吗？”

周信被噎了一句，用力扯回自己的外套：“随你！”

看着周信的样子，陈妍妍眼珠子转了转，又吃了一口三明治。

虽然两个人都来过斯里兰卡，但是当初两个人正是矛盾激化的时候，也没有心情欣赏这里的海景。现在陆唯和夏蓁蓁都不在，两个人在海滩边吹着海风，晒着日光浴，心情是说不出来的放松。

“其实你不用专程过来的，我陈妍妍没有什么坎儿是过不去的。”又喝了一大口饮料，陈妍妍看向周信，“或者说你以为我受不了感情上的打击，找个山美水美的地方终结此生？”

周信懒得跟她贫嘴：“我是为我自己来的。”

“嗯？”

“我怕我不来会后悔。”

陈妍妍不明白：“什么意思？”

“我现在也不知道自己是不是喜欢你，但是你不在的这段时间，我总觉得不顺心，感觉心里少了点什么。之前是我对夏蓁蓁执念太深，才会说出那样的话。但是，这次我连夜跑来，就是为了告诉你，我现在会放下夏蓁蓁，努力喜欢你。”周信认真地看着陈妍妍。

陈妍妍立刻向后缩了下，眼神中都是不信任：“你是来报复我的吧？就因为当时我在酒吧里说我不喜欢你了，所以你现在来跟我表白，然后等我喜欢上你之后再把我甩掉？”

周信的眉心立刻皱成一个“川”字：“你有病吧！我千里迢迢横跨印度洋来找你就为了报复你？那我还不如在国内等着你回国呢！”

“我有没有病我不知道，我就知道你有病。”陈妍妍又喝了一口饮料，“一直惦记人家有夫之妇，我在道德上谴责你。”

周信险些被气得背过气去：“你！”

陈妍妍依旧悠闲：“我什么我，我哪里说得不对？”

“行，我来找你就是我脑子进水了！”周信气冲冲地丢下一句话，起身就想走。

“站住！”陈妍妍在他身后开口。

“干什么？”周信头都没回，但是身子却停了下来。

看着他的背影，陈妍妍笑眯眯地开口：“你刚刚说要努力喜欢我不是唬我的吧？”

“我唬你干什么？！”周信几乎要气到炸肺。

陈妍妍闻言，慢腾腾地站起身，直接一把抱住了周信。周信还来不及将她往外推，手就顿住了。

陈妍妍有些得意：“先跟你说好啊，我之前已经说了不喜欢现在的你，所以就算以后你喜欢上我了，我也有可能抛弃你，别以为我还像以前那样总围着你转。”

原本周信想继续跟她吵嘴架，然而怀中轻轻颤抖的身体还是暴露了陈妍妍的紧张。

周信想了想，把手轻轻放在陈妍妍的背上，安抚地拍了拍——算了，既然自己已经做了决定，那就慢慢接受吧。

“好。”

没过几天，周信便带着陈妍妍重返夏夜。相较于自始至终都冷着一张脸的周信，陈妍妍则带着一副胜利者的微笑，戳戳陈纽约已经很大的肚子，然后就是拉着夏蓁蓁到自己办公室里一阵耳语。等夏蓁蓁从陈妍妍办公室里走出来时，看向周信的眼神中满是揶揄，好一会儿才吐出两个字：“闷骚。”险些把周信噎死过去。

周信刚想搜肠刮肚地想一些反驳的词来回怼夏蓁蓁，可是眼睛的余光好死不死地竟然看到了门缝中偷窥的陈妍妍，他瞬间没了战斗力，避开夏蓁蓁的眼神，很没骨气地“哼”了一声。

Chapter 16 你就是全世界最好的

虽然夏蓁蓁不知道陈妍妍到底是什么时候看上周信这个她一直以为会单身一万年的人的，但是既然陈妍妍做出自己的选择了，周信也终于开了窍，她只能送上自己的祝福了。

尽管她心里一直觉得陈妍妍值得更好的人，周信有多垃圾她是看在眼里的，但是没办法，陈妍妍就是瞎了眼，看上了周信……

唉，老天不公啊！

这边夏蓁蓁又是摇头又是叹气的，再配合着时不时飘过来的眼神，周信用脚趾想就知道她一定是在腹诽他，于是干脆地打断她：“小姐，现在是我们夏夜的董事会时间，白日梦能去门外做吗？”

夏蓁蓁这才收回在周信和陈妍妍之间来回移动的视线，又叹了口气，眼神才放在面前的租赁合同上：“直接买下来不好吗？还省事。”

“夏老板还真是财大气粗。”周信冷哼一声，从她手里拿回租赁合同，“这个地方没多好，也不是 IT 商圈，我们目前只是先换个大一点儿的办公室，两三年之内选到合适的地方就再搬走。”

夏蓁蓁立刻趴在桌子上：“唉，好麻烦啊，怎么还要搬家啊……”

周信的火腾地就蹿了起来：“还不搬家，你是想让这几十号人全都窝在你这个小地方吗？我们现在已经不是你以前闹着玩开的工作室了，现在我们承接了暴雨的所有外挂系统，还有国防部的防窃听系统的一部分程序设计，还有现在闻名华尔街的优化系统，人员也从原本的十几号人变成现在几十号，现在多少个游戏公司想来学习，我都不好意思开口让他们来！”

夏蓁蓁继续嘟囔：“所以我说买一个地方……”

周信险些气得背过气去：“我刚才已经说了没有合适的地方！如果有，你以为我不买吗？”

“那就找一个合适的地方……”

话音刚落，陈妍妍立刻眼疾手快地扯住暴怒之中的周信：“冷静冷静！有事好好说！”

周信越看夏蓁蓁越生气，能让这个女人主动动脑筋的只有两件事：一是自己的事业，二是陆唯，除此之外，对待所有事情，她都是一副“好麻烦啊”的态度，恨不得天塌了都让他来顶着，她继续做自己的数据，爱自己的爱人。

陈妍妍还在拉着他，另一只手轻轻地抚在他的后背上：“消消气，都不是什么大事，消消气。”

相比于眼前死猪不怕开水烫的夏蓁蓁，陈妍妍简直不知道要比她顺眼多少。周信闭着眼睛深吸几口气，留下一句“我再跟你说话，我就不姓周”，而后不顾陈妍妍的挣扎，直接搂住她的脖子将她拉出会议室。

“哎哎！还有我的议题呢！周信你放开我！哎哎……蓁蓁你等会儿啊，我一会儿就回来……”

看着被强行拖走的陈妍妍，夏蓁蓁越来越觉得她真的是所托非人……

陈纽约的肚子已经很大了，现在每天的工作就是看纸质的数据，电脑已经不开了。虽然她一个科技工作者觉得，只要不是长时间坐在电脑前，那点辐射对宝宝来说不算什么，怎奈家里那个常年全世界玩泥巴的老公磨叽得不行，甚至一个电话打到夏蓁蓁那里，告诉她自己老婆现在绝对不能受到电脑的辐射，如果宝宝有个三长两短，他就在夏夜工作室门口直接血溅三尺，吓得她恨不得把陈纽约供起来。

于是，差点被供起来的陈纽约扶着胖壮的腰审视了一下租赁合同，二话不说，直接拿起笔在上面签上夏蓁蓁的大名："这地方挺好，旁边就是地铁站，孩子们去上班也方便。先租三年，三年后如果选不到合适的地方再续租，公章呢？拿去盖一下让周信解决这个事。"

夏蓁蓁还是有气无力地趴在桌子上，随手指了下书架上的一个小小的饼干盒，陈纽约拿过公章，哈了一口气，直接盖了上去。

其间夏蓁蓁的眼皮连抬都没抬一下，始终处于事不关己、高高挂起的状态，仿佛还在烦闷于要搬家的麻烦。

把协议送出会议室之后，陈纽约又走了回来，伸出手指敲了敲桌子："蓁蓁，我想跟你谈谈。"

夏蓁蓁抬了抬眼皮，示意她听到了。

"其实周信说得对，你这个样子给我们几个看没有关系，但是现在的夏夜已经不是以前的夏夜了，你是夏蓁蓁的同时还是几十号人的夏老板，该有的决策你得有。"陈纽约语重心长地开口，"我也知道你不喜欢这些，所以你把管理上的事情都交给了周信。疑人不用，用人不疑，既然你把事务交给周信了，那么你就要相信他。他做的决定，你只要支持他就好了，不要总是像今天这样跟他抱怨，其实他真的非常累。”

夏蓁蓁撇了撇嘴。

“技术上的事情我可以帮你，但是我马上就要生宝宝了，至少要休三个月的产假，你身为老板，再找不到合适的人选接替我的位置，自然要亲力亲为一些，知道吗？”掌心向下摸了摸夏蓁蓁的长发，陈纽约眼神温和，“你要相信我们大家都是为夏夜好的。”

夏蓁蓁这才抬起头，笑着开口：“这还没生宝宝呢，怎么就带着母性的光辉了呢？”

陈纽约一听就作势想打夏蓁蓁，夏蓁蓁一边躲一边讨饶，一边指着她的肚子说着“注意胎教”，她才罢手。

将陈纽约按在椅子上坐好，夏蓁蓁弯起了眼睛：“我和周信的相处模式就是这样的，这么多年我们都这么过来的，所以你不用担心我们两个。”

陈纽约拍了拍她的手。

“至于夏夜……”夏蓁蓁嘴角弯成一个好看的弧度，“它不是我一个人的，它是大家的。我确实有决定权，但是你们也有否决权，知道吗？我不希望你们把我当成老板，我希望我在你们眼中永远只是夏蓁蓁，你家宝宝的干妈。”

孕妇的情绪波动向来比普通人强烈，夏蓁蓁觉得自己没说什么，这陈纽约就受不了了，就被感动得不行，噼里啪啦地开始掉眼泪，夏蓁蓁被吓得手忙脚乱地给她擦眼泪：“快控制情绪！一会儿姐夫来接你，看到你哭了，还不得给我两拳，别哭别哭！”

陈纽约擦着眼泪和鼻涕：“唉，我这就是年纪大了，听不了戳心窝子的话。你放心吧，等姐姐休完产假，这夏夜的天，我还帮你顶着。”

夏蓁蓁哭笑不得：“你先把姐夫给我顶住吧，一会儿他真杀进来了……”

安抚完情绪激动的孕妇和情绪暴躁的副总，夏蓁蓁终于回到自己的办公室，各个游戏账号上一遍简单做做任务，随后就接到了陆唯的电话：“晚上有事没？”

“没事，怎么了？”

“跟我出席个酒会好吗？”

“好啊。”

“行，那一会儿我去接你。”

挂了陆唯的电话，夏蓁蓁立刻低头翻起抽屉，上上下下翻了好几个来回，终于从最底层抽屉的角落里翻出一枚钻石有鸽子蛋那般大、华丽得晃人眼睛的钻戒戴在左手的无名指上，随后松了口气。

当初陆唯求婚之前闹了个乌龙，被她撞见他和林小纤一起出现在钻戒专卖店里，他为了让她消消气，就十分奢侈地买了一枚钻石巨大的钻戒送给她，说等结婚的时候再送她一个她喜欢的。结果他们领证的时候十分匆忙，陆唯没有任何准备，于是到现在她只有这个看着就很贵的钻戒。

起初因为新鲜她还经常戴，但是天天都敲键盘或者跑外面，大钻戒就显得很累赘了。自从戒指把她新买的鳄鱼皮包包划了一道很长的印子后，她就把它丢到角落里吃灰了。

然而现在不一样了。

当初陆唯因为醉酒把他被各家小姐纠缠的事跟她说了之后，她就带他领了证。身份发生转变之后，陆唯就跟她说，希望之后的一段时间，她都能陪同他去参加酒会，毕竟正牌夫人都出现了，那群小妖精们自然就该退下了，再戴上那颗象征着已婚又炫富的大钻戒……

说起来，林小纤已经很久没露面了。据梁菲菲说，林小纤出国了，似乎是准备继续深造，回不回国两说。陆唯倒是很仗义地要梁菲菲通知一下林小纤，如果她回国，事务所的大门依旧为她敞开。

梁菲菲很不屑，意思是人家林小纤在国外走了一圈，肯定是变成大神回来，哪还看得上他这小门面。陆唯笑笑，说如果林小纤做出这样的决定，他依旧尊重她。

哎，这么一看，陆唯还真是好男人啊。

从衣柜里拿出专门应付酒会的晚礼服，又从陈妍妍那里借了几样首饰，简单给自己化了个妆，嗯，她陆太太可以出场了。

有樊鸣在，一般的酒会他能替陆唯推的就推了，有的酒会从公家角度讲真的不能推，他才十分不好意思地让陆唯去参加。毕竟他也知道觊觎陆唯的人有很多，从高中到现在就没断过，也可能从小学就开始了，只是当时他还不认识陆唯。

他有几个项目想直接在今天的酒会上谈了，陆唯作为合作的律师事务所代表是一定要出席的。晚上，樊鸣早早地就站在酒店大门外，笑脸相迎当迎宾了。很快，他就看到陆唯出现在电梯里，手臂上温柔地挽着一个夏蓁蓁。

看到夏蓁蓁，他才松了口气，要知道挡着那些看见陆唯就飞蛾扑火的大小姐们，比谈项目还要难。

陆唯看着应该是上班穿的什么，参加酒会就穿的什么，虽然穿了西服，但是感觉是随便拿了一件就套在外面；尽管没有庄重感，却带着平易近人的随意。

夏蓁蓁穿着晚礼服，身上没有过多的装饰，举手投足间透露着低调和谦和……就是手上那个鸽子蛋不太低调。

跟樊鸣打完招呼后，两人相携走进了会场，徒留樊鸣一个人继续在门口迎宾。

呜呜呜，为什么他没带老婆来？

夏蓁蓁向来低调，哪怕现在已经由游戏大佬变成 IT 大佬，整个圈子里真正认识她的人也没几个。但是陆唯不一样，虽然他一直努力低调，奈何他就不是低调的人，进了会场之后，整个人自带的光芒让他很快就吸引了很多人的目光，大大小小、老老少少的都假装不经意地围了上来。

眼看着陆唯要开始谈工作了，夏蓁蓁立刻自觉地放开挽着陆唯的手臂，低声告诉他，她在一旁吃会儿点心，让他先忙。陆唯点头应允，并告诉她，他一会儿忙完就来找她。

酒会的档次很高，连点心都十分可口，夏蓁蓁站在一盘草莓蛋糕旁边吃了个爽，一边吃一边寻思下次公司办年会时一定要请做这甜点的厨师来，多少钱都请。

脑子里刚转完“多少钱都请”这五个字，夏蓁蓁立刻想到周信阴阳怪气地说“夏老板真是财大气粗”时的表情和状态，忍不住扑哧笑出声来。

一张纸巾递了过来。

夏蓁蓁赶紧说了声谢谢，随后伸手准备接过来。

结果那张纸巾突然被主人向后收了收，紧接着一个女声响起：“你是陆唯的女伴？”

看来那纸巾只是敲门砖，现在起到作用了就该退场了。夏蓁蓁默默地寻思着，随后抬起头来。

不认识，一个挺漂亮的女孩，但是不如林小纤。

夏蓁蓁整体评价完之后，才开口回答：“我是。”

那女孩立刻露出又嫉妒又羡慕的眼神：“真好，至少你还挽过陆唯的胳膊。”

我不但挽过他的胳膊，还跟他睡在同一张床上，怎么了？

夏蓁蓁笑笑，很善良地没把心里的话说出来。

女孩自然听不到夏蓁蓁内心深处的声音，自顾自地看着陆唯的侧颜长吁短叹：“唉，你说这么多次酒会了，他怎么就不邀请我当他的女伴啊？我上次明明都把名片给他了，他怎么还没反应呢？”

顺着女孩的视线看过去，夏蓁蓁只能看到淹没在人群中的陆唯的眉眼——真是过分了，就露双眼睛和额头都这么帅……

配合着女孩“啧啧”了两声，夏蓁蓁开了口：“他已经结婚了啊，还能有什么反应？”

“结婚？什么结婚？这种老套的话我都听腻了。”女孩双手环胸，一副不好惹的样子，“我爸都说了，像这种洁身自好的男人最难得了，为了不被别的女孩纠缠，就说自己已婚，所以陆律师肯定还没结婚。”

“你没看到他左手无名指上的戒指吗？”

“我也有戒指啊！我爸说这都是假象！”

“哦……”应了一声，夏蓁蓁又打量了一番面前的女孩，“冒昧地问一下，您父亲是哪一位？”

听到这儿，女孩才十分轻蔑地看了夏蓁蓁一眼：“你新来的吧，连我爸都不认识。”

夏蓁蓁谦虚得不行：“确实，我第一次来，所以您父亲？”

女孩面露得意：“我爸是东方传媒的方志海，我是他的独生女方蕊！”

“哦，原来是方总的千金。”方志海这个名字还是如雷贯耳的，夏蓁蓁连笑容都不禁和善了很多，“不过据我所知，陆唯那儿只有方总的名片，小姐您的我还真没看见。”

方蕊的视线再次扫过来：“你是他的助理吗？名片都在你这儿？”

“哦，我不是他的助理。”说着，夏蓁蓁随意地抬起左手，“我是他太太。”

方蕊一噎，万万没想到自己在人家正牌夫人面前面露觊觎之色，只是仔细看着这位陆夫人，除了手指上的钻戒很耀眼以外，没看到什么特别贵重的东西，更何况陆唯还在几米开外的地方跟别人聊着天，自己和她聊了这么久也没看过来一眼，似乎也没把她当回事。想到这儿，方蕊就又放心了不少，眼神恢复到刚刚的趾高气扬：“那请问陆夫人在哪里高就？”

“高就谈不上，就是开了个小工作室。”夏蓁蓁答道。

方蕊趾高气扬的表情中又添了一丝轻蔑：“哦，陆唯帮着开的啊？”

想着夏夜原始的第一桶金确实是陆唯给的，于是夏蓁蓁点点头：“是啊。”

方蕊脸上的轻蔑更甚一些：“我爸说，女人还是独立自主一点儿才能更受男人的尊重。”

夏蓁蓁更加谦虚：“是，方小姐说得对。”只是如果不是每句话都加上“我爸说”三个字就显得更独立自主了。

她们正说着，陆唯那边也谈得差不多了，视线转到夏蓁蓁的方向，立刻向她走来。方蕊挺直了胸膛，紧张而又激动地望着陆唯。

果然，正事谈完之后，其他事就出现了——刚刚还四散开来的千金小姐们，不知何时已经全部聚集到跟陆唯谈事的那群人身边，娇羞地等待着家里人的介绍。

方蕊也是，看到父亲也在陆唯身边等待着。

然而方志海只是扫了一眼她的方向，突然视线就定格了，紧接着快步走了过来。

方蕊还想着是不是自己的着装哪里不合体，结果只见自己的父亲越过自己，直接向夏蓁蓁走去：“您是，夏夜的夏总吧？”

夏蓁蓁点点头伸过手：“您好方总。”

“哎，您好，当初跟周信副总谈项目的时候见过您一面，现在看着有点像，没想到还真是。”方志海握住夏蓁蓁的手，直截了当地开口，“我听闻夏夜拓展了项目，已经涉及网络安全方面。您可能不知道，前段时间我们东方传媒遭到了黑客攻击，很多隐秘的信息都被窃取了……”

看着眼前跟父亲相谈甚欢的夏蓁蓁，方蕊一时间有些摸不着头脑——夏夜是什么？很有名吗？

这边还在谈工作，陆唯就被拉住了。

“陆律师，这是小女，今年法硕刚毕业，正在考虑就业的方向，陆律师的事务所不知道有没有位置……”

“陆律师，这是舍妹……”

“陆律师，这是我侄女……”

一连来了好几个花里胡哨的女孩，陆唯只能客气地笑笑，而后对着大家开口：“抱歉啊，今晚我太太跟我一起来的，刚才看她好像有点事，我去看看有没有什么能帮忙的，我们下次再聊。”说完，不顾众人惊讶的目光，径直向夏蓁蓁走去。

虽然大家早就听说过陆唯已经有了未婚妻，据说前段时间已经领了结婚证，但是始终没人见过真人。听到陆唯的话，众多目光立刻追随而去。

“蓁蓁，”陆唯走过去，伸手揽住夏蓁蓁的肩膀，“站着累不累？怎么没找个椅子坐着？”

夏蓁蓁无所谓地耸了耸肩膀：“刚才吃得多，正好消化一下。哦对了，这位方总想跟我们谈谈合作，你有没有时间听一下？”

看着眼前甚是亲密的两个人，方总微微皱了皱眉，没了解情况。

倒是陆唯落落大方地先开了口：“没想到方总竟然也认识蓁蓁。”

“啊……夏总的名字我早有耳闻，只是不知陆律师和夏总两个人……”

“哦，一直没跟大家介绍过。”陆唯扳着夏蓁蓁的肩膀，微微转了个方向，面向一旁窃窃私语的众人，“这位是夏蓁蓁，夏夜工作室的老板，也是我的太太。”

千金小姐们一脸失恋后的悲痛，而长辈们听到他的话，眼睛都亮了，纷纷走过来打招呼，并疯狂地自我介绍。

方蕊还有些摸不到头脑，拉住了自己的父亲：“爸，这个夏蓁蓁很有名吗？”

方志海的眼睛一直看着夏蓁蓁的动向：“以前她就是个做游戏的，现在转型做 IT 了。咱们城市三分之二的企业网络安全业务都在她那儿，更别提那些 APP、系统、软件了，只要她愿意，所有企业的信息她都能掌握个八九不离十，你说她有没有名？”

方蕊吓了一跳：“但是大家好像并不认识她。”

“哦，她比较低调，平时出面的一直是工作室的副总，叫周信，也是一表人才。我之前想把你介绍给周信来着，但是周信的性格有点尖锐，公事公办好说，涉及他不感兴趣的事情，他转身就走，不像陆唯还柔和一些……”说到未来女婿的选择，方志海就有点跑题，不过很快主题就被他自己拉了回来，“要不是上次我跟周信谈事情时偶然看到这个夏总跟周信说过几句话，我也没见过。”说到这儿，方志海的眼神透出一丝欣赏，“年纪轻轻就有此成就，更重要的是，为人谦虚低调，很难得了。”

眼看着周围女孩子们的表情也从一开始的不服气转变成愕然，特别是看到刚刚还不可一世的父辈们纷纷走上前主动同夏蓁蓁交流，方蕊的表情开始难看起来。

而此时的陆唯已经退到夏蓁蓁的身后，时不时地帮她答一下法律上的疑问，不再主动开口，像个守护神一样。

原来这个夏蓁蓁不是个只靠男人的傻女人，她有着自己和其他大小姐都无法比拟的东西，除了能力，就是陆唯对她的爱。方蕊暗道。

世界上最让人底气十足的，不是尊重与平等，而是被偏爱。

方蕊被这一幕刺得眼睛生疼，最后拉了一下自己的父亲：“爸，我们走吧。”

方志海没有注意到女儿的不适，只以为她玩累了，便开口说道：“你让司机先送你回去吧，我得跟夏总谈点事情。能看到她本人的机会不多，我得抓紧。”说完，径自向夏蓁蓁走去。

方蕊咬了咬牙，转身离开。

一场酒会下来，夏蓁蓁就拿到了几位商界大佬的联系方式，但是她很谦虚，说自己只是个搞技术的，商场上的规矩她不懂，一直都由周信打理，所以她会把联系方式都交给周信，周信会挨个儿联系大家，顺便还圆滑地拒绝了几个想要她联系方式的人。

之后的一段时间，再有酒会这种应酬，就算陆唯不带着夏蓁蓁，樊总话里话外都会跟他说很多人还想认识夏蓁蓁，希望他能带着。不过陆唯一共就带了三次，确定各位大佬已经不会再将家里的女眷介绍给他之后，继续把他的夏小乔锁在自己的铜雀楼里，谁都别想见。

于是，很快地，大佬们对陆唯的印象就由“女婿的最佳人选”变成“不但自己有能力，太太也不好惹”了。

不过这一切，夏蓁蓁都不知道。

因为她现在有别的事要忙——陈纽约要生了，然而她家的姐夫又因公被派到土耳其。作为夏夜的顶梁柱（自封的），她觉得自己有责任和义务让陈纽约顺利生下孩子。

医院和医生都是姐夫之前定好的，距离陈纽约预产期还有一个月的时候，他就把陈纽约送进了医院。结果在预产期前两天，他又被单位强行派走了。临走之前，他一直嘱咐夏蓁蓁一定要好好照顾陈纽约，如果照顾得好，他就给她带个热气球回来云云。

就算不为了热气球，陈纽约要生孩子，夏蓁蓁也是如临大敌，工作室完全交给了周信和陈妍妍，自己专心陪准产妇，天天水果不断，只为了增加点营养，让陈纽约顺利生出孩子。

然而，预产期都过了五天了，陈纽约肚子里的“哪吒”还稳如泰山……

夏蓁蓁慌成狗，上蹿下跳地跟在医生身边问情况。

医生都被她问得不耐烦了："我说没事就是没事！羊水很干净，宝宝也很健康，胎心很稳，就是晚几天而已！如果你实在着急，那就剖腹产！"

"别呀！能顺产，为什么要挨那一刀？"夏蓁蓁转来转去，"医生，肯定是无痛分娩吧，我们家家特别怕疼，万一她太疼了，昏过去怎么办？"

"现在就谈怎么生太早了！孩子还没下来呢！离宫口那么远，谈什么怎么生！"医生被夏蓁蓁磨叽得受不了，转过身跟夏蓁蓁开口，"等你生的时候就知道了，想那么多都太早了，好好回去陪孕妇吧。你也可以把她先带回家休息，可能在家更放松一些，也有助于生产。"

回到病房，陈产妇正乐呵呵地啃着苹果、看着综艺，时不时地爆发出一阵爽朗的笑声，看着确实不像要生的样子，夏蓁蓁犹豫了一下，试探性地问了一句："不然我们回家休息休息？"

陈产妇立刻挺着圆圆的肚子坐了起来："太好了，这地方我待得想吐了，走，回家打游戏去。"

回到家后，在夏蓁蓁的制止下，陈产妇总算放弃了 Xbox 里面新出的网球游戏，改为跟夏蓁蓁一起用手柄玩一些不剧烈的游戏。

陈纽约无聊得直打哈欠："没意思啊……"

夏蓁蓁赔着笑脸："你肚子里可是我的干儿子 or 干女儿，得注意点，等你生完，想怎么玩就怎么玩。"

陈纽约只能应允。

睡觉之前，陈纽约日常接到自家老公的电话，他胆战心惊又小心翼翼地询问着她今天的状态，能不能生，听到她底气十足的回答就知道自己当爹的时间又晚了一天。

说到这儿，陈纽约老公又是遗憾又是欣慰："也好，估计宝宝是想等爸爸回来，不然老婆你就再坚持坚持，我过几个小时的飞机，大概明天下午就到了。"

夏蓁蓁一听乐坏了，知道自己担惊受怕的事情有人接盘了，陈纽约倒是不在意，"嗯"了一声："行，那就等你回来我再生。"

挂了电话又扶陈纽约去睡觉，躺在沙发上的夏蓁蓁翻了个身，刚准备睡觉，突然觉得心里"咯噔"一下。

"等你回来我再生。"

好一面高高飘扬的 flag 啊……

不过很快地，她就摇了摇头——自己命这么好，怎么会遇到这种事呢？不会的不会的。

安安稳稳地睡了一夜，第二天准时接到姐夫已经登机的信息，夏蓁蓁乐呵呵地跟陈纽约坐在沙发上看足球。

陈纽约是颜狗，特别特别标准的颜狗，足球就支持德国男模队。结果今年世界杯德国踢得一般般，她看着也兴致索然。然而就在她忍不住要换台的时候，德国队突然进了今年世界杯的第一个球。

于是，夏蓁蓁还在凑合看热闹的时候，突然就看到陈纽约从沙发上蹿了起来，一个旋转跳跃就欢呼起来："德国！德国！德国！"

夏蓁蓁刚想嘲笑她都快当妈了还这么迷恋男人，结果突然发现原本还蹦蹦跳跳的她突然僵住了，紧接着，就看到她脚下的地毯慢慢地湿了。

连夏蓁蓁自己都愣住了。

陈纽约还算淡定，努力做了三个深呼吸，转过头对着夏蓁蓁露齿一笑："我羊水破了。"

那就赶紧去医院啊，你在这儿跟我笑什么啊！

夏蓁蓁觉得自己简直要疯了，连滚带爬地从沙发上起身，简单地收拾了一下陈纽约的东西，扶着她就上了车，一路上闯了几个红灯，总算在第一时间把她送到医院。其间她还不忘给陆唯打了个电话，告诉他陈纽约快生了，让他通知周信和陈妍妍抓紧时间过来。

陈纽约被送进去检查后，夏蓁蓁始终在门外坐立不安，听着医生说着什么开了几指，什么时候能生，她只觉得耳朵里嗡嗡作响。

幸好陈纽约做了无痛分娩，不至于在里面叫得太大声，但是夏蓁蓁时不时地会听到一两声哼唧，便跟着肝颤。

陆唯是第一个到的，虽然知道他也做不了什么，但是看到他，夏蓁蓁就有了主心骨。陆唯单手揽住夏蓁蓁的肩膀，无声地安慰着。

夏蓁蓁还在颤抖："我刚刚……刚刚签了个什么协议……我太慌了，没看清……但是……但是听其他产妇的家人说，我签的好像是生死状之类的东西……家家没事吧……我连生死状都签了……"

"没事没事，这都是正常手续，没事。"陆唯轻轻地吻了一下她的额头，"没事的，大家都签的。"

夏蓁蓁似乎还没缓过神来："生宝宝是件很危险的事吗？"

陆唯继续劝慰："没有的，所有上手术台的事都有风险，都需要有人签那个协议，就算做个阑尾炎手术也需要的，不要怕。"

"那以后我生宝宝时需要你来签吗？"

原本还能冷静安慰夏蓁蓁的陆唯突然顿了一下——如果真有那么一天，让他来签怀中这个女人的生死协议……

安静了几秒钟，陆唯开口："如果你很怕，我们可以不生的，就我们两个也很好。"

听到这儿，夏蓁蓁忽然也冷静下来，抬起头看向陆唯，微微思考了一下："其实是你怕吧？"

他揽着她肩膀的手紧了紧："嗯，我不想让你做任何有危险的事。"

"难道你不想有个可爱的小生命围着你叫爸爸吗？"夏蓁蓁反问道。

陆唯再次陷入了思索——一个像夏蓁蓁的女儿，可爱的、软软的，抱着他奶声奶气地叫爸爸……

陆唯的表情情不自禁地变得温柔起来，眼眸里都快溢出水来了。

看到他的表情，夏蓁蓁笑了笑，伸手抱住他的腰：“没事的，只要我们两个在一起，就什么都不用怕。”

陆唯弯了弯眼睛，伸手刮了一下她的鼻梁，刚想说什么，突然就听到手术室里传来一声响亮的哭声，很快地，一个护士就抱着一个全身是血还有点看不清长相的小肉团走了出来：“是个小男孩，声音真响啊！”

夏蓁蓁看了一眼小小的婴儿又戳了下他肉乎乎的小脸，赶紧问了一句：“母亲呢？”

“她很好，就是现在累坏了，稍微清理一下就出来了。”护士说道。

“那我……”

“先进去看看”这五个字还没说出来，突然一道黑影就席卷了过来，扳住护士的肩膀焦急地开口：“我老婆呢？”

姐夫这时间赶得刚刚好，自己老婆刚生完孩子人就赶到了。

“在里面……”护士手里举着孩子刚想给他看看，结果他就直接进了手术室。

手术室大门关上的一瞬间，夏蓁蓁看到已经泪崩的姐夫抱住了看着很疲倦但很幸福的陈纽约。

抱着孩子的护士有些尴尬，沉默了一下后开口：“都没人看孩子的吗？”

夏蓁蓁赶紧伸手将孩子接了过来，然后按着护士的指引带孩子去洗澡什么的，折腾了一会儿，陈纽约已经被送回了病房，周信和陈妍妍也赶到了。夏蓁蓁抱着新生儿和陈妍妍一道走进病房，陆唯和周信站在门外。

听着门里几个女人一直感叹孩子好小、好可爱，周信点了一根烟。陆唯无声地指了指不远处挂着的吸烟室的牌子，两个人走了过去。

周信顺手递给陆唯一支烟，陆唯伸手拒绝："戒了。"

周信一扬眉："工作那么忙，吸烟缓解一下很正常，怎么就戒了？夏蓁蓁不让？"

陆唯摇头："没有，只是觉得一直让蓁蓁吸二手烟不好。"

周信手一顿，蓦地把自己嘴里那支拿下来，掐灭丢进垃圾桶里，想了想，把那盒烟也丢进垃圾桶。

陆唯笑而不语。

轻咳一声缓解尴尬，周信开了口："你们什么时候要孩子？"

"再说吧，看蓁蓁的想法。"顿了一下，陆唯补了一句，"你和妍妍呢？什么时候结婚？"

周信冷笑一声："我跟她说了，为了让她安心，我可以先求婚，结果她说现在我心里还有夏蓁蓁，就算求婚了，她也不会同意，等我心里彻底没有夏蓁蓁的时候，她再答应求婚。"

在正牌老公面前谈心里还有人家老婆这个事，也就周信能干出来了。

不过跟夏蓁蓁这么多年，陆唯有那个底气和自信，知道自己不用在意周信，便笑笑，也没说别的。

两个人站在窗口望着窗外，院门口不少年轻的夫妇都怀抱着小小的婴儿，脸上带着幸福的笑容走出妇婴医院。那笑容像是会传染一样，让本不怎么喜欢笑的陆唯和周信都情不自禁地扬起笑容。

好一会儿，周信突然开口："我等你们的婚礼呢，总觉得没有婚礼都不能包红包。"

陆唯侧过头："你可以直接把红包给我。"

周信勾唇一笑："我答应过蓁蓁，红包是套挂满我照片的房子，你要吗？”

“可以啊。”陆唯回答得干脆，“等我们重新装修一下，等你结婚的时候送你和妍妍当婚房。”

周信眯了眯眼睛，沉默了一会儿，突然开口：“好像也行。”

当脑子里有了结婚这个念头，就立刻发挥出摧枯拉朽的力量，让陆唯十分难得地连工作都没办法专心，满脑子都想着要给夏蓁蓁一个美好的婚礼。

这时候能订到梦幻庄园就显得尤为重要了。

是时候告诉夏蓁蓁了，他已经定下来一年后给她一个盛大的婚礼。

然而这个时候夏蓁蓁却因为各种各样的事忙了起来，他经常抓不到她的人影，就算在家里见面了，也基本是她累个半死，泡个澡就睡的状态，没有大把的时间来谈这个事，他便没说。

陆唯便也没说。

可能是太忙的原因，夏蓁蓁觉得自己好像感冒了，有点发热，还有点不舒服。晚上回家吃了饭又觉得累，她躺在陆唯腿上用手机查着这茬流感该吃什么药。

陆唯静静地翻着手中的卷宗。

很快地，夏蓁蓁从他身上站了起来，去翻医药箱：“陆唯，我记得家里有金银花的吧？”

陆唯头都没抬：“有，不过你看一下日期，太久没吃了，别过期了。”

应了一声，夏蓁蓁伸手又摸了一下自己的额头，自言自语了一句：“好奇怪，总觉得热，但是摸着也没发烧啊……”

“你可以先喝点热……”水字还没说出口，陆唯突然抬头看向桌子上的台历，眯着眼睛默默计算了一下，开了口，“蓁蓁，你上次生理期是什么时候？”

“上个月吧……我不记得了啊，最近太忙了。”夏蓁蓁还在翻医药箱，“哎，真有金银花，还没过期。”

“等一下！”陆唯迅速放下手上的卷宗，制止了夏蓁蓁，走过来摸了摸她的脸，认真地开口，“你仔细想一下，到底是什么时候？”

夏蓁蓁有点蒙：“真不记得了……”

“好，那你等我一下，药先别吃。”一边说，陆唯一边套上外衣出了门。

“哎，你记得给我买特效药啊！”夏蓁蓁对着他的背影喊道。

陆唯回来得很快，但是没买感冒药，而是买了三支不同品牌的验孕棒递给夏蓁蓁：“去吧。”

夏蓁蓁一愣：“不至于吧？”

“去测一下，三支都测。”万一其中一支不准呢？

夏蓁蓁挠了挠后脑勺，拿着三支验孕棒进了卫生间。

陆唯在门外看似镇定，实则心乱如麻。

结果，卫生间里一点儿声音都没有。

起初陆唯还以为夏蓁蓁应该是不会使用验孕棒，在读说明书，但是五分钟都过去了，里面还是一点儿声音都没有，他就有点慌了，伸手敲了敲卫生间的门：“蓁蓁，还好吗？”

里面依旧没有声音。

这回陆唯站不稳了，二话不说就拉开门。

然后他就看到夏蓁蓁像块石头一样一动不动地坐在马桶上，手里握着三支验孕棒，连他进来都没有反应。

一个念头在陆唯脑子里一闪而逝，他快步走上来，伸手抚向夏蓁蓁的肩膀：“蓁蓁，你还好吗？”

夏蓁蓁这才缓缓地抬起头，把三支验孕棒都送到陆唯的眼前，磕磕绊绊地开口：“都……都是两道杠……陆唯，我……我是怀孕了吗？”

陆唯登时觉得脑子里轰地就炸开了一朵烟花，瞬间炸没了他的理智，拉起夏蓁蓁就用力抱进自己的怀里。

三支验孕棒都掉在地上。

夏蓁蓁还显得很慌张：“是这样吗？”

陆唯用力吻了一下夏蓁蓁：“谢谢，谢谢你，谢谢……”

夏蓁蓁努力地回着神：“那……我们要当爸爸和妈妈了吗？”

“是，谢谢你蓁蓁。”陆唯开心得有些语无伦次，“我要当爸爸了。”

夏蓁蓁听后一愣，继而用力推开陆唯，伸手捂向自己的肚子，有些嗔怪地看着陆唯：“那么用力抱我干吗？万一伤到宝宝呢？”

陆唯也不知道到底该怎么办，傻乎乎地也后退了两步，连声说着：“对不起。”

晚上休息的时候，他也是连碰都不敢碰夏蓁蓁一下，只是小心翼翼地伸手盖在夏蓁蓁的肚子上，仿佛守护着他最宝贵的宝藏。

隔天早上，陆唯就带夏蓁蓁做了检查，检查结果是已经怀孕三周。陆唯第一时间将这个喜讯跟大家分享。

宋扬有些不服气：“我还没有孩子呢，你就先当爹了！”

樊鸣则觉得自己落后了：“明明是我们先结婚的，你怎么抢先了？”

梁菲菲则十分高冷：“跟我有什么关系？告诉我干什么？”

而周信阴阳怪气的：“行啊，身体力行啊。”

陆唯的兴奋溢于言表，一直用力地牵着夏蓁蓁的手，眼中的爱意已经控制不住地流淌出来。

就在此时，手机突然响了起来。

“您好陆先生，我是梦幻庄园的。我是想跟您确认一下，明年8月8日的婚礼现场您已经预订成功了，预付款我们已经扣除了，很快您应该就会收到银行的提示消息。”

听到这个电话，陆唯才猛地醒悟——他还准备明年给蓁蓁一个婚礼的，而现在算起来……明年的 8 月 8 日，应该差不多就是预产期……

避开夏蓁蓁的视线，陆唯走到一旁小声开了口：“明年 8 月 8 日我可能用不上了，请问后年有空日吗？”

“啊，后年还太远了，我们还没开始预订，您得明年再订……但是因为预付款我们已经扣除了，就算您不用，钱还是不能返还的。”

“没事……”

挂断了电话，陆唯走回夏蓁蓁的身边。夏蓁蓁还在喜滋滋地看着手中的体检单，看到陆唯回来了就问了句：“公事吗？”

“不是……”本想把事情跟夏蓁蓁说一下，可是看着现在夏蓁蓁温柔的模样，他突然觉得，只要他们两个在一起，婚礼不婚礼的，也没那么重要了。

“蓁蓁。”

“嗯？”

“我爱你。”

“我知道啊！”

“我想给你全世界最好的。”

夏蓁蓁笑了笑，握紧了陆唯的手：“你就是全世界最好的。”

番外 婚礼

说来惭愧，等陆唯和夏蓁蓁举行婚礼的时候，他们的儿子陆璨都快四岁了。要不是酒店的经理给陆唯打电话提醒他订的婚礼场地已经推迟好几年了，要不要继续推，陆唯差点儿忘了他和夏蓁蓁还没举行婚礼。

结果他跟夏蓁蓁商量这个事的时候，她十分干脆地拒绝："都老夫老妻了还办什么婚礼，大家都挺忙的，浪费那个时间干吗？"

如果不是她后面加上一句"我要去美国跟喻烨谈个项目，最近比较忙"，陆唯可能就直接跟酒店说取消了。然而听到那句话，陆唯斩钉截铁地告诉夏蓁蓁，今年必须空出时间把婚礼办了。

彼时夏蓁蓁正在教陆璨英语，听到陆唯的决定后顿了一下，低头拍了拍儿子的头："你来当花童？"

陆璨神情颇为勉强："行吧。"希望不会邀请幼儿园的小朋友，特别是樊妞妞那个大嘴巴……

然而陆璨失策了。

花童是一男一女，他是男，樊妞妞是女。

南乐一大早就把樊妞妞从床上拉起来梳洗打扮，起初樊妞妞还不乐意，觉得打扰她睡觉了，结果听说要跟陆璨一起当花童，立刻倍儿精神地从床上跳起来，指挥着自家老妈把一切好看的装饰都挂在身上。

于是，清爽干净却一脸嫌弃的陆璨身边，站着的是珠光宝气还笑容灿烂的樊妞妞。

此时的夏蓁蓁和陆唯已过而立之年，然而就像刚回国的夏蓁蓁说的那样，男人真的太耐老了，陆唯现在看着只是更成熟一些，脸上一点儿岁月的痕迹都没有，身材依旧笔挺修长，站在路边依然会有不知好歹的年轻少女们害羞地来索要联系方式。本来夏蓁蓁一直觉得女人到了三十岁变老是很正常的事，然而像书里说的，女人的脸上写着她曾经读过的书、走过的路和爱过的人，饱读诗书，脚步遍布世界各地，加上一个疼她宠她如一日的陆唯，让她一个哪怕已经生过孩子的女人看着仍像少女一样。

这一点，南乐就很嫉妒了。生完樊妞妞之后，她就控制不住自己的嘴了，几年过去了，自己胖了将近三十斤。虽然樊鸣对她一如既往，但是看着肉乎乎的自己和窈窕的夏蓁蓁，她还是很受刺激，并决定今晚开始第 108 次减肥。

在夏蓁蓁的强烈要求下，婚礼一切从简，只邀请了几个关系很好的亲朋好友，关系一般的同事都没通知，所以已经在美国纳斯达克敲钟上市的夏夜电子大老板办婚礼都没几个人知道。

周信代替夏蓁蓁去美国跟 YE 谈项目所以没来，陈妍妍就挺着大肚子指挥现场，陈纽约则带着自己的儿子悄悄地躲在角落吃点心。舒斯学姐又出国开画展了，因为不能参加婚礼而急得直跳脚，勒令宋扬一定要包个牛皮纸袋那么大的红包。

按照正常的流程，婚礼之前新人是不能见面的，夏蓁蓁想保持传统，于是睡到了客房，然而半夜就被陆唯抱回主卧里，第二天早上准时从陆唯怀中醒来。

化新娘妆的时候夏蓁蓁还在感叹，陆唯没有她就睡不好觉这个毛病，也不知道什么时候能改掉。

按照夏蓁蓁一切从简的要求，两个人连婚纱和西服都没准备，都穿着很随意的休闲装，只不过夏蓁蓁的头顶戴着白色的婚纱头巾，陆唯在衬衫领子下系了个精致的领结。

梦幻庄园是室外婚礼的圣地，笔直又洁白的舞台两边站着他们最亲近的人。夏爸爸牵着夏蓁蓁的手，面带微笑地将她交到陆唯手上。

陆唯表面看起来镇定，但是微微颤抖的手暴露了他激动的内心。

要不是身边还站着自己的儿子，他简直不敢相信他已经跟夏蓁蓁在一起这么久，每天看到她都像看着当年那个骄傲的小女孩一样，那颗心从未变过。

宋扬充当司仪的角色，看着陆唯已经开始放光的眼睛，轻咳一声："请问陆唯先生，无论顺境或逆境、富裕或贫穷、健康或者疾病、快乐或忧愁，你都愿意娶夏蓁蓁小姐为妻吗？"

陆唯手指微凉："我愿意。"

宋扬笑了笑，转过头看向夏蓁蓁："那么请问夏蓁蓁小姐，无论……"

还没等他话说完，夏蓁蓁突然一个飞扑钻进陆唯的怀里，抱着他的腰狠狠地亲了一下他的嘴唇，笑眯眯地大声开口："我愿意！"

陆唯弯了弯眼睛："还没说完呢。"

夏蓁蓁依旧抱着他，微微歪了歪头：“无论什么，我都愿意。”

樊妞妞被感动得不行，转过身就伸出胖胖的手抱住陆璨：“我也愿意。”

陆璨表情有点尴尬，慢慢地推开樊妞妞的手，指了指还在看着台上的观众们，小声地对樊妞妞开了口：“注意素质。”

— 全文完 —

图书在版编目（CIP）数据

可爱不长久，爱我才长久 . 2 / 苏二月著 . -- 南京：
江苏凤凰文艺出版社，2019.6
ISBN 978-7-5594-3710-5

Ⅰ . ①可… Ⅱ . ①苏… Ⅲ . ①长篇小说 – 中国 – 当代
Ⅳ . ① I247.5

中国版本图书馆 CIP 数据核字 (2019) 第 084499 号

可爱不长久，爱我才长久 . 2

苏二月 著

责任编辑	丁小卉
特约编辑	夏沐瑾
装帧设计	桃　桃
责任印制	刘　巍
出版发行	江苏凤凰文艺出版社
	南京市中央路 165 号，邮编：210009
网　　址	http://www.jswenyi.com
印　　刷	长沙鸿发印务实业有限公司
开　　本	880mm × 1230mm 1/32
印　　张	9
字　　数	218 千字
版　　次	2019 年 6 月第 1 版 2019 年 6 月第 1 次印刷
书　　号	ISBN 978-7-5594-3710-5
定　　价	38.80 元

江苏凤凰文艺版图书凡印刷、装订错误可随时向承印厂申请调换。